Sems Sera Leisinger

# WEISSES GOLD

Bibliografische Information der Deutschen Nationalbibliothek:
Die Deutsche Nationalbibliothek verzeichnet diese Publikation in der Deutschen
Nationalbibliografie.
Detaillierte bibliografische Daten sind im Internet über http://dnb.d-nb.de
abrufbar.

Coverdesign: Tom Werner

Coverabbildung: Gabi | Adobe Stock

Lektorat: Julia Heinecke

Printed in EU

Literareon im utzverlag

Tel. 089–30 77 96 93 | www.literareon.de

ISBN 978-3-8316-2431-7

*Dieses Buch widme ich allen verfolgten Kindern dieser Welt.*

Sems Sera Leisinger

Personen und Handlung sind frei erfunden. Ähnlichkeit mit lebenden oder toten Personen sind rein zufällig und nicht beabsichtig.

**„Also werde ich weiterkämpfen, ich werde sicher nicht aufgeben, bis ich sehe, dass Menschen mit Albinismus wie andere Menschen leben. Es ist meine Berufung."**
Josephat Torner (1978–2020)

Ungeduldig wartet Nuru auf den Schutz der Dunkelheit. Seit unzähligen Stunden kauert er in seinem Versteck, lehmverkrustet, die ungeschützten Hautpartien bedeckt von Insektenstichen. Durch die unbequeme Haltung schmerzen alle Muskeln und Gelenke. Durst und Hunger plagen ihn. Seine Augen sind gerötet, an vielen Stellen schält sich die Haut. All das zählt nicht, gewährt ihm dieses Refugium am Wasser doch Schutz vor seinen Verfolgern. Es grenzt an ein Wunder, dass er ihnen heute Morgen entkommen konnte.

Am meisten fürchtet sich Nuru vor den Menschen. Seine Furcht ist nicht unbegründet, gibt es doch tatsächlich einige Vertreter dieser Spezies, die bereit sind, für seinen Körper viel Geld zu bezahlen.

Vorsichtig wagt er sich hinaus, folgt dem Geräusch des leisen Gluckerns der naheliegenden Quelle, die unaufhörlich den flachen See speist. Er will seine entzündete Haut im Wasser kühlen, vor allem endlich den quälenden Durst löschen.

Unweit des Ufers hockt er sich in den kleinen See. Immer wieder schöpft er mit der Hand Wasser, trinkt und lässt es über die verkrustete Lehmschicht rinnen. Nach und nach kommt seine alabasterfarbene Haut frei, das Brennen und Jucken hört allmählich auf.

Helles Haar umrahmt sein Gesicht wie ein Heiligenschein. Er leuchtet mit dem Erdtrabanten um die Wette.

In sich versunken bemerkt Nuru nicht, dass er beobachtet wird. Er blickt auf und erschrickt: Vor ihm am Ufer steht ein schlanker, großer Mann: ein Riese. Dieser verharrt bewegungslos. Bedrohlich blitzt im Schein des Mondes die Spitze eines Speers. Es herrscht gespenstische Stille.

Nuru ist acht Jahre alt. Erstaunlich, dass er noch lebt, denn er ist ein Albino.

# „UHURU NA UMOJA"

Freiheit und Einigkeit. Wahlspruch, Tansania

## Tansania, 09. 12. 1961

Es war Samstagabend. Im ganzen Land feierten die Menschen ihre Unabhängigkeit von Großbritannien. Freiheit von der Kolonialmacht – die Grundvoraussetzung für ein selbstbestimmtes Leben.

Der gebildete, sympathische Julius Nyerere wurde auserkoren, erster Ministerpräsident des Landes zu werden. Eine glückliche Fügung, dass die Wahl für dieses hohe Amt auf ihn fiel. Er war einer von ihnen, vertraut mit der Kultur und Situation seines Landes.

Die Bevölkerung, sogar in den abgelegensten Dörfern, feierte dieses Ereignis ausgelassen mit Gesang und Tanz. Ein Großteil der Bauern erledigte an diesem Tag nur das Nötigste.

In der Nähe der großen Stadt Arusha saß Malaika mit ihrem dreijährigen Sohn Kovu in ihrer einfachen Hütte. Das Kind war krank, seit Tagen fieberte es. Der geschwächte Körper in ihren Armen war heiß, der kleine Junge hatte Schüttelfrost. Von dem wenigen Geld, das sie für ihre Waren auf dem Markt erhielt, kaufte sie in einer Apotheke Medikamente. Diese Medizin gab sie ihrem Kind exakt so, wie es der Apotheker ihr erklärt hatte.

Kovus Gesundheitszustand war nicht das Einzige, was Malaika Sorgen bereitete. Auf dem Markt entdeckte sie, glücklicherweise durch dicht hängende Kleider vor seinen Blicken verborgen, völlig unerwartet ihren Ehemann. Aufgeregt unterhielt Jabari sich mit zwei fremden Männern. Sie schienen etwas auf einem Papier zu studieren. Warum kam er wohl plötzlich wieder in diese Gegend?, schoss es Malaika durch den Kopf. Seit der Geburt des Kindes lebten sie getrennt. Er war in Mwanza geblieben, der Ort lag eine Tagesreise entfernt.

Malaika duckte sich hinter dem Kleiderständer. Sie fühlte sich unbehaglich. Abrupt ergriff sie die Hand ihres kranken Sohnes und beeilte sich, nach Hause zu gehen.

Vor vier Wochen war Malaikas geliebte Großmutter, bei der sie lebten, unerwartet verstorben. In der aus Ästen, Stroh, Kuhdung und Lehm gebauten Hütte der alten Frau wohnte sie jetzt allein mit ihrem Kind. Um die stabile, geräumige Hütte wurde Malaika beneidet. Die Großmutter hatte sie eigenhändig gebaut. Durch ihre besondere Fertigkeit brachte diese es im Dorf zu beachtlichem Ansehen und Respekt. Da der Hausbau ausschließlich den Frauen überlassen war, holten sich viele bei ihr Rat.

Die alte Frau hinterließ ihrer Enkelin nicht nur ein Dach über dem Kopf, sondern auch zwei Kühe und einige Hühner. Mit der Milch konnte Malaika ihr Kind ernähren, die Eier nahm sie mit auf den

Markt. Dies sicherte ihr, neben dem Gemüse, welches sie hinter der Behausung anbaute, ein bescheidenes Auskommen.

Sie brach einmal wöchentlich früh am Morgen mit Kovu auf zum nächsten Markt und verkaufte ihre Waren – der Erlös reichte aus für alles, was sie und ihr Kind benötigten.

Die Medizin zeigte eine erste Wirkung. Kovu war eingeschlafen, sorgfältig deckte Malaika ihn zu. Sanft strich sie mit der Hand über die Stirn ihres Sohnes und stellte erleichtert fest, dass er fieberfrei war. Das Atmen fiel ihm noch schwer, er röchelte leicht.

Im schwachen Schein der kleinen Öllampe betrachtete sie liebevoll ihr Albino-Kind, das wie eine weiße Wachsskulptur auf der Matte ruhte.

Rhythmisches Trommeln durchdrang die abendliche Stille. Die Dorfbewohner feierten die Unabhängigkeit des Landes. Bis zu ihrer Hütte konnte sie die Flammen sehen. Bei allen Festen bildete das Feuer den Mittelpunkt. Es galt als Mutprobe, darüber zu springen, nur die Kühnsten der jungen Männer stellten sich dieser Herausforderung. Eine Tradition, die nicht ganz ungefährlich war. Aber kein Risiko wurde gescheut, um die jungen Frauen zu beeindrucken.

Langsam kroch in Malaika nach dem anstrengenden Tag die Müdigkeit hoch. Aus dem Tonkrug vor der Hütte wollte sie vor dem Schlafen noch einen Becher Wasser holen.

Draußen verharrte sie, spürte instinktiv Gefahr. Einige Sekunden vergingen, bis sich ihre Augen an die Dunkelheit gewöhnten. Schemenhaft erkannte sie Umrisse von Menschen, die sich ihrer Hütte lautlos näherten. Drei Männer, nur noch wenige Meter von ihr entfernt. Ihr Herz raste. In Bruchteilen von Sekunden realisierte sie die Gefahr – sie wollen ihr Kind!

Malaika stürzte in die Hütte, riss den schlafenden Kovu an sich. Die Fremden standen bereits in der Tür. Flucht war nicht mehr möglich, sie versperrten ihr den einzigen Weg. Ihr Mann war einer von ihnen.

Der Kräftigste ergriff das Kind. Krampfhaft hielt Malaika Kovu noch an den Füßen fest. Da traf sie ein brutaler Hieb mit einem Buschmesser – der Zeigefinger ihrer rechten Hand landete auf dem Boden. Sie ließ los, ihr gellender Schrei drang durch die Nacht.

Innerhalb von Sekunden verschluckte die Dunkelheit die Entführer mit dem Kind. Stolpernd rannte Malaika hinterher, rappelte sich wieder auf. Orientierungslos verharrte sie. Wo waren die Männer?

Verzweifelt rannte sie mit letzter Kraft zum Feuer am Dorfplatz. Im Lichtkreis der Flammen sackte sie auf die Knie. Alle starrten sie erschrocken an. Von ihrer Hand tropfte Blut.

Der Dorfälteste erhob sich. „Malaika, was ist passiert?"

Mit ihrer verstümmelten Hand deutete sie in die Richtung, wohin die Flüchtigen verschwunden waren. „Sie haben Kovu geholt, mein Kind entführt!", schluchzte sie. Mit dem Handrücken wischte sie die

Tränen vom Gesicht, sich nicht bewusst, dass sie verletzt war. Erst jetzt bemerkten die anderen, dass ihr ein Finger fehlte.

„Hast du gesehen, wer es war?"

„Jabari und noch zwei andere!"

Jedem der Umstehenden war klar, was sie mit dem Albino-Kind vorhatten. Seit dem Tod der Großmutter rechneten viele der Dorfbewohner mit der Entführung des Kleinen.

Der Dorfälteste wies zwei Frauen an, Malaika die verletzte Hand zu verbinden. Den jungen Männern befahl er: „Geht los und findet sie!"

Mit Fackeln, Speeren und Macheten bewaffnet brachen die Stammesangehörigen zügig auf und folgten in der Dunkelheit den Spuren der Entführer. Sie kehrten nach wenigen Minuten zurück. Es war einfach zu dunkel.

Malaika stand unter Schock. Sie wimmerte leise, die verbundene Hand hing in einer Schlaufe vor ihrer Brust, ihre Augen starrten ins Feuer. Die Dorfbewohner zogen sich zum Schlafen in ihre Hütten zurück. Völlig entkräftet, in eine Decke gehüllt, schlief sie in dieser Nacht in der Hütte des Dorfältesten.

Der alte Mann fühlte sich zutiefst in seiner Ehre gekränkt. Was sich die Entführer erlaubt hatten, traf ihn wie ein Schlag ins Gesicht: Einfach wie Termiten in sein Dorf einzufallen und ein Kind, auch wenn es sich um einen Albino handelte, aus seiner Gemeinde zu entführen.

Malaikas geachteter Großmutter Adima hatte er sein Wort gegeben, nach ihrem Tod auf die zwei aufzupassen.

Kurz bevor sie erkrankte, kam sie eines Morgens zu ihm: „Kito, ich habe eine Bitte an dich, wenn ich einmal nicht mehr bin, kümmere dich um Malaika und ihren Jungen."

Er versprach ihr, alles in seiner Macht Stehende zu tun. Nun war er untröstlich, entgegen seinem Versprechen hatte er die beiden nicht beschützen können.

Bei Sonnenaufgang sammelten sich die Männer erneut und nahmen die Spur der Entführer auf. Eindeutig erkannten sie Abdrücke von drei Paar Schuhen. An einer Lichtung waren die Fremden in ein Auto eingestiegen, Reifenspuren zogen sich durch den Sand.

Nach wenigen Kilometern war der Wagen vom Weg abgebogen. Der Untergrund wurde felsig – sie mussten sich anstrengen, um die spärlichen Hinweise richtig zu deuten.

Plötzlich erhob sich ein einzelner Felsblock zu ihrer rechten Seite – Geier kreisten darüber. Hinter dem Steinmassiv fand ihre Suche ein jähes Ende: Vor ihnen lag der verstümmelte Körper des kleinen Kovu. Hände und Füße waren abgetrennt, seine Augen ausgehöhlt, der Kopf kahl rasiert. Als ob er schreien wollte, stand der Mund noch offen.

Die Männer wickelten den kleinen Körper in ein Tuch. Schweigend trugen sie das Kind den langen Weg zurück ins Dorf.

Beim Anblick des geschundenen Körpers ihres Kindes verlor Malaika das Bewusstsein.

„Bringe sie sofort ins Krankenhaus", flüsterte der Dorfälteste Asani ins Ohr.

Als Einziger im Dorf war Asani stolzer Besitzer eines alten Pickups. Damit transportierte er Gemüse und Kleinvieh. Im Notfall wurde der Wagen auch eingesetzt, um Kranke oder Verletzte ins nächste Hospital zu bringen.

Morgens musste Asani gefühlte hundert Mal den Schlüssel drehen, bis der Motor des klapprigen Transporters ansprang. Wie durch ein Wunder startete der Motor jetzt auf Anhieb.

Vorsichtig betteten die Dorfbewohner Malaika auf eine Decke hinten auf die Pritsche. Langsam fuhr Asani nach Arusha.

Der Dorfälteste war nachdenklich, der Vorfall hatte bei ihm tiefe Spuren hinterlassen. Er kannte die Meinung und die Ansichten seiner Dorfgemeinschaft nur zu gut: „Seit dieser Shetani (Teufel) im Dorf lebt, regnet es nicht mehr, verrecken unsere Kühe, sind mehr Menschen gestorben!" Manche behaupteten sogar, die alte Frau sei gestorben, weil sie ihre Enkelin mit diesem unglückseligen Kind aufgenommen hatte.

Die Menschen äußerten die absurdesten Argumente. Die Versuche des alten Mannes, sie vom Gegenteil zu überzeugen, blieben erfolglos. Er konnte ihnen den Aberglauben nicht nehmen.

Ihr Verhalten war umso unverständlicher, hatten doch nur wenige von ihnen das weiße Kind jemals zu Gesicht bekommen. Malaika deckte ihren Sohn stets mit Tüchern ab, schützte ihn so vor den Blicken der Menschen und dem sengenden Licht der Sonne.

Da der weise Mann befürchtete, dass die Leiche des Jungen nicht mal im Grab sicher war, bat er zwei Männer, zu denen er großes Vertrauen hegte, das tote Kind weit entfernt vom Dorf zu vergraben. Kovu sollte in Frieden ruhen, das war alles, was er jetzt noch für den kleinen Kerl tun konnte.

Malaika kam zu sich, öffnete die Augen. Sie realisierte nicht, wo sie sich befand. Durch eine Nadel in ihrem linken Arm tropfte langsam eine Infusion in ihren geschwächten Körper. Schlagartig war die Erinnerung zurück: Hatte sie alles nur geträumt? Schnell wurde ihr klar: Es war kein Traum. Verzweifelt schluchzte sie laut, die anderen Frauen, die mit im Zimmer des Krankenhauses lagen, blickten beunruhigt zu ihr herüber.

Dr. Sophie Charlotte Juma war gerade auf dem Weg zu einer Patientin. Abrupt verharrte sie im Flur, wusste sofort, wer so verzweifelt war! Der Fahrer, der die junge Frau einlieferte, hatte die Ärztin kurz über das grausame Schicksal von Malaika informiert.

Dr. Juma betrat das Zimmer. „Bitte beruhigen Sie sich!" Die gütige Ärztin legte ihre Hand auf Malaikas Schulter.

„Sie haben meinen Sohn getötet!" Tränen liefen ihr über das Gesicht, ihre operierte Hand lag verbunden auf der Bettdecke.

„Ich habe gehört, was Ihnen passiert ist, es tut mir unendlich leid!" Die warme Stimme der Ärztin klang ruhig und aufrichtig. Sie verließ das Zimmer, kurz darauf kehrte sie mit einer Spritze zurück. „Ich gebe Ihnen ein Beruhigungsmittel."

Die Injektion wirkte rasch – Malaika fühlte sich auf einmal ganz leicht, ihr war, als schwebe sie. Plötzlich sah sie Kovu. An der Hand seiner Großmutter kam er auf sie zugelaufen. Er hielt einen Arm hinter seinem Rücken versteckt, lächelte sie an. Spontan streckte er ihr einen Zweig mit Frangipani-Blüten entgegen.

Malaika schlief tief und fest, als die Ärztin nach ihr sah. Schlaf war gerade die beste Medizin. Allerdings war es auch wichtig, dass die junge Frau wieder zu Kräften kam. Sie ordnete an, der Patientin nach dem Aufwachen etwas Essen zu bringen.

Malaika hatte eigentlich keinen Hunger, aber die resolute Krankenschwester bestand darauf, dass sie etwas zu sich nahm. Ohne Appetit aß sie ein wenig Maisbrei. Er schmeckte wie damals bei ihrer Mutter. Als wäre es erst gestern gewesen, erinnerte sie sich:

## Es war im Sommer 1957

Malaika war gerade fünfzehn Jahre alt geworden. Eines Morgens rief ihr Vater sie zu sich. Malaika trat schüchtern vor ihn. Sie fürchtete seine cholerischen Ausbrüche. Die ganze Familie litt unter seinem despotischen Wesen.

„Höchste Zeit, dass du heiratest. Nächste Woche kommt Jabari, der will dich!"

In diesem Augenblick flüsterte ihre Mutter, die an seiner Seite stand: „Aber der ist doch bereits verheiratet und hat Kinder!"

Der Vater tat so, als hätte er nichts gehört, und fuhr unbeirrt fort: „Er nimmt Malaika gleich mit nach Mwanza, dort hat er Arbeit."

Jeglicher Widerspruch war zwecklos.

Aus war Malaikas Traum. Sie wollte so gerne weiter in die Schule gehen, einen Beruf erlernen, um unabhängig zu sein.

Eine Woche später fuhr Jabari mit einem klapprigen Pick-up vor, marschierte stolz wie ein Hahn in die Hütte der Eltern, vom Vater erwartet. Geld für fünfzehn Kühe war bereits als Brautpreis verhandelt. Jabari diskutierte laut, wollte sich nicht mehr an die mündliche Vereinbarung halten, der ausgehandelte Preis erschien ihm plötzlich zu hoch. Lautstark feilschten die Männer. Mit der abschätzigen Bemerkung „zu viel für deine Tochter" zog Jabari ein Bündel abgegriffener Geldscheine aus seiner Hosentasche und legte es ihrem Vater widerwillig in die ausgestreckte, knochige Hand.

„Hier hast du – das reicht für zehn Kühe!"

Gierig griff Zahir nach den Scheinen. Misstrauisch zählte er das Geld nach.

„Morgen früh hole ich sie ab!" Mit dieser knappen Bemerkung in Richtung der Mutter verschwand Jabari grußlos.

Bei Tageseinbruch hörte man von Weitem den Dieselmotor des alten Autos, das ohne Rücksicht zwischen die Hütten ins Dorf fuhr. Der Wagen hielt mit einem Ruck direkt vor der Hütte der Familie. Ohne den Wagen zu verlassen, durch das heruntergelassene Autofenster, rief Jabari: „Ist sie fertig?"

Er blieb mit dem Fahrer, einem melancholisch blickenden Mann mit traurigen Augen, im Auto sitzen.

Nicht damit rechnend, dass Jabari so früh auftauchen würde, verabschiedete sich die Familie im Eiltempo von Malaika.

Ganz zum Schluss umarmte das Mädchen lange ihre geliebte Großmutter Adima, diese war extra am Vortag aus ihrem Dorf gekommen, um sich von ihrer Lieblingsenkelin zu verabschieden. Unbemerkt von den Anwesenden drückte die alte Frau ihr einen goldenen Armreif in die Hand: „Falls du mal Geld brauchst."

Mit ihren wenigen Habseligkeiten, die sie am Vorabend bereits in einer Stofftasche verstaut hatte, stieg Malaika hinten ins wartende Auto ein. Die Familie und einige Dorfbewohner winkten ihr zum Abschied nach. Kaum hatte Malaika die Autotür zugezogen, gab der Fahrer Gas.

Sie schaute zurück, um einen letzten Blick auf ihre Geschwister zu werfen, aber der Wagen wirbelte so viel Staub auf, dass sie nur noch Umrisse erkennen konnte.

Nach vierzehn Stunden mühsamer Fahrt, auf der die zwei Männer, ohne von ihr Notiz zu nehmen, unaufhörlich redeten und rauchten, erreichten sie in der Dunkelheit ihr Ziel, Mwanza. Schon von weitem war an den Straßenlichtern zu erkennen, dass es sich um eine große Stadt handelte.

Der Wagen fuhr durch spärlich beleuchtete Straßen. Langsam bog er in eine Gasse ein und hielt vor einem mehrstöckigen Haus an. Malaika, die noch nie in ihrem Leben aus ihrem Dorf herausgekommen war, musterte das hohe Gebäude. Es war alt und ziemlich heruntergekommen. Nachdem Jabari und sie ausgestiegen waren, fuhr der Fahrer davon.

Die Wohnung bestand lediglich aus einem Zimmer, war klein und nur spartanisch eingerichtet. In der Ecke, durch einen Vorhang abgetrennt, befand sich eine Kochnische.

Jabari breitete seine Arme aus: „Willkommen in meinem Reich!", rief er aus und bat Malaika, sich zu setzen. „Ich mache uns ein Kimanda." Dabei zog er den Vorhang zur Seite, sodass sie ihm beim Kochen zusehen konnte.

Malaika beobachtete, wie Jabari am Waschbecken stand und den Wasserhahn aufdrehte, aus dem fließendes Wasser kam. Sie war überrascht, dass hier Wasser einfach aus einer Leitung an der Wand kam, zählte doch in ihrem Dorf das Wasserholen zu den mühsamsten Aufgaben der Frauen. Oft mussten sie stundenlang zum Brunnen laufen. Auch das elektrische Licht war für Malaika neu – eine Lampe hing von der Decke und verbreitete angenehme Helligkeit.

Jabari unterbrach ihre Gedanken: „Du darfst nie das Wasser aus dem Wasserhahn trinken, hörst du?" Als er ihren fragenden Blick bemerkte, setzte er hinzu: „Das Wasser muss man hier vorher immer abkochen."

Jabari werkelte in der winzigen Küche, innerhalb kurzer Zeit machte er gekonnt ein Omelett. Sie hatte noch nie gesehen, dass ein Mann kochte. Ihr Vater und die anderen Männer des Dorfes bereiteten kein Essen zu. Es sollte jedoch auch das einzige Mal bleiben, dass Jabari Essen kochte.

Von der langen Fahrt war Malaika erschöpft, wollte nur noch schlafen. Aber kaum lag sie auf der Matte in der Mitte des Raums, bedrängte Jabari sie. Malaika ließ alles einfach über sich ergehen, empfand nichts als Schmerzen.

Früh am Morgen ging Jabari zur Arbeit, spät am Abend kehrte er schlecht gelaunt zurück, müde von seiner Arbeit in einer Goldmine. Ein Tag verging wie der andere. Malaika hatte dafür zu sorgen, dass sein Abendessen zubereitet war. Je nach Laune erwartete er von ihr, dass sie ihm zu Willen bereitstand. Er war krankhaft eifersüchtig. Wenn er betrunken nach Hause kam, schlug er sie grundlos.

Es begann die schlimmste Zeit in Malaikas jungem Leben. Heimweh und Einsamkeit plagten sie. An ihren Bruder, der wie sie lesen und schreiben konnte, schickte sie Briefe mit der Bitte, diese ihrer Mutter und Großmutter vorzulesen. Von all ihren Sorgen berichtete sie ihrer Familie aber nicht.

Eines Tages bat sie Jabari um die Erlaubnis, auf einer der unzähligen Baumwollpflanzungen arbeiten zu dürfen. Ihre Nachbarin, die sie kürzlich kennengelernt hatte, war auf einer dieser Plantagen beschäftigt.

„Du willst arbeiten? Das kommt nicht in Frage, schlag dir das aus dem Kopf!", schrie er sie nur an.

Malaika blieb nichts anderes, als die kleine Wohnung in Ordnung zu halten und in den wenigen Büchern zu lesen, die sie unter ihren Sachen versteckt hielt. Nach einigen Monaten versuchte sie erneut, seine Zustimmung zu gewinnen.

Er war in guter Stimmung: „Meinetwegen", antwortete er knapp.

Am nächsten Morgen wartete Malaika ungeduldig vor der Tür der Nachbarin.

„Endlich hat mein Mann zugestimmt, ich darf arbeiten. Kann ich mit dir mitgehen?" Malaika überfiel die Frau regelrecht mit ihrer Euphorie.

Die Nachbarin, eine ältere Frau, die ihr Leben lang hart gearbeitet hatte, mochte dieses junge Mädchen mit den klugen Augen. Gemeinsam gingen sie zum Vorarbeiter. Malaika durfte sofort anfangen.

Die Arbeit war hart und ungewohnt, sie pflückte wie all die anderen Frauen den ganzen Tag Baumwolle und steckte diese in einen Sack, den sie am Körper trug. Dennoch war sie zufrieden, es war viel besser, als die ganze Zeit allein in der kleinen Wohnung herumzusitzen.

Den Lohn nahm ihr Jabari am Monatsende vollständig ab. Er verschwand mit dem Geld, kam nachts betrunken nach Hause. Sie verhielt sich still, wollte nie wissen, wo er gewesen war.

Einige Monate später bemerkte Malaika, dass ihre Periode ausblieb. Auf dem Weg zur Arbeit vertraute sie sich ihrer Nachbarin an.

Diese strahlte: „Du bist wahrscheinlich schwanger, das ist doch erfreulich!"

Malaika freute sich nicht. Was sollte sie machen?

Weiterhin ging sie regelmäßig zur Arbeit, bis sie ihren Babybauch nicht mehr vor Jabari verstecken konnte.

Als er erfuhr, dass sie schwanger war, tobte er: „Warum werdet ihr verdammten Frauen denn so schnell schwanger?" Er schlug sie.

Malaika fürchtete, das Kind zu verlieren. Doch das Baby blieb.

In einer Nacht, ihr Mann war wieder einmal auf seiner Kneipentour, klopfte sie aufgeregt an die Tür der Nachbarin: „Ich glaube, das Baby kommt, bitte hilf mir."

Die Nachbarin schickte sie zurück in ihre Wohnung. Sofort holte sie die Hebamme, die nur ein paar Blocks weiter wohnte. Diese begleitete sie innerhalb weniger Minuten zu der werdenden Mutter.

Die Hebamme, eine großgewachsene Frau, hatte ihren Beruf in einem Krankenhaus gelernt, worauf sie sehr stolz war.

Nach einigen Stunden, in denen Malaika glaubte, sterben zu müssen, rief die Geburtshelferin: „Es kommt, presse weiter so, ja, weiter!"

Beim Anblick des Neugeborenen schwieg sie abrupt. Die Nachbarin, die hinter ihr stand, starrte mit offenem Mund auf das Kind.

„Was ist mit dem Baby, ist etwas nicht in Ordnung?", fragte Malaika besorgt.

Die Hebamme nahm das Baby und legte es der jungen Mutter auf die Brust. Es war zierlich, schneeweiß. Malaika war erschöpft, zu keiner Reaktion fähig.

Die Hebamme deckte den kleinen Körper mit einem Tuch zu. „Mtoto mweupe – ein weißes Kind", flüsterte sie. „So etwas kommt vor, das arme Kind."

Die Nachbarin verließ heimlich die Wohnung.

Die Hebamme hatte noch nie selbst ein Albino-Kind zu Gesicht bekommen. Aber sie hatte von ihren Kolleginnen unheimliche Berichte zu diesen Kindern gehört. Die Frauen, die ein Albino-Kind auf die Welt brachten, wurden angewiesen, das Baby sofort zu töten. Meist erstickten sie ihr Kind, kaum hatte es das Licht der Welt erblickt.

Ein Albino-Kind galt als Unglück, als Strafe Gottes. Die Angst, aus der Gemeinschaft ausgegrenzt zu werden, war für die Mütter einfach unerträglich. Aus der Befürchtung heraus, die von den Dorfbewohnern vorausgesagten Flüche würden eintreffen, wussten sie keinen anderen Ausweg, meist setzten die Mütter in ihrer Verzweiflung dem Leben des Kindes selbst ein Ende. Einige von ihnen jedoch widersetzten sich mutig. Sie ließen ihre Kinder am Leben, versteckten sie in den Hütten.

Diesen außergewöhnlichen Kindern drohte eine noch viel größere Gefahr: Skrupellose Scharlatane, oft auch sogenannte Medizinmänner, schreckten nicht davor zurück, sich an diesen Geschöpfen zu bereichern. Sie behaupteten überzeugend, man würde von Krankheiten befreit und schnell sehr reich. Dafür müsse man allerdings ein Pulver zu sich nehmen, welches aus Teilen des Körpers der Albinos, zumeist aus den Händen, Füßen, Augen, Haaren und Geschlechtsteilen, hergestellt wurde. Manch ein Albino-Kind aus armen Familien wurde sogar direkt an Medizinmänner verkauft. Hauptsächlich in den Ländern um den Victoriasee herum war dieses frevelhafte Tun sehr verbreitet. Regierung und Polizei unternahmen nichts, auch in ihren Reihen überwog der Aberglaube.

Von all dem wusste Malaika nichts. Wie ein weißer, stummer Fisch lag ihr Sohn da. Es herrschte absolute Stille. Ihre dunkle Hand ruhte schützend auf dem weißen Rücken ihres Sohnes. Das Kind wimmerte leise vor sich hin.

„Was wird wohl Jabari sagen?", fragte Malaika besorgt.

„Solche Kinder werden immer wieder geboren, man nennt sie Albinos."

Sie sah irritiert zur Hebamme auf. Der gebildeten Frau blieb nicht verborgen, dass die junge Mutter Angst hatte. Mit beruhigender Stimme fuhr diese fort: „Deinem Kind fehlt der Farbstoff in seinem Blut, der für unsere dunkle Haut sorgt und uns vor der Sonne schützt. Ansonsten ist dein Kind ganz normal."

Ob Malaika diese kurze Erklärung des Phänomens verstanden hatte? Wohl nicht so ganz, denn sie schaute die Hebamme verunsichert an.

„Bestimmt denkt Jabari, das Baby ist von einem weißen Mann, aber es stimmt nicht."

Mit dieser Befürchtung hatte Malaika recht. Viele Männer schlugen, ja töteten ihre Frauen mit dem Kind, weil sie der festen Überzeugung waren, ihre Frau habe sie mit einem weißen Mann betrogen.

Nachdem die Hebamme das Kind gewaschen und in Tücher gewickelt hatte, ermunterte sie Malaika, es zu stillen. Mit dem Versprechen, morgen wieder vorbeizukommen, verließ sie die Wohnung. Sie hatte ein mulmiges Gefühl.

Als Malaika das Zuschlagen der Wohnungstür hörte, erschrak sie. Jabari schaltete das Licht an. Als Erstes hörte er das Kind, es hatte zu weinen begonnen. Ungeschickt riss er das Baby an sich, sah, dass es weiß war. Erschrocken ließ er das Kind auf Malaika fallen, schrie hysterisch: „Du hast mich betrogen, das ist der Beweis!"

Wie von Sinnen trat er nach ihrem geschwächten Körper. So gut es ging versuchte Malaika, das Baby vor seinen Attacken zu schützen.

„Wenn ich morgen Abend komme, will ich euch hier nicht mehr sehen!" Wie gehetzt verließ er die kleine Wohnung.

Malaika versuchte, aufzustehen, war jedoch zu schwach. Ihr Rücken schmerzte höllisch. In der Hoffnung, die Nachbarin würde bald wieder vorbeikommen, verharrte sie. Aber sie kam nicht. Sie kam nie wieder.

Das Baby weinte unaufhörlich. Sie legte das kleine Wesen an ihre Brust. Irgendwann schliefen beide ein.

Am Nachmittag kam, wie versprochen, die Hebamme. Die Tür war nicht abgeschlossen. Sie kniete neben der schlafenden Mutter mit dem Säugling, betrachtete die beiden im Schlaf. Es war nicht zu übersehen, dass Malaika misshandelt worden war. Ihre Lippen waren aufgeplatzt, ihr Arm angeschwollen. Plötzlich öffnete sie die Augen, versuchte, zu lächeln.

„Dein Mann hat dich so zugerichtet?"

Malaika weinte. „Ja. Bitte bleib bei uns, ich habe Angst, Jabari kommt bald zurück!"

„Ich bleibe, du hast nichts zu befürchten", beruhigte sie die Hebamme.

Sie bereitete für Malaika den mitgebrachten Hirsebrei zu. Die Frauen unterhielten sich, dabei gab die freundliche Hebamme ihr einige Tipps zum Umgang mit dem Neugeborenen.

Plötzlich wurde die Tür aufgestoßen, Jabari stand mitten im Raum. Malaika drückte das Baby schützend an sich.

„Du bist immer noch da? Hatte ich dir nicht befohlen, zu verschwinden?"

„Das kann sie noch nicht!", entgegnete die Hebamme mit fester Stimme. „Sie hat viel Blut verloren. Noch dazu haben Sie Ihre Frau übel zugerichtet!"

Jabaris Augen funkelten wütend, mit erhobener Faust trat er auf Malaika zu.

Er hatte nicht mit der hochgewachsenen Hebamme gerechnet, sie ging dazwischen und versperrte ihm den Weg. „Wagen Sie es nicht, sie nochmal anzurühren!" Fast um eine Kopflänge überragte sie Jabari.

Er blieb wie angewurzelt stehen. Einen Moment lang taxierten seine Augen die unerschrockene Frau. „Sie hat von einem weißen Mann ein Kind bekommen, ich will, dass sie verschwindet."

„Das hat sie nicht", widersprach die Hebamme entschieden. „Dieses Kind ist von Ihnen!"

„Wie soll es von mir sein? Schau dir das Kind doch an!"

Die Hebamme erklärte ihm mit wenigen Worten, dass es sich bei der weißen Haut seines Sohnes um eine Laune der Natur handelte.

Jabari verstand nicht alles, aber seine Wut nahm allmählich ab. Zu wissen, dass das Kind nicht von einem anderen Mann stammte, beruhigte ihn zusehends.

Die Hebamme blieb bis Mitternacht. „Gleich morgen früh komme ich wieder." Bevor sie die Wohnung verließ, wandte sie sich an Jabari: „Wenn sie mich in der Nacht brauchen sollte, so können Sie mich jederzeit holen." Sie erklärte ihm noch genau, wo sie wohnte.

Jabari nahm eine Decke und bereitete sein Nachtlager in der anderen Ecke des Raums. Am nächsten Morgen ging er wie gewohnt zur Arbeit.

„Was ist eigentlich los mit dir, Jabari, gestern warst du schon schlecht gelaunt und heute bist du so abwesend?" Sein Arbeitskollege klang verwundert.

Jabari fingerte seine Zigarettenpackung aus der Hemdtasche und zündete sich eine Zigarette an. „Malaika hat einen Sohn geboren, aber das Baby hat eine ganz weiße Haut! Ich habe sofort gedacht, das Kind kann nicht von mir sein, sie wäre fremdgegangen, es sei von einem weißen Mann. Aber die Hebamme, die sehr viel Erfahrung hat, erklärte mir, dass es manchmal vorkommt, dass Kinder so hell geboren werden. Ich habe so etwas noch nie gesehen, wusste davon nichts!"

Sein Freund strahlte ihn freudig an: „Jabari, das ist gut, sogar sehr gut. Ein echter Albino!"

„Ja, die Hebamme hat mir erklärt, dass es sich um eine Laune der Natur handelt. Ich bin schon mal froh, dass es nicht von einem Weißen ist!"

Sein Kollege ergriff ihn an den Schultern: „Du weißt ja gar nicht, was du für ein Glück hast. Ich kenne einen Mann, der verkauft diese Kinder an Medizinmänner für viel Geld, für sehr viel Geld, bis zu fünfzig-, sogar siebzigtausend Dollar bringt so ein Kind!"

Jabari blieb die Luft weg, er war für einige Sekunden wie erstarrt. Die Begeisterung seines Freundes verwirrte ihn.

„Nach der Arbeit komme ich mit zu dir nach Hause, dann schaue ich mir das Baby an!"

Auf dem Heimweg verschwand Jabari in einem kleinen Laden: „Lass mich für Malaika noch ein paar Kekse kaufen, sonst wird sie misstrauisch, wenn du mit mir auftauchst. Sie darf keinen Verdacht schöpfen."

Jabari trat in die Wohnung. Ungewohnt freundlich rief er seiner Frau zu: „Hallo Malaika, wie geht es euch beiden? Hier habe ich dir etwas mitgebracht." Er reichte ihr die Tüte mit dem Gebäck. „Darf mein Freund hereinkommen, er möchte gern unser Baby sehen!"

Der Freund stand schon hinter ihm. Malaika war gerade am Stillen. Beim Eintreten des Fremden deckte sie das Kind schnell mit einem Tuch ab. Sie versuchte, sich in die Küchenecke zurückzuziehen und den Vorhang zu schließen.

„Stell dich nicht so an!" Ihr Mann zog den Vorhang und das Tuch zur Seite – wie eine kleine Elfenbeinskulptur lag das Neugeborene in Malaikas dunklen Armen.

Über das ganze Gesicht strahlend entfuhr es Jabaris Begleiter: „Was für ein hübsches Kind, meinen Glückwunsch!"

Die beiden Männer verließen den Raum.

„Ganz eindeutig ein Albino. Gleich morgen werde ich meinen Bekannten benachrichtigen. Wir sind bald reich." Gutgelaunt verabschiedete sich der Freund.

Die beiden hatten nicht bedacht, dass Malaika die Worte des Fremden mit anhören konnte. Sie war durch diese Aussage beunruhigt, was hatte er mit „wir sind bald reich" gemeint?

Jabari konnte seine Erregung kaum unterdrücken, rauchte danach ohne Rücksicht auf seine Frau und das Baby in der kleinen Wohnung eine Zigarette nach der anderen. Im Geiste malte er sich bereits aus, wie sich sein Leben mit dem vielen Geld verändern würde.

Früher als gewöhnlich trafen sich die zwei Männer am nächsten Morgen am Eingang der Kohlemine. Sein Freund platzte sofort heraus: „Stell dir vor, zehntausend Dollar will uns der Bekannte von mir gleich zahlen, wenn wir ihm das Baby bringen, weitere zwanzigtausend erhalten wir, wenn er das Geld vom Medizinmann bekommen hat!"

Jabaris Augen leuchteten. „Und was machen sie mit dem Kind?"

„Albinos sind Geister, sie sind keine normalen Menschen. Die Medizinmänner bereiten aus den Körperteilen Elixiere oder Pulver, ganz genau weiß ich es auch nicht. Aber diejenigen, die es zu sich nehmen, werden von Krankheiten geheilt. Sogar die Zukunft soll man voraussehen können."

Jabari wollte noch etwas fragen, aber schon fügte sein Freund hinzu: „Mein Bekannter will das Kind gleich heute Abend anschauen kommen, er erwartet uns nach der Arbeit am Ausgang."

Vor lauter Begeisterung entging den beiden, dass ihre Arbeit bereits begonnen hatte. Ihnen war ziemlich egal, ob sie ihre Jobs verlieren würden, das war bald nicht mehr wichtig.

Die ganze Nacht fand Malaika keinen Schlaf. Bei jedem Geräusch zuckte sie zusammen, denn sie fürchtete die Rückkehr des unheimlichen Fremden. Lange lag sie wach und grübelte. Plötzlich erschien ein Bild vor ihren Augen: Sie sah ihre Großmutter vor sich. Beim Abschied hatte ihr diese im letzten Moment heimlich den Armreif aus Gold zugesteckt. Malaika nähte diesen damals sogleich in den Saum eines Kleides. Nun ruhte er in der kleinen Truhe mit ihrem geringen Besitz. Kaum hatte Jabari am Morgen die armselige Unterkunft verlassen, zog sie genau dieses Kleid an.

Es dauerte nicht lange, da stand die Hebamme an der Tür. „Ich wollte nach euch sehen."

Malaika berichtete von dem fremden Mann.

„Was sagst du da, der Mann wollte das Kind sehen? Hast du Jabaris Bekannten erkannt?"

Malaika zitterte am ganzen Körper. „Ich habe ihn bisher erst einmal kurz gesehen."

„Konntest du hören, was sie gesprochen haben?"

„Sie flüsterten, aber ich konnte deutlich hören, wie der Fremde sagte: ,Es ist eindeutig ein Albino, wir sind bald reich.'"

Je länger die Hebamme darüber nachdachte, desto eklatanter wurde ihr bewusst, in welcher akuten Gefahr sich das Neugeborene befand. „Malaika, du musst mit deinem Kind von hier verschwinden, sofort. Ich ahne, was sie planen, sie wollen dein Kind entführen! Auf keinen Fall dürft ihr hierbleiben!"

„Aber wo soll ich denn hin? Ich kenne hier doch niemanden." Tränen der Verzweiflung liefen Malaika über das Gesicht.

„Kommt mit, wir gehen zu mir. Wann kommt Jabari nach Hause?" „Sicherlich wie immer, nach der Arbeit."

Malaika packte hastig ihre wenigen Habseligkeiten in einen Stoffbeutel und wickelte das Baby in Tücher. Gemeinsam verließ das Trio die Wohnung.

Als es dunkel wurde, ging die Hebamme zu einer Frau, deren Wohnung in einem Gebäude schräg gegenüber von Jabaris Appartement lag. Zwei Kinder hatte die Hebamme mit ihr gemeinsam auf die Welt gebracht.

„Darf ich eintreten?"

Die Frau war sichtlich erfreut über den ehrwürdigen Besuch. „Du bist willkommen, bitte komm rein."

Die Hebamme trat ans Fenster, von hier aus konnte sie direkt den Hauseingang gegenüber beobachten.

„Was führt dich zu mir?", fragte sie, während sie der Hebamme ein Glas Tee reichte.

„Bei mir ist eine Frau, sie ist in Not. Ich habe einen schlimmen Verdacht. Um die Wahrheit herauszufinden, muss ich das Haus gegenüber beobachten."

Lange warten musste sie nicht. Schon bald näherten sich Scheinwerfer, ein Wagen hielt an, drei Männer stiegen aus. Schnell verschwanden sie im Haus. Die Hebamme erkannte, dass es sich bei einem von ihnen um Jabari handelte. Kurz darauf spuckte das Haus sie wieder aus. Wild gestikulierend standen sie auf der Straße, sprachen laut und aufgeregt. Ein Mann stieg in das Auto, schrie die anderen wütend an und raste davon. Jabari und der zweite Mann blieben zurück. Vor Wut trat Jabari gegen eine Straßenlaterne.

Die Hebamme hatte genug gesehen. Eilig kehrte sie nach Hause zurück und berichtete Malaika aufgeregt, was sie beobachtet hatte. Verzweifelt suchten sie nach einer schnellen Lösung. Malaika hatte nur eine Option: Sie musste nach Hause zu ihren Eltern fahren. Der Gedanke machte sie nicht glücklich, aber es gab keine Alternative.

„Bleibe bei uns, bis du dich etwas erholt hast."

Dankbar nahm sie die Einladung der resoluten Beschützerin an.

Am nächsten Morgen suchte die Hebamme einen Goldschmied auf, der einen guten Ruf hatte. Sie bot ihm den massiven Armreif zum Kauf an. Alles lief korrekt ab. Malaika hatte plötzlich viel Geld.

Abends saßen die beiden Frauen beisammen.

„Habt ihr denn für den Jungen schon einen Namen ausgewählt?"

„Nein, weißt du einen, der zu meinem Sohn passen würde?"

„Wie findest du Kovu? Mein Vater hieß so, er war ein guter Mensch." Malaika strahlte. „Das gefällt mir, so werde ich ihn nennen!"

Nach einer Woche fühlte Malaika sich kräftig genug, um aufzubrechen. Ausgestattet mit dem Nötigsten für sich und ihren Sohn, machte sie sich auf den Weg.

Die Hebamme hatte einen guten Bekannten gefunden, der die junge Frau mit ihrem Baby in das weit entfernte Dorf fahren würde. Über den Preis einigten sie sich schnell, so ging die weite Fahrt am folgenden Morgen bei Sonnenaufgang los.

Am Abend erreichte der Wagen nach holpriger, beschwerlicher Fahrt endlich ihr Heimatdorf.

Malaikas Mutter schaute neugierig, wer da aus dem Auto stieg. Sogleich erkannte sie ihre Tochter.

„Malaika, wo kommst du denn her?", fragte die besorgte Frau.

Dorfbewohner waren aus den Hütten herausgetreten, um nachzusehen, wieso ein Auto noch so spät am Abend in ihr Dorf gefahren kam.

Mit dem Baby im Arm ging Malaika auf ihre Familie zu. Der Bruder und die zwei kleinen Schwestern liefen ihr freudig entgegen. Fast zwei Jahre war es her, seit sie ihre große Schwester zuletzt gesehen hatten.

Rauchend saß der Vater auf seinem gewohnten Platz am Eck der einfachen Behausung, ohne jegliche Gefühlsregung.

„Warum bist du hier?" Erst jetzt bemerkte er im Halbdunkel, dass sie einen Säugling trug.

„Jabari hat mich fortgeschickt."

Der Vater war ganz und gar nicht einverstanden mit ihrem Erscheinen: „Jabari wird nun sicher sein Brautgeld zurückfordern."

Ihre jüngste Schwester wollte Malaika das Baby abnehmen, streckte die Hand nach dem Bündel aus. Malaika wandte sich ab, trat einen Schritt zurück. Das Tuch rutschte zur Seite, gab das Gesicht des Kindes frei. Im Schein der Öllampe sahen alle Umstehenden die helle Haut des kleinen Kovu. Es herrschte gespenstische Stille – doch plötzlich kam Leben in den sonst so apathischen Vater. Wie von einer Tarantel gestochen sprang er schreiend von seinem Platz auf: „Das ist ja ein Zeru Zeru, ein Sheytan, geh mit dem Teufelskind weg von hier!" Sein Schreien war weithin zu hören. Einige Nachbarn rannten neugierig herbei.

Malaika stand geschockt mit Kovu mitten auf dem Dorfplatz, bestürzt über die Reaktion ihres Vaters. Er lief ihr hinterher, bückte sich nach ihrer Stofftasche und warf sie ihr voller Wut vor die Füße.

„Hau ab, sofort, bevor in unserem Dorf wegen des Sheytans noch ein Unglück geschieht!"

Die Umstehenden redeten wild durcheinander. Angsterfüllt traten sie zurück und blickten auf das Bündel in Malaikas Armen. Der kleine Kovu gab keinen Laut von sich, als spürte er, dass er nicht auffallen durfte.

Intuitiv lief Malaika mit ihrem Sohn in Richtung der Quelle, die das Dorf mit Wasser versorgte. Der Sternenhimmel tauchte die nächtliche Landschaft in ein sanftes Licht – der Weg war ihr vertraut. Behutsam setzte sie einen Fuß vor den anderen, auf keinen Fall durfte sie mit dem winzigen Kind stolpern.

Plötzlich hörte sie ein leises Gluckern – da war sie, die Quelle. Das Wasser glitzerte wie ein schwarzes Juwel. In diesem Moment fühlte Malaika sich von allem befreit. Sie kniete sich hin und legte das Kind vorsichtig neben sich auf den Boden.

Was für eine Wohltat, sich mit dem klaren Wasser von Staub und Schmutz zu befreien! Mit dem Zipfel ihres Tuches tupfte sie Kovus zartes Gesichtlein ab.

Um sie herum war alles friedlich. Die Frauen ihres Dorfes kamen immer sehr früh zum Wasserholen. Aus Angst vor Entdeckung suchte sie sich daher unweit der Quelle einen geschützten Platz zum Übernachten.

Nächtliche Tierlaute drangen an ihr Ohr, die Luft war angenehm kühl und klar. Über ihnen leuchteten tausende Sterne wie kleine Edelsteine vom Himmel herunter. Malaika lehnte sich an den Stamm eines mächtigen Akazienbaums, Kovu lag auf ihrer Brust. Bald schliefen sie erschöpft ein.

Im Schlaf spürte Malaika, dass sie beobachtet wurde. Langsam öffnete sie die Augen – ihr stockte der Atem, ihr Herzschlag setzte aus: Ganz dicht vor ihr lauerte eine Löwin. Im fahlen Licht der Morgendämmerung blitzten ihre Augen bedrohlich.

Malaika war wie gelähmt. Schützend presste sie ihr Kind an sich, erwartete den Angriff der mächtigen Raubkatze. Sekunden vergingen, fühlten sich an wie eine Ewigkeit. Plötzlich regte sich die Löwin, bewegte sich langsam rückwärts und wich vor ihnen zurück. Geräuschlos platzierte sie ihre riesigen Pfoten, ohne Malaika aus den Augen zu lassen. Leicht neigte sie den Kopf, wandte sich schließlich abrupt ab und verschwand im Gebüsch. Malaikas Herz schlug wieder, Kovu erwachte.

Mit den ersten Sonnenstrahlen trat die alte Frau in die Hütte. Wie gewohnt mit einem langen Stock in der Hand, baute sie sich drohend vor ihrem Sohn auf, der noch tief schlief.

„Du willst ein Mann sein?" Sie holte tief Luft. „Wenn ich gewusst hätte, was du für ein Nichtsnutz wirst, hätte ich dich gleich nach der Geburt ausgesetzt!"

Nur zu gut kannte Zahir die strenge Stimme seiner Mutter. Alle Alarmglocken klingelten, er war sofort hellwach.

„Wo ist Malaika?" Sie schrie so laut, dass auch das letzte Familienmitglied in der Hütte aus dem Schlaf gerissen wurde. „Ich frage dich zum letzten Mal, wo ist sie?" Voller Wut schlug sie mit ihrem Stock auf seinen Fuß.

„Das weiß ich nicht."

„Du warst es doch, der sie in der Nacht mit ihrem Kind fortgejagt hat!" „Woher weißt du das?"

„Das kann dir vollkommen egal sein."

„Dann weißt du ja auch, dass sie einen Sheytan geboren hat, er bringt Unglück über uns, niemand will die beiden hier haben", entgegnete Zahir aufgebracht.

Zaghaft meldete sich ihr Enkel zu Wort: „Großmutter, ich weiß, wo sie hingegangen ist."

„Dann steh auf, bring mich sofort zu ihr, du Sohn des Taugenichts."

Malaikas Bruder zog sich ein einfaches T-Shirt über und lief los. Die alte Frau hatte Mühe, ihrem Enkel zu folgen, und ermahnte ihn, etwas langsamer zu laufen. Mit ihrem Stock folgte sie dem Jungen auf dem staubigen Pfad aus roter Erde in Richtung der Quelle.

Von Weitem hörte Malaika Rufe. Eindeutig die Stimme ihrer geliebten Großmutter. Entgegen ihrem ersten Impuls, zu antworten, verhielt sie sich ruhig, wollte sicher sein, dass keine Gefahr drohte. Beim Herannahen der Großmutter erkannte sie, dass nur ihr Bruder dabei war. Ein Stein fiel ihr vom Herzen. Erleichtert atmete sie tief durch.

„Ich bin hier oben!", rief sie glücklich. Vorsichtig erhob sie sich mit ihrem kleinen Sohn.

Nach einer Umarmung strich ihr die alte Frau über den Kopf. Schon als Mädchen hatte ihre Großmutter sie mit dieser Geste immer beruhigt.

„Was für ein hübsches Baby!", rief die alte Frau liebevoll. „Komm, mein Kind, lass uns gehen."

Malaika zögerte, zutiefst verunsichert durch die Ereignisse der vergangenen Tage.

Als könnte die alte Frau ihre Gedanken lesen, beteuerte sie: „Selbstverständlich kommt ihr mit zu mir nach Hause." Ihr Entschluss stand fest, sie würde ihre Enkeltochter bei sich aufnehmen.

Es folgte die schönste Zeit in Malaikas bisherigem Leben. Unter der Obhut ihrer Großmutter war sie mit dem Baby sicher. Sie wurden liebevoll von ihr umsorgt. Zur Hütte der Großmutter gehörte auch ein Stück Land. Einmal in der Woche war Markttag. Dort boten die beiden Frauen Eier und Gemüse an. Vom Erlös der Waren kauften sie für sich ein.

Kovu entwickelte sich prächtig. Seine Urgroßmutter war glücklich, ihrer Enkelin und deren Sohn helfen zu können. Doch wie ein Damoklesschwert hing die Befürchtung über ihnen, dass eines Tages Jabari auftauchen könnte, um Kovu zu entführen. Sie mussten auf der Hut sein, ihre Sorgen waren sicherlich nicht unberechtigt.

Die Großmutter besaß eine Pistole, sorgfältig verwahrt in einem geheimen Versteck in der Zwischenwand ihrer Hütte. Auf Malaikas Frage, woher sie diese habe, entgegnete sie lapidar: „Von meinem Freund Askari, er war Soldat. Er kämpfte an der Seite der Engländer. Eines Tages gab er sie mir mit den Worten: ‚Diese Pistole kann dich schützen, solltest du einmal in Gefahr geraten.'"

„Und wo ist Askari jetzt?"

„Ich habe ihn leider nie wiedergesehen. Keiner wusste, was aus ihm geworden ist. Vielleicht kam er damals ums Leben." Bedauern schwang in der Stimme der alten Frau mit.

Malaika spürte, dass dieser Unbekannte im Leben ihrer Großmutter eine wichtige Rolle gespielt hatte.

Wie in ihrem Volk üblich, wurde die Großmutter von ihrer Familie mit einem Mann verheiratet, für den sie nie besondere Gefühle entwickelte. Zumindest war er gut zu ihr, schlug sie nie, auch hatte er keine weiteren Frauen neben ihr.

Zwei Monate vergingen. An einem Nachmittag wusch Malaika Wäsche. Kovu schlief friedlich im Inneren der Hütte. Im Schatten der Akazie nähte die Großmutter an einem Hemdchen. Plötzlich sah Malaika zwei Männer, die sich näherten, sie erkannte ihren Mann Jabari. Er war in Begleitung eines Fremden.

Was Malaika nicht wusste: Die beiden hatten zuvor ihren Vater aufgesucht. Dieser fürchtete, das Brautgeld erstatten zu müssen. Jabari klärte ihn auf: „Aber Zahir, ich will das Geld gar nicht zurück, ich bin nur gekommen, um meinen Sohn mitzunehmen."

Erleichtert schickte Zahir die beiden in das Dorf seiner Mutter.

„Großmutter, Jabari kommt!", rief Malaika in Panik, ihr Herz raste, die Knie zitterten. Sie rannte in die Hütte, nahm den schlafenden Kovu schützend in den Arm.

Die alte Frau war dicht hinter ihr. Sie griff in das Versteck und verschwand wieder nach draußen.

„Halt, bleibt, wo ihr seid, oder ich schieße!" Vor dem Eingang der Hütte stand entschlossen die Großmutter mit der Pistole in der Hand. Den Lauf hielt sie direkt auf die beiden Männer gerichtet.

Völlig perplex blieben die Ankömmlinge stehen. Beim Anblick der auf sie gerichteten Waffe hob Jabaris Begleiter augenblicklich abwehrend seine Hände. Jabari verharrte einige Sekunden wie angewurzelt, dann lief er unbeirrt mit einem breiten Grinsen auf die alte Frau zu. Es knallte laut. Nur knapp verfehlte der erste Schuss seinen Fuß. Erschrocken sprang Jabari zur Seite.

„Was willst du hier?", schrie die alte Frau.

„Ich will nur meinen Sohn holen."

„Du Bandit willst das Baby holen, um es zu verkaufen. Verschwinde auf der Stelle, die nächste Kugel jage ich dir in den Kopf!" Ihre Stimme ließ keinen Zweifel aufkommen, dass sie zu allem bereit war.

Durch den Knall des Schusses rannte der Dorfälteste herbei. Dicht gefolgt von jungen Männern, die mit Speeren und Stöcken bewaffnet waren. Jabari sah ein, dass er keine Chance hatte. Die alte Frau war zum Äußersten entschlossen. Die Dorfbewohner standen ihr bei.

Wie zwei begossene Pudel machten sie kehrt, stürmten zu dem hinter Sträuchern versteckten Pick-up. Danach kreuzte Jabari nie wieder im Dorf auf.

Malaika fragte sich, ob ihre Großmutter wirklich so gut schießen konnte oder ob es reiner Zufall war, dass die Kugel Jabari um Millimeter verfehlte.

„Großmutter, fast wäre Jabari erschossen worden!"

„Verdient hätte er es wohl!"

Sichtlich erschöpft legte sie sich auf ihre Matte, bis zum nächsten Morgen stand sie nicht mehr auf.

Vor dem Zwischenfall war niemandem bekannt gewesen, dass die alte Frau im Besitz einer Pistole war und dass sie damit so präzise schießen konnte. Auch der Dorfälteste hatte keine Ahnung, dass Adima eine Waffe besaß.

Es sprach sich wie ein Lauffeuer herum, dass Jabari von Adima verjagt worden war. Alle begegneten der alten Frau mit gehörigem Respekt.

Malaika entging nicht, dass der Zwischenfall bei ihrer Großmutter Spuren hinterlassen hatte. Sie war ängstlicher und nachdenklicher geworden. Nun schlief Kovu immer zwischen ihnen, die Großmutter bestand darauf. Fortan lag jede Nacht die geladene Waffe unter ihrer Matte.

Was Malaika nicht ahnen konnte: Durch diesen Vorfall waren verschüttete Erinnerungen ihrer Großmutter zurückgekehrt:

Als neunjähriges Mädchen begleitete Adima ihre Mutter zu deren Schwester. Die Mutter wollte ihr bei der Entbindung des ersten Kindes zur Seite stehen.

Sie waren noch nicht lange im Dorf ihrer Tante angekommen, da bekam diese Wehen. Adima sollte in der Nähe bleiben, mit den Kindern spielen, die sie von vorherigen Besuchen kannte. Plötzlich hörte Adima Babygeschrei. Sekunden später rannte ihre Mutter aus der engen Hütte, rief ihr aufgeregt zu: „Adima, lauf schnell zum Medizinmann, er muss sofort kommen!"

Adima rannte los, der Medizinmann folgte ihr mit schnellen Schritten. Er verschwand im Inneren der Hütte. Die Frauen erwarteten ihn voller Unruhe.

Adima ging nicht wieder zu den Kindern, sie stand in der Nähe der Hütte im Schatten eines Baums. Plötzlich war ein gellender Schrei zu hören. Adima war es so, als wäre er von ihrer Tante gekommen. In der Hütte begannen die Frauen, zu singen. Neugierig näherte sich das Mädchen der Behausung der Tante, sie wollte sehen, was los war.

In der Wand an der Rückseite gab es einen kleinen Spalt. Unbemerkt von den anderen reckte sie sich ein wenig und spähte in die Hütte.

Da lag ihre Tante auf einem Lager aus Stroh. Der Medizinmann hockte daneben, große Tonschalen vor sich auf dem Boden. In den knochigen Händen hielt er den erschlafften Körper eines Säuglings. Er war ganz weiß. Aus seinem kleinen Körper tropfte Blut in die Schalen. Erst jetzt sah Adima, dass das kleine Wesen keine Füße und Hände mehr hatte. Ihre Tante lag apathisch da und wimmerte.

Was Adima gesehen hatte, ließ ihr keine Ruhe. Als sie sich wieder auf den Rückweg in ihr Dorf machten, lief sie eine ganze Weile neben ihrer Mutter her. Die Frage in ihrem Kopf brannte mehr als der heiße Staub des ausgetretenen trockenen Weges unter ihren Fußsohlen. Schließlich hielt sie es nicht mehr aus und brach das Schweigen: „Mama, warum war das Baby der Tante weiß? Und warum hat es keine Hände und Füße?"

„Wenn die Eltern etwas Böses getan haben, bekommen sie weiße Kinder. Dieses Baby ist gestorben!"

Diese Erklärung der Mutter überzeugte Adima nicht, sie spürte deutlich, dass ihre Mutter nicht die Wahrheit sagte. Ihre herzensgute Tante, die immer lachte und mit ihnen spielte, sollte etwas Böses getan haben? Nie und nimmer! Wie oft hatte diese Tante ihr die Haare gekämmt und mit schönen Perlen geschmückt? Wie oft hatte sie mit ihrer Arbeit innegehalten, um ihrer kleinen Nichte eine Freude zu bereiten?

„Aber meine Tante war doch niemals böse!"

Ihre Mutter reagierte nicht auf diesen Einwand.

Von diesem weißen Baby, dem die Hände und Füße fehlten, träumte Adima noch jahrelang.

Ihre Tante bekam kein weiteres Kind. Nie wieder hörte man sie singen und lachen. Nie wieder hatte sie Adimas Haare gekämmt – auch das Spielen war für immer vorbei.

Die Behauptung, es würde ein weißer Säugling geboren, wenn die Eltern Böses getan hatten, bekam Adima noch einige Male zu hören. „Mzungu" nannten die Einheimischen sie voller Furcht.

Von diesem traumatischen Kindheitserlebnis hatte Adima nur einem einzigen Menschen erzählt, ihrem Freund Askari.

Er sah sie damals an und sprach ruhig und bestimmt: „Adima, was gesagt wird, stimmt ganz und gar nicht! Diese Kinder sind kein Zeichen des Bösen." Traurig fuhr er fort: „In unserem Blut sorgt ein Pigment dafür, dass die Haut eine dunkle Farbe bekommt. Dieser Stoff heißt Melanin. Bei den weißen Babys fehlt es. Die Natur hat es so gewollt. Es sind ganz normale Kinder, keine Geister, wie manche Medizinmänner behaupten."

Seine Stimme klang bedrückt. Die Engländer hatten ihm den biologischen Ursprung der hellen Haut ganz genau erklärt. So erfuhr Adima die Wahrheit. Von Melanin verstand sie nichts, aber sie war stolz auf ihren Askari, der viel klüger als alle anderen Männer ihres Dorfes war.

Er nahm sie in den Arm. „Wenn wir jemals einen Albino bekommen sollten, werden wir ihn als Gottesgeschenk betrachten", versprach er ihr.

Keiner von den beiden ahnte, dass dies ihre letzte Begegnung sein würde.

Als Witwe lebte Adima zurückgezogen. Das änderte sich auch nicht, nachdem ihre Enkelin mit ihrem Albino-Kind zu ihr gezogen war. Gemüse pflanzen und jäten, Wasserholen und die Versorgung ihrer Tiere beschäftigten die beiden Frauen den größten Teil des Tages. Gelegentlich besuchte sie den Dorfältesten Kito.

Am Markttag stand Malaika früh auf, um so bald wie möglich aufzubrechen und ihren gewohnten Platz zu bekommen. Auch ihre Großmutter ging immer mit. Doch heute Morgen war alles anders: „Kind, du musst allein los, ich fühle mich etwas schwach."

Ihre Großmutter blieb auf der Matte liegen – versuchte ein zaghaftes Lächeln. Malaika war besorgt. In letzter Zeit aß die alte Frau kaum noch etwas, war dünn geworden, schlief mehr als sonst. Manchmal klagte sie über starke Bauchschmerzen. Vertraute Heilmittel wie Kräutertees und Tinkturen brachten kaum noch Linderung.

Malaika ließ Kovu bei der Großmutter zurück und brach auf. Ihre Waren verkauften sich rasch. Für ihre Großmutter besorgte sie beim Apotheker noch ein schmerzstillendes Pulver. Schon am frühen Nachmittag war sie zurück im Dorf.

Kovu spielte in sich versunken mit kleinen Steinen zu Füßen seiner Urgroßmutter, die mit geschlossenen Augen vor sich hindämmerte. Malaika richtete den schwachen Körper der alten Frau auf und flößte ihr die Medizin ein. Nachdem sie mit sichtlicher Anstrengung einige Schlückchen getrunken hatte, flüsterte sie: „Malaika, wenn ich nicht mehr bin, pass gut auf Kovu auf." Ihre Stimme zitterte.

Malaika streichelte behutsam ihre Hand. „Du darfst nicht sterben, Großmutter, hörst du?"

In der Stille dieser Nacht schlief Adima für immer ein. Als die Morgensonne ihre warmen Strahlen sandte, kniete Malaika bei der Toten, die friedlich zu schlafen schien. Sie trauerte um diesen wunderbaren Menschen, der ihr und ihrem Kind ein Zuhause und Sicherheit gegeben hatte. So vieles ging ihr durch den Kopf. Angst kroch in ihr hoch. Was sollte sie nun tun? Ihr Herz war schwer und sie war mutlos.

Ihr Vater schickte einen Boten: Sie solle auf keinen Fall mehr mit dem Zeru Zeru in der Hütte sein, wenn er den Leichnam seiner Mutter abholen würde. Es war Brauch, die Verstorbenen nahe bei den Ahnen zu bestatten.

In aller Eile packte Malaika ein Bündel mit dem Nötigsten zusammen. Ein letzter wehmütiger Blick auf ihre geliebte Großmutter, dann verschwand sie mit ihrem Kind.

Erst im Dunkel der Nacht kehrten sie leise in die verlassene Hütte zurück.

Für Kovu zu sorgen und für ihn da zu sein, war fortan ihr wichtigster Lebensinhalt. Jetzt war alles vorbei – ihr Sohn Kovu tot. Malaika hatte ihn nicht beschützen können. Ihr einziges Kind war entführt und bestialisch getötet worden. Nun war sie allein, entsetzlich allein. Wäre ich doch nur auch tot, fuhr es Malaika durch den Kopf.

Am nächsten Morgen trat Frau Dr. Sophie Charlotte Juma an Malaikas Krankenbett. Schweigend saß sie da, den Blick ins Leere gerichtet. „Wie geht es Ihnen?"

Malaika blickte mit leicht geröteten Augen kurz auf und schwieg. Die Ärztin setzte sich auf die Bettkante. Die junge Patientin tat ihr leid. „Hast du eine Familie, zu der du gehen kannst?"

Malaika schüttelte den Kopf. Unerwartet brach es aus ihr heraus: „Zu meiner Familie kehre ich auf gar keinen Fall zurück!"

Dr. Sophie Charlotte Juma verstand Malaikas Situation. Sie kannte den hartnäckigen Aberglauben, der immer noch in vielen Teilen ihres Landes vorherrschte. Diese fehlgeleiteten Medizinmänner verachtete sie, hätte sie am liebsten für immer ins Gefängnis gesteckt.

Mehrmals schon hatte die Ärztin schriftliche Eingaben an die Regierung geschickt und darüber berichtet, welche Gräueltaten sich wiederholt in ihrer Klinik zeigten. Von kleinen Albino-Kindern, denen bei vollem Bewusstsein die Hände und Füße abgehackt worden waren. Denen die Augen herausgerissen wurden, um diese auf dem Schwarzmarkt für viel Geld zu verkaufen. Dr. Juma bat darum, dass die Verantwortlichen diesen grausamen Taten ein Ende setzen sollten. Alle ihre Briefe waren bislang jedoch unbeantwortet geblieben. Leider glaubten auch viele Regierungsmitglieder immer noch an diese absurden Rituale. Keiner hatte den Mut, dagegen vorzugehen, wollten sie doch die „bösen Geister" nicht gegen sich aufbringen.

Es war noch immer ungewöhnlich, dass eine Frau aus ihrem Volk studierte und Ärztin wurde. Sie war stolz auf ihren Namen, der für eine Dunkelhäutige in der Region unüblich war.

Als junges Mädchen hatte Sophie Charlottes Mutter bei einer österreichischen Diplomatenfamilie in Daressalam als Haushälterin gearbeitet. Fast jeden Sommer durfte sie die Familie nach Europa begleiten. Während eines Aufenthalts in Wien entdeckte sie die Biografie von Sophie Charlotte Auguste, der jüngsten Schwester der österreichischen Kaiserin Sissi. Ihr tragischer Tod im Jahre 1897 berührte die afrikanische Haushälterin aus Tansania so sehr, dass sie Jahre später ihre erstgeborene Tochter nach der bayerischen Prinzessin benannte. Und es gab noch ein Geheimnis, warum sie ihrer Tochter den Namen gab: Der Vater des Kindes war der Diplomat, bei dem sie in Diensten stand. Der Österreicher war froh, dass er der Haushälterin das Versprechen abringen konnte, das Geheimnis für sich zu bewahren. Daran hielt sie sich auch. Obwohl er sein Kind nie zu Gesicht bekommen hatte, unterstützte er die afrikanische Frau bis zu seinem Tod finanziell großzügig.

Schon als kleines Mädchen wollte Sophie Charlotte sich nicht unterordnen. Mit ihrem starken Charakter fiel sie bereits im Kindesalter auf. So liebte sie klassische europäische Musik, nicht ihre heimischen Gesänge und die traditionellen Tänze. Stundenlang lauschte sie der

Musik von den alten Kassetten, die ihre Mutter noch aus ihrer Zeit bei der österreichischen Familie besaß. Am liebsten hörte sie Mozart.

Manchmal scherzte ihre Mutter: „Ich habe die bayerische Prinzessin wohl zu sehr verinnerlicht; es scheint, als sei Prinzessin Sophie Charlottes Seele in meiner Tochter wiedergeboren."

Einige lachten darüber, andere wiederum glaubten daran. Sie selbst war davon felsenfest überzeugt.

Sophie Charlottes Entschluss, Ärztin zu werden, um Menschen zu helfen, stand schon sehr früh fest. Dank des angesparten Vermögens konnte ihre Mutter ihr diesen Wunsch erfüllen. Sie war mächtig stolz auf ihre Tochter, die als einziges Mädchen in der Region Medizin studierte.

Mit ihrer Abneigung gegen die von Männern dominierte Welt machte Sophie Charlotte sich im Laufe der Jahre nicht nur Freunde. Obwohl sie sich für die Rechte der Frauen einsetzte, wandten sich diese gegen sie, was ihr paradox erschien. Wenn sie ihren europäischen Namen hörten, gingen sie davon aus, sie sei eine Weiße. Sie ließen es jedoch sofort an Respekt mangeln, wenn sie sahen, dass sie eine von ihnen war.

Dr. Sophie Charlotte Juma hatte großes Mitleid mit Malaika. Sie überlegte, wie sie dieser verzweifelten jungen Frau helfen konnte. Plötzlich kam ihr eine Idee: Sie würde später ihren langjährigen Freund Mazar Keitu anrufen.

Mazar und Sophie Charlotte hatten dieselbe Schule besucht. Seit zwanzig Jahren war er in Dodoma Polizeichef. Ihn ans Telefon zu bekommen, war nicht einfach. An diesem Morgen hatte sie Glück. Der Sekretär stellte sie sofort durch. Sie erzählte am Telefon von Malaika und ihrem Schicksal. Geduldig hörte der alte Freund Sophie Charlottes Ausführungen an.

„Mazar, ich bin überzeugt, dass dieses Mädchen die richtige Person für das Kinderheim ist."

„Das könnte gut sein. Die Heimleiterin wird sich freuen. Bitte schicke sie so schnell wie möglich zu uns nach Dodoma, ich werde mich persönlich um sie kümmern."

Mazar Keitu war Massai. Alle nannten ihn nur den Massai-Jungen. Als Neunjähriger erkrankte er schwer. Was auch immer seine Eltern und der Heiler des Dorfes versuchten, um ihm zu helfen, nichts brachte Besserung. So beschlossen sie, mit dem Jungen zu einem richtigen Arzt zu gehen. Auch wenn sie befürchteten, dass er bald sterben würde, wollten sie nichts unversucht lassen, zumal Mazar ihr Erstgeborener war. In der Stadt lebte eine Cousine der Mutter, bei ihr konnten sie wohnen. Es war dieser Cousine zu verdanken, dass sie kurzfristig einen Arzt fanden, der ihren Sohn behandeln würde.

Der Doktor untersuchte den Jungen eingehend und gab ihm eine Spritze. Die Eltern wies er an, mit ihrem Kind eine Woche lang täglich vorbeizukommen. Er müsse Mazar noch weiter behandeln. Die Eltern waren ratlos. Ihnen war es nicht möglich, eine Woche in der Stadt zu bleiben, denn der Sommer war zu Ende, sie mussten ihr Vieh rechtzeitig vor den Monaten, in denen die Temperaturen in der Nacht sehr kalt wurden, ins Tal holen. Ihre anderen drei Kinder konnten sie auch nicht für längere Zeit bei den Dorfbewohnern lassen, wo sie sie jetzt untergebracht hatten. Es gab keine andere Lösung als zurückzukehren.

In dieser Notlage kam ihnen ihre Cousine unerwartet zu Hilfe: Sie schlug vor, Mazar doch bei ihr zu lassen, sie würde ihn dann jeden Tag zum Arzt bringen. Die Eltern dankten ihr, brachen früh am nächsten Morgen auf, es war ein weiter Weg bis nach Hause. Es fiel ihnen nicht leicht, den kranken Ältesten zurückzulassen.

Zwei Wochen waren vergangen. Mazar erholte sich schnell und wurde entgegen allen Befürchtungen vollkommen gesund. Die Gastgeber hatten selbst zwei Kinder, einen Jungen im Alter von Mazar. Dieser ging in die Schule und besuchte die zweite Klasse.

An einem Montagmorgen fragte der Hausherr, ob Mazar nicht Lust hätte, ebenfalls in die Schule zu gehen. Noch nie war er in einer Schule gewesen. Er wollte unbedingt mit und freute sich.

Im Klassenzimmer durfte er etwas weiter hinten Platz nehmen. Interessiert beobachtete der Massai-Junge, was der Lehrer den Schülern beibrachte. Sie alle konnten lesen, was auf die Tafel geschrieben wurde. Für ihn war alles, was der Lehrer erklärte, neu.

Der Tag verging wie im Flug. Er freute sich schon auf den nächsten Morgen, an dem er wieder mit in die Schule gehen durfte. Diesmal mit Block und Bleistift ausgestattet, setzte er sich auf den bekannten Platz. Dem Lehrer fiel auf, wie aufmerksam der fremde Junge dem

Unterricht folgte. Am dritten Tag durfte er sich neben einen anderen Schüler setzen und mitarbeiten.

Am Ende der Woche wollte der Lehrer von ihm wissen, ob er weiterhin in die Schule kommen mochte.

„Kann ich auch bald ein Buch lesen?"

Auf dem Pult eines Mädchens lag ein Weltatlas mit farbigem Einband. In großen Lettern stand „Geografie" darauf. Mazar war von diesem Buch begeistert.

Der Lehrer folgte seinem Blick: „Jeder, der in die Schule geht, lernt lesen und schreiben."

Das kleine Mädchen hatte die kurze Unterhaltung mit neugierigen Augen verfolgt. Sophie Charlotte erhob sich, ergriff das schwere Buch und hielt es ihm mit den Worten entgegen: „Hier, du kannst es bis Montag behalten."

Völlig überrascht, aber voller Dankbarkeit, ergriff Mazar den Weltatlas, drückte ihn stolz an sich.

An diesem Wochenende konnte er kaum das Ende der Mahlzeiten erwarten. Zu spannend waren die vielen Darstellungen und Fotos im Geografiebuch.

Am Montag wollte er den Atlas gleich vor Unterrichtsbeginn zurückgeben. Das Mädchen lächelte ihn freundlich an: „Du kannst das Buch gerne behalten."

Von nun an brachte Sophie Charlotte ihm hin und wieder weitere Bücher mit. Innerhalb kürzester Zeit kannte der Junge alle Buchstaben. Er begann, zu lesen, und schrieb bald einfache Sätze. Seine außergewöhnliche Auffassungsgabe und sein Lernwille beeindruckten den Lehrer. So einen Schüler hatte er bisher noch nie unterrichtet.

Als Mazar nach der fünften Woche aus der Schule ins Haus der Verwandten trat, stand plötzlich sein Vater im Eingang.

„Morgen früh fahren wir nach Hause!"

Mazar war damit keinesfalls einverstanden: „Nein, ich will nicht mit, ich will in die Schule!" Weinend blickte er seinen Vater an.

„Aber ich brauche dich, du musst doch das Vieh hüten."

Am nächsten Tag half kein Bitten, es ging zurück ins Dorf. Den ganzen Weg lang sprach Mazar kein Wort. Daheim angekommen, verkroch er sich mit den Büchern von Sophie Charlotte auf seine Matte. Er wollte nicht mehr hinaus. Nicht mehr helfen. Nie mehr Vieh hüten. Es war, als hätte man ihn ausgewechselt. Alle Strafen nützten nichts, die Schläge, die Drohungen; ja, sie gaben ihm sogar zwei Tage lang nichts zu essen, um ihn zur Einsicht zu bringen.

In einer der folgenden Nächte nahm ihm seine Mutter heimlich, während er schlief, die Bücher weg. Entgegen der Absicht des Vaters, der sie verbrennen wollte, versteckte sie diese.

Dies alles setzte dem Buben sehr zu, sein Gesundheitszustand verschlechterte sich wieder von Tag zu Tag. Das Fieber kam zurück, sein Körper wurde von Krämpfen geschüttelt. Als die Lippen sich blau färbten und Schaum sich in den Mundwinkeln zeigte, flehte seine Mutter ihren Mann an, den Jungen sofort zum Doktor zu bringen.

„Er stirbt sonst!"

Der Vater sah ein, dass er schnell handeln musste. Gleich am nächsten Morgen brachte er den Jungen auf dem klapprigen Kleinlaster eines Freundes, der in die Stadt fuhr, zum Arzt. Zwischen seinen wenigen Habseligkeiten und einem großen Fladenbrot, das sie für die Cousine gebacken hatte, versteckte die Mutter auch seine Bücher.

Der Vater war froh, als die Verwandten vorschlugen, Mazar gerne auch länger bei sich zu behalten. Dankend willigte er ein. Er drängte darauf, schnell wieder aufzubrechen.

Zehn Tage später kam der große Moment: Er hatte sich so weit erholt, dass er wieder mit zur Schule durfte. Seine Klassenkameraden freuten sich, ihn wieder bei sich zu haben, ganz besonders Sophie Charlotte.

Ohne die Hilfe seines Ältesten wartete auf den Vater in seinem Dorf noch mehr Arbeit. Nachdem er mit seiner Frau gesprochen hatte, beschlossen beide, Mazar nun doch in der Stadt zu lassen, damit er die Schule besuchen konnte. Die Verwandten erhielten eine entsprechende Nachricht und waren einverstanden. Mazar war glücklich, denn sein Wunsch ging in Erfüllung.

Dem Unterricht folgte Mazar aufmerksam, hing an den Lippen des Lehrers. Täglich wurden seine Leistungen besser, nach einigen Wochen konnte er alles lesen, bald darauf auch ganz passabel schreiben. Nach einem Jahr wählten die Mitschüler ihn zum Klassensprecher. Mazar war stolz und glücklich.

Im Alter von fünfzehn Jahren überragte er seine Klassenkameraden um einen ganzen Kopf. Er entwickelte sich zu einem markanten jungen Mann mit schlanker Silhouette und ebenmäßigen Gesichtszügen. Durch sein bedachtes, ruhiges Wesen beeindruckte er auch die Mädchen aus den höheren Klassen.

Mit Sophie Charlotte blieb er freundschaftlich verbunden. Manchmal lud sie ihn zu sich nach Hause zum Lernen ein. Dort war alles anders. Ihr Lebensstil unterschied sich wesentlich von dem der Einheimischen. Ihre Mutter konnte lesen und schreiben. Sie studierte gerne alte Zeitungen und Magazine, die sie von irgendwoher bekam. Nach dem Lernen hörten sie oft klassische Musik, meist von Mozart. Am Anfang konnte der Massai-Junge damit nichts anfangen. Doch je länger er den Klängen lauschte, umso besser gefiel ihm diese fremdartige Musik.

Mazar kehrte nur noch während der Schulferien in sein Dorf zurück. In dieser Zeit unterstützte er seine Familie. Nach und nach wurden seine Besuche seltener; er musste viel lernen, um einen guten Abschluss zu erreichen. Die Stadt war seine neue Heimat geworden. Gelegentlich sprach er mit Sophie Charlotte über ihre Pläne, ihre Vorstellungen von der Zukunft. Bereits in jungem Alter reifte in ihm der Entschluss, Polizist zu werden, genährt von der idealistischen Vorstellung, sich für Recht und Ordnung einsetzen zu können. Sophie Charlotte träumte davon, Ärztin zu werden. Es war ihr Wunsch, alle Kranken zu heilen.

Nach seiner Ausbildung bei der Polizei erhielt Mazar aufgrund seiner hervorragenden Ergebnisse die Möglichkeit, ein Jahr nach England zu Scotland Yard zu wechseln. Das Vereinigte Königreich gefiel ihm vom ersten Tag an. Für ihn glich das Eintauchen in eine völlig neue Kultur einer Schocktherapie: Nie würde er vergessen, wie er am Tag seiner Ankunft abends am Piccadilly Circus stand, inmitten einer Masse von Menschen. Doppeldeckerbusse fuhren vorbei, überdimensionierte Leuchtreklamen spuckten ihre Werbebotschaften aus. Er fühlte sich wie in einer anderen Galaxie. In der City bewohnte er ein Studio, ein bis dato für ihn unbekannter Luxus.

Eines Morgens war Mazar auf dem Weg in die Personalstelle, um eine Formalität zu regeln. Auf dem Flur begegnete er einer jungen Dame. Sie lächelte ihn an, in diesem Moment fühlte er sich, als schwanke der Boden unter seinen Füßen.

„Wie kann ich Ihnen helfen?"

Mit dem Formular in der Hand stand er verloren da, hin und weg. Er wusste nicht, wie ihm geschah. Beim Blick in ihre tiefblauen Augen und das von blonden Locken umrahmte Gesicht war es ihm nicht möglich, auch nur einen klaren Gedanken zu fassen. Sie spürte seine Unsicherheit und bat ihn kurzentschlossen in ihr Büro. Dort trug er sein Anliegen vor.

Ihr engelgleiches Wesen ging Mazar nicht mehr aus dem Kopf. Er richtete es so ein, dass er – wegen einer Kleinigkeit – einige Tage später nochmals zu ihr ins Büro kommen musste. Vor dem Spiegel in seinem Badezimmer hatte er sich auf dieses Treffen vorbereitet, richtiggehend geübt – es ging ja schließlich um alles. Nachdem sie ihm überaus freundlich und geduldig geholfen hatte, wagte er einen Vorstoß: „Darf ich Sie für heute Abend zum Essen einladen?"

Seine Stimme zitterte vor Aufregung. Zu seiner Überraschung sagte Nancy zu.

Zwischen Mazar und Nancy entwickelte sich eine wunderbare Beziehung. Bald darauf waren sie ein Herz und eine Seele. Jeder, dem sie begegneten, war von dem ungleichen Paar fasziniert.

Als Mazar Nancy kurz vor Beendigung seines einjährigen Volontariats mitteilte, dass er bald in seine Heimat zurückkehren müsse, war sie sehr bestürzt. Mazar machte ihr kurzentschlossen einen Heiratsantrag. Als seine Ehefrau könnte sie ihn nach Tansania begleiten.

Trotz aller Bedenken ihrer Eltern und einiger Bekannten heirateten sie noch vor der Abreise in England. Einige Monate später flogen sie dann in seine Heimat. Dort erwartete sie bereits ein Haus am Rande der Stadt Dodoma, unweit von Mazars neuer Dienststelle.

Die ersten Wochen in der neuen Heimat fand Nancy schwierig, alles war ihr fremd. Sie ließ es sich nicht anmerken, aber täglich ertappte sie sich dabei, wie sehr sie Vertrautes aus ihrer Heimat vermisste. Es war für sie eine Gratwanderung zwischen zwei absolut unterschiedlichen Kulturen. Im Haushalt hatte sie Hilfe durch eine Einheimische. Asha, so ihr Name, wurde von Mazar beauftragt, Nancy alles zu zeigen, was den Alltag in Tansania ausmachte. Gemeinsam mit der Haushälterin erledigte sie die Einkäufe auf dem Markt. Mit Ashas geduldiger Unterstützung lernte sie rasch die wichtigsten Begriffe in Suaheli. Eifrig übte sie täglich, um ihren Wortschatz zu erweitern.

Ein Jahr nach ihrer Ankunft überraschte Nancy ihren Mann eines Abends mit der freudigen Nachricht, dass sie ein Baby bekommen würden. Die Schwangerschaft verlief normal, sie brachte einen gesunden Sohn zur Welt. Zwei Jahre darauf folgte ihm ein Brüderchen. Asha identifizierte sich mit Herz und Seele mit der ihr übertragenen Aufgabe als Kinderfrau. Sie sang viel, der Klang ihrer afrikanischen Lieder erfüllte das Haus.

Nach fünf Jahren war Mazar stellvertretender Polizeichef. Kurz darauf kam es zu einem tragischen Unfall, bei dem sein Vorgesetzter das Leben verlor. Nach kurzer Zeit musste die Stelle des Leiters besetzt werden, die Entscheidung fiel auf ihn.

Vom Volk der Massai war er der Erste in einer derartigen Schlüsselposition mit weitreichenden Kompetenzen. Ein vorbildlicher Hüter des Gesetzes, unbestechlich und gradlinig. Er stand für Ehre und Gewissen, wurde geachtet und geschätzt. Die Erfahrungen aus seiner Zeit bei Scotland Yard kamen ihm in seinem hohen Amt ebenfalls zugute. Zu den wichtigsten Politikern des Landes knüpfte er beste Beziehungen.

Die Massai waren stolz darauf, dass er es geschafft hatte, zum Polizeichef der Region aufzusteigen. Mazar setzte sich auch, wo er konnte, besonders für die Rechte und Probleme seines Volkes ein. Dadurch änderte sich vieles zum Positiven.

Nicht wenige der jüngeren Generation sahen Mazar als Vorbild, strengten sich in der Schule an, um einen guten Abschluss zu erhalten und vielleicht einmal – wie er – einen anderen Weg als den seit Generationen vorbestimmten zu gehen.

Nancy war der ruhende Pol in Mazars Leben. In seinem beruflichen Alltag waren Korruption, Intrigen und Gewalt allgegenwärtig. Umso mehr schätzte er die Weitsicht und Diplomatie seiner Frau – bei wichtigen Entscheidungen vertraute er auf ihr Urteil.

Immer mehr keimte in Nancy der Wunsch, sich sozial zu engagieren. Sie wollte Kindern helfen, wusste aber noch nicht genau, wie. Eines Tages kam ihr dabei der Zufall zu Hilfe: An einem strahlenden Morgen – sie befand sich mit Asha auf dem Weg zum Markt – liefen beide an einem Gebäudetrakt entlang. Hinter einem rostigen Zaun spielten Kinder verschiedener Altersstufen.

„Das ist das Heim der Waisen, die niemand haben will", erklärte ihre Haushälterin.

Der Anblick der mageren Kinder in verschlissener, schmutziger Kleidung berührte Nancys Herz. Ihr fiel auch der schlechte äußere Zustand des Anwesens auf. Während des langen Heimwegs gingen ihr die Jungen und Mädchen nicht mehr aus dem Kopf.

Beim nächsten Besuch auf dem Markt kaufte sie einen großen geflochtenen Korb, füllte diesen mit Obst und bat Asha, sie zum Heim zu begleiten. Sie wollte die Kinder überraschen. Ihre Hausgehilfin schien nicht gerade begeistert von diesem Vorhaben, es gelang ihr jedoch nicht, Nancy davon abzubringen. Mit dem schweren Korb betrat Asha im Schlepptau der entschlossenen Engländerin den Hof des Waisenhauses.

Als „Haus" konnte man das Gebäude beim besten Willen nicht bezeichnen. Die Kinder lebten in einem zugigen, teilweise baufälligen Gemäuer, das seine koloniale Glanzzeit schon lange hinter sich hatte. Der Hof mit einem einzigen schattenspendenden Baum in der Mitte war notdürftig durch rostige Bleche und verrottete Zäune von der befahrenen Straße abgetrennt.

Eine beleibte Ordensschwester steuerte schwer atmend auf sie zu, grüßte freundlich und stellte sich als Schwester Mary, die englische Heimleiterin, vor. Die ältere Dame freute sich sehr über den spontanen Besuch der jungen Landsfrau. Selten kamen Besucher, schon gar nicht aus ihrer alten Heimat.

„Sie sind also die Gattin des Polizeichefs, ich habe schon von Ihnen gehört."

Nancy bat um Erlaubnis, Asha das Mitgebrachte unter den Kindern verteilen zu lassen.

„Ja, natürlich, vielen Dank dafür, solche Dinge bekommen die Kinder sonst nie", bemerkte die Heimleiterin traurig. „An manchen Tagen haben wir nicht genug Lebensmittel, um die Kinder wirklich satt zu bekommen. Auch fehlt es an sauberem Wasser, Seife und Decken. Wir behelfen uns, so gut es eben geht." Das Bedauern und die Sorgen schwangen in ihrer Stimme mit.

Aufgeregt berichtete Nancy ihrem Mann noch am selben Abend von den desolaten Zuständen im Kinderheim. Von nun an machte sie es sich zur Gewohnheit, öfters im Heim vorbeizugehen. Sobald die Kinder die blonde Frau entdeckten, rannten sie ihr entgegen, voller Vorfreude, mit strahlenden Augen.

Einige Monate waren vergangen, seit Nancy zuletzt im Kinderheim war. Gleich am nächsten Morgen wollte sie wieder einmal bei den Kindern dort vorbeischauen. Die Leiterin freute sich sichtlich, als Nancy in den Hof trat. Unter der großen Schirmakazie stand ein wackeliger, kleiner Tisch. Nancy und die Ordensschwester setzten sich in ihren Schatten. Ein junges Mädchen brachte Tee.

„Ich war in der Heimat", begann Nancy. „Wie ist es Ihnen und den Kindern in der Zwischenzeit ergangen?"

Die alte Dame holte tief Luft. „Es sind noch mehr Kinder hinzugekommen. Meine Ordensschwestern sowie unsere Helfer arbeiten unermüdlich, aber leider sind wir immer öfter am Ende unserer Kräfte. Auch mir fällt es von Tag zu Tag schwerer, da meldet sich wohl mein Alter. Ich bete schon jeden Abend darum, dass wir zusätzliches liebevolles Personal mit einem großen Herzen für die Kleinen finden."

Unauffällig angelte die beleibte Heimleiterin mit ihren dicken Wurstfingern geschickt und flink den größten der Kekse, die Nancy von zuhause mitgebracht hatte, aus der Schale. Genüsslich schmatzend sprach sie weiter: „Wir mussten sogar ein extra Säuglingszimmer herrichten, da immer öfter Neugeborene bei uns vor dem Eingang abgelegt werden. Die armen Würmchen sind meist nur in ein dünnes Tuch gewickelt."

„Wieso geben die Mütter ihre Kinder ab?", wollte Nancy wissen.

„Ursachen dafür gibt es mehrere", erklärte Schwester Mary.

Nancy blickte sie mit fragendem Gesichtsausdruck an.

„So gilt es unter den Einheimischen als Schande, wenn hiesige Frauen eine Beziehung mit Soldaten eingehen und von ihnen schwanger werden. Um diesen Frauen in ihrer Not beizustehen, haben wir über die Missionare in den einzelnen Regionen die Nachricht verbreiten lassen, dass die Schwangeren zu uns ins Waisenhaus kommen dürfen, um hier ihr Kind zu gebären. Das hat sich unter den betroffenen Frauen wie ein Lauffeuer rumgesprochen."

Die Heimleiterin nahm einen großen Schluck Tee und musterte kurz die Kinder, die im Hof mit selbstgebastelten Objekten aus Plastik, Holz und Papier spielten. Ein Mädchen, selbst fast noch ein Kind, lief mit einem Baby im Arm an ihnen vorbei.

„Nach der Entbindung lassen die Mütter meistens ihren Säugling hier. Unterstützt von den etwas älteren Kindern kümmern wir uns, so gut es eben geht, um diese Babys, aber Sie dürfen mir glauben, es ist nicht immer einfach."

Mit Blick auf einen kleinen Albino-Jungen, der ganz vertieft mit einer verbeulten Blechdose Fußball spielte, sprach die Heimleiterin weiter: „Unter den anonym abgelegten Babys sind in letzter Zeit auch vermehrt Albinos. Es ist für diese Kinder oft die einzige Möglichkeit, zu überleben, werden sie doch in vielen Regionen immer noch verfolgt."

„Warum ist das so?", wollte Nancy wissen.

„Der Junge dort mit der Blechdose ist Nuru." Schwester Mary wies mit der Hand in Richtung der spielenden Kinder. Die Haare des Buben reflektierten die Mittagssonne. „Seine Mutter war viele Tagesmärsche unterwegs, um bei uns zu entbinden. Ihr erstes Kind war bereits ein Albino. Den Müttern wird befohlen, ihr Neugeborenes sofort nach der Geburt zu töten, unter dem Vorwand, Unheil abzuwenden. Man ließ auch Nurus Mutter keine andere Wahl, die Situation überforderte sie völlig. Als sie zum zweiten Mal schwanger wurde, lebte sie in der Angst, dass auch dieses Kind wieder ein Albino sein könnte. Dem Leben ihres Erstgeborenen ein Ende zu setzen, war für sie bereits unerträglich, noch einmal würde sie dies nicht auf sich nehmen. In ihrer Notlage vertraute sie sich dem Missionar an, der ab und zu in ihr kleines Dorf kam. Er erzählte ihr von unserem Kinderheim und dem Angebot an Schwangere, hier ihr Kind zur Welt zu bringen. Erleichtert fasste sie Mut, sah einen Ausweg für ihr Dilemma."

Mary bediente sich nochmals an den Keksen, dazu nahm sie einen großen Schluck Tee.

Nancys Blick blieb gespannt an ihrem runden Gesicht haften. „Wie ist es Nurus Mutter ergangen?"

„Leider ist sie gleich nach der Geburt gestorben." Schwester Mary schaute zu dem Jungen herüber, mit einem traurigen Unterton fuhr die Heimleiterin fort: „Die junge Frau war viele Tage unterwegs. Völlig entkräftet und stark unterernährt traf sie hier ein. Mit letzter Kraft schleppte sie sich gerade noch auf unseren Hof, das weiße Kind wurde direkt hier unter diesem Baum geboren. Wir legten ihr das Kind auf die Brust, an ihr Herz. Mit einem schwachen Lächeln flüsterte sie noch: ‚Nuru ya Dunya, bitte passt auf ihn auf.‘ Nach einem letzten tiefen Atemzug schlossen sich für immer ihre bernsteinfarbenen Augen.“ Schwester Mary hielt kurz inne, bevor sie fortfuhr: „Nuru ya Dunya bedeutet ‚das Licht der Welt‘. Da lag er nun, Nuru – unser erstes Albino-Kind! Wie sollten wir diesen Winzling bloß ernähren? Eine Amme hätten wir niemals finden können – keine Frau aus der Gegend wollte einen ‚Zeru‘ stillen. Bei den Einheimischen bedeutet das so viel wie ‚Teufel‘. Zum Glück absolvierte damals ein Mädchen aus Deutschland bei uns ihr Praktikum. Spontan erkundigte sie sich in der Umgebung, wer gerade Mutter geworden war und sein Kind stillte. Einige Mütter konnte sie überreden, gegen Entgelt etwas von ihrer Milch an uns abzugeben. Carla, so hieß das Mädchen, holte diese Milch in Glasflaschen mehrmals täglich persönlich ab, mit viel Geduld gab sie diese dann dem kleinen Nuru.“

Der Heimleiterin entging nicht, wie berührt ihr Gast von dieser traurigen Geschichte war.

„Diesem jungen Mädchen ist es zu verdanken, dass er nicht verhungert ist. Niemand außer ihr wollte sich um das Albino-Kind kümmern, es schon gar nicht auf den Arm nehmen. Zu tief saß der Aberglaube. Zur Überraschung der anderen ängstlichen Mitarbeiter blieb jedoch das erwartete Unheil aus – nach einer Weile wagten auch sie zaghaft, das weiße Kind zu berühren. Carla konnte es damals einrichten, ein weiteres Jahr bei uns zu bleiben, nur wegen Nuru. Für ihn ein großes Glück. In dieser Zeit hat Carla sich fast ausschließlich um ihn gekümmert. Der Abschied fiel ihr und uns am Ende sehr schwer."

Nancy betrachtete den hellhäutigen Jungen. Er wirkte verwahrlost. Sein blondes Haar war offensichtlich seit Langem nicht mehr mit Wasser in Berührung gekommen. Die weißen Hände, die die Blechdose hielten, waren schmutzig. Der Junge tat ihr leid.

„Unter den Mitarbeitern bei uns im Heim hat sich die vollkommen unbegründete Angst bezüglich der Albinos aufgelöst. Das lässt hoffen, dass dieser alte Aberglaube überall ein Ende findet. Das Töten dieser Neugeborenen muss aufhören. Die Furcht vor dem Unheil, welches angeblich von diesen Geschöpfen ausgehen soll, ist jedoch immer noch größer als jegliche Vernunft. Hinzu kommt leider der Irrglaube, dass Körperteilen von Albinos außergewöhnliche Kräfte zugeschrieben werden. In manchen Regionen hat dies skrupellose Verbrecher dazu verführt, oft mit Rückendeckung einiger der lokalen Medizinmänner, einen florierenden illegalen Handel mit diesen Kindern zu betreiben."

Mary wischte sich den Schweiß von der Stirn und erzählte weiter: „Generell nehmen die Schwangeren mit den Strapazen der Reise ein hohes Risiko auf sich." Ein tiefer Seufzer kam über ihre Lippen. „In großer Gefahr sind auch diejenigen Säuglinge, welche im Dunkel der Nacht vor unserer Tür abgelegt werden. Es ist kalt, sie kühlen schnell aus und können erfrieren. Einmal wurde ein Baby sogar von wilden Tieren getötet. Seine Überreste fanden wir morgens – es war einfach grässlich."

Nancy war tief erschüttert. Spontan dachte sie daran, dass in ihrer Heimat doch bereits seit dem Mittelalter in vielen Klöstern und Spitälern sogenannte Drehläden, heute bekannt als Säuglingsklappe, existierten. So etwas müsste auch hier zur Rettung der armen Kleinen eingerichtet werden.

Aufgeregt teilte Nancy der Ordensschwester ihre Idee mit. Durch das Installieren dieser rettenden Vorrichtung – vielleicht in Form einer „Schleuse" ins Innere des Hauses – wären die vollkommen hilflosen Neugeborenen fürs Erste in Sicherheit. Nancy überlegte bereits, wie sich der Plan realisieren ließe.

Die alte Ordensschwester lächelte glücklich: „Darauf hätte ich wirklich längst selbst kommen können, das ist die Lösung. Ich kümmere mich sofort darum!"

Einige Wochen später, bei einem von Nancys spontanen Besuchen im Heim, wirkte Schwester Mary bedrückt.

„Haben Sie Sorgen?", erkundigte sich Nancy sanft.

„Kommen Sie mit mir, ich zeige Ihnen den Grund für meinen Kummer."

Mit langsamen Schritten führte die Ordensschwester Nancy durch den hinteren Teil des großen Schlafraums der Kinder, von dort durch eine Tür. Sie standen in einem kleinen Raum.

„Bitte erschrecken Sie nicht, dieses Kind ist in einem fürchterlichen Zustand."

Vorsichtig zog Mary das Leintuch zurück: Vor ihnen lag ein etwa dreijähriges Albino-Mädchen. Nancy musste mit Entsetzen erkennen, dass diesem ein Bein und eine Hand abgetrennt worden waren.

„Es wurde gestern zu uns gebracht. Der Arm und das Bein waren abgebunden, nur aus diesem Grund hat das Mädchen überlebt. Der Militärarzt kümmert sich nun um sie."

Zum ersten Mal sah Nancy ein so schwer verletztes Kind, sie war fassungslos. „Ich werde prüfen, wie ich Ihnen helfen kann." Erschüttert verabschiedete sich Nancy.

Noch als ihr Mann vom Dienst kam, stand Nancy unter Schock. „Mazar, heute war ich im Kinderheim." Tief erschüttert berichtete sie ihrem Mann von dem verletzten Kind.

Mazar wusste sofort, wovon seine Frau sprach. Die Tatsache, dass in seinem Land Albino-Kinder nur aufgrund ihrer Andersartigkeit getötet oder verstümmelt wurden, war untragbar. Wenn er von solch einem Verbrechen Kenntnis bekam, beauftragte er seine Leute, die Verantwortlichen zu finden und zu verhaften. Diesem barbarischen Töten schutzloser Kinder musste ein Ende gesetzt werden. Obwohl den Kinderschändern harte Strafen drohten, konnte es das brutale Verbrechen nicht verhindern.

Die Mehrheit der Bevölkerung glaubte vehement den Überlieferungen der Geistheiler. Aufklärung tat dringend Not, dessen war sich Mazar bewusst, aber wie? Sogar unter seinen Polizisten, ja selbst in der Politik, gab es viele, die an diesem alten Aberglauben festhielten. In erster Linie ging es also um die Auflösung von Angst. Alles in allem eine schwierige Aufgabe, die der junge, gebildete Polizeichef sich vorgenommen hatte. Auch wenn ihm bewusst war, dass er einen hohen Einsatz bringen musste und das Vorhaben für ihn persönlich nicht ganz ungefährlich war, würde er nicht aufgeben wollen.

Nancy schilderte ihrem Mann die desolate Situation im Waisenhaus: „Hinzu kommt, dass mit den wenigen Mitarbeitern die Arbeit fast nicht mehr zu bewältigen ist. Sie brauchen unbedingt Unterstützung. Schwester Mary und die anderen sind wirklich am Limit, es fehlt an allem. Sie haben nicht genug Lebensmittel, kein sauberes Wasser, das Gebäude ist völlig heruntergekommen. Kannst du da nicht irgendwie helfen?"

Nur zu gut wusste Nancy, an wie vielen Fronten ihr Mann gerade zu kämpfen hatte. Ihn noch mehr zu belasten, war nicht in ihrem Sinne. Aber sie spürte, dass sie etwas tun musste. Leise fügte sie hinzu: „Mazar, man darf nicht vergessen, viele dieser Kinder sind das Resultat aus Beziehungen zwischen einheimischen Frauen und Mitgliedern der englischen Armee. Vielleicht kannst du den englischen Standortkommandeur über die schwierige Lage im Heim informieren?"

War es da nicht ein Wink des Schicksals, dass Mazar für die kommende Woche eine Einladung in die Offiziersmesse der Engländer erhalten hatte?

Bei dem anschließenden Empfang im kleinen Kreis mit dem sympathischen Kommandanten Barron Smith nutzte er die Gelegenheit zu einem Gespräch. Er berichtete, was seine Frau ihm von den unzureichenden Bedingungen im örtlichen Kinderheim erzählt hatte.

„Obwohl sich die Ordensschwestern sehr bemühen, können sie die Kinder nur notdürftig versorgen. Sie haben buchstäblich nichts."

Er bat den Offizier um Unterstützung. Beiläufig erwähnte Mazar, dass viele dieser Kinder aus einer flüchtigen Beziehung englischer Soldaten mit einheimischen Frauen stammten.

„In unserer Kultur gilt es als Schande, wenn eine Frau von einem fremden Mann schwanger wird. Handelt es sich dabei um einen Weißen, wird dies noch weniger toleriert."

Barron Smith hatte ein Déjà-vu: Es war, als hörte er nochmal die harten Worte seiner verbitterten Mutter: „Deine Schwester Alice hat Schande über unsere Familie gebracht."

Dieser Begriff der Schande wird immer noch überall für unmenschliches Verhalten vorgeschoben, bis heute. So war es bereits im Mittelalter, und auch in unserer Zeit ist sie allgegenwärtig, nicht nur hier in Afrika, sogar im aufgeklärten England. Wie viel Unrecht ist dadurch bereits unzähligen Frauen geschehen? Das muss endlich aufhören!

Barron Smiths Gesichtsausdruck verfinsterte sich. Ohne es zu ahnen, hatte Mazar mit seiner Ausführung zum Begriff der „Schande" in der afrikanischen Gesellschaft auch Barrons wunden Punkt getroffen. Irritiert blickte Mazar bei diesem verbalen Ausbruch auf den sonst so ausgeglichenen jungen Barron Smith. Was hatte den Offizier wohl so erregt? Dem jungen Polizeichef entging nicht, dass seine Worte den Offizier berührt hatten.

Dieser hatte sich sofort wieder gefangen: „Das werden wir ändern, ich tue, was in meiner Macht steht."

In seiner Offizierswohnung dachte Barron Smith an diesem Abend an all die Heimkinder, die niemanden hatten. Erinnerungen aus seiner Kindheit kamen ihm in den Sinn. Er dachte an seine Schwester Alice mit ihrem Kind, die so früh sterben musste.

In Brixton geboren und aufgewachsen, träumte der junge Barron schon früh davon, diese Umgebung zu verlassen. Je älter er wurde, desto mehr wollte er weg. Mit seinen Freunden hatte er als Bub – stets heimlich –, so oft es ging, mit Zinnsoldaten gespielt. Erwischen lassen durften sie sich nicht, denn seine Eltern, vor allem seine Mutter, hassten Waffen und Kriege und natürlich auch Kriegsspiele.

Als Barron mit neunzehn Jahren seine Eltern mit der Absicht konfrontierte, zur British Army zu gehen, reagierte seine Mutter entsetzt: „Niemals! Schlimm genug, dass mein Bruder in einem sinnlosen Krieg sein Leben verloren hat. Du gehst nicht zur Armee. Schlag dir diese absurde Idee aus dem Kopf!", schrie sie ihn an.

Barron blieb trotz des heftigen Gefühlsausbruchs seiner Mutter ruhig. Er hatte erwartet, dass sie dagegen sein würde. „Mutter, mein Entschluss steht fest, ich gehe zum Militär!"

Tagelang sprach sie kein Wort mehr mit ihm. Insgeheim hoffte sie, ihr Sohn würde seine Entscheidung revidieren.

Sie stammte aus einer religiösen Familie. Ihr Vater, ein angesehener Pfarrer, predigte unermüdlich für Frieden. Die Familie verlor ihren jüngsten Sohn Mikel in der Schlacht bei Loos. Verständlicherweise verabscheute sie alles, was mit Krieg zu tun hatte.

Vier Wochen später stand Barron mit einem kleinen Koffer in der Hand vor seinen Eltern. „Ich möchte mich von euch verabschieden, morgen beginnt mein Dienst in der Armee."

Die Eltern blieben reglos sitzen, nur seine drei Jahre jüngere Schwester Alice trat zu ihm: „Bitte bleib, ich will nicht, dass du stirbst!" Sie wollte ihren Bruder zurückhalten, umschloss seine Hand. Tränen traten aus ihren blauen Augen.

„Alice, wer hat dir denn diesen Unsinn erzählt? Es ist doch nicht wahr, dass Soldaten immer sterben." Barron liebte seine Schwester über alles. Es schmerzte ihn, sie jetzt so traurig zu sehen.

„Mama und Papa", sagte sie leise und blickte dabei in Richtung der Eltern.

Sanft hielt Barron sie an ihren Schultern. „Unsere Mutter hat leider schlimme Erfahrungen mit dem Krieg gemacht, aber jetzt leben wir im Frieden!" Er wandte sich zur Tür und verließ das Haus. Alice folgte ihm. Während sie auf das Taxi warteten, versprach er ihr, sofort einen Brief zu schreiben, sobald er seine neue Adresse wüsste. Mit Tränen in den Augen und einem mulmigen Gefühl in der Magengrube stand Alice noch auf der Straße, als das Taxi bereits längst um die Ecke gebogen war.

Barrons zahlreiche Briefe an die Eltern blieben ohne Antwort. Auch jene, die er an seine Schwester geschrieben hatte. Er und Alice hätten niemals vermutet, dass ihre Mutter die Briefe abfing und ungeöffnet den Flammen des Kaminfeuers übergab. Selbstgerecht und verbittert sah sie zu, wie sich die Briefumschläge samt Inhalt in Asche verwandelten.

Barron Smith war überzeugter Soldat. Erst nach drei Jahren kam er wieder nach Hause. Das Wiedersehen war eine Enttäuschung. Seine Mutter hatte in den drei Jahren stark abgebaut, war schnell gealtert. Sein Vater war noch schweigsamer geworden. Auf seine Frage, wo Alice sei, entgegneten sie nur, sie wüssten es nicht.

Am frühen Morgen des nächsten Tages ging Barron zu Oskar, einem Schulfreund von Alice. Dieser hatte von klein auf für seine Schwester geschwärmt; für Alice war er jedoch nie mehr als ein guter Freund. Er musste unbedingt herausfinden, wo seine Schwester war.

Oskar berichtete ihm: „Es war vor zwei Jahren, als die Stadt eine große Abschiedsparty zu Ehren der Soldaten gegeben hatte. Die meisten jungen Mädchen gingen zu diesem Fest, auch Alice war dort. Drei Monate später kam deine Schwester an einem Nachmittag hierher. Sie vertraute mir an, dass sie von einem dieser Soldaten schwanger sei. Meine erste Frage war, ob die Eltern davon wussten. Sie brach in Tränen aus und erzählte, dass eure Mutter völlig außer sich war. Sie verlangte von ihr, dass sie auf der Stelle das Haus verlassen müsse. Alice wollte sich damals nur von mir verabschieden. Meine Eltern und ich boten ihr an, vorerst bei uns zu bleiben, aber dies lehnte sie entschieden ab. Du kennst Alice und ihren Dickkopf." Oskar verstummte, blickte betreten auf seine Schuhspitzen.

Barron war geschockt. Was für eine Herzlosigkeit seiner Eltern, die schwangere kleine Schwester einfach vor die Tür zu setzen!

„Und wohin ist sie dann damals gegangen?"

„Das wusste ich auch nicht, ich hatte nichts mehr von ihr gehört. Erst vor einem halben Jahr sah ich sie wieder in einem Park hinter dem Bahnhof." Oskar überlegte kurz, ob er ihm alles erzählen sollte. „Ich habe sie nicht erkannt, erst an ihrer Stimme, als sie meinen Namen rief. Sie war verwahrlost, ihre Kleidung schäbig. Mit einigen Junkies saß sie im Schatten. Es schien ihr schwerzufallen, sich zu konzentrieren, sie war nicht imstande, zwei vollständige Sätze zu sprechen. An ihren vergrößerten Pupillen erkannte ich sofort, dass sie Drogen genommen hatte." Oskar schien froh, endlich darüber sprechen zu können, seine Worte sprudelten wie ein Wasserfall.

Barron richtete sich auf: „Du willst ernsthaft behaupten, dass Alice Drogen nimmt? Das glaube ich nicht, ausgerechnet sie, die nicht mal eine Zigarette geraucht hat, da hast du dich sicher getäuscht!"

„Ich kann dir nur sagen, was ich mit eigenen Augen gesehen habe, ich konnte es selbst nicht fassen."

Nach dem Treffen mit Oskar gab es für Barron nur einen Weg – zurück zu seinen Eltern. Er konnte nicht fassen, was sie getan hatten, seine Beherrschung war dahin.

Die Mutter saß allein in der Küche, trank Tee.

„Ich will sofort wissen, wo Alice ist! Wie konntet ihr sie wegschicken, als sie schwanger war? Oskar hat mir alles erzählt, es ist unfassbar! Schämt ihr euch nicht? Was bist du eigentlich für eine Mutter?"

Mit ihren kalten graublauen Augen sah sie ihren Sohn an, ohne jegliche Emotion. Sie ließ sich mit der Antwort eine gefühlte Ewigkeit Zeit. „Schande hat sie über unsere Familie gebracht. Noch nicht mal siebzehn Jahre alt, ließ sie sich von einem Soldaten schwängern, den sie kaum kannte." Mitten im Satz hörte sie auf, zu sprechen. Es schien ihr schwerzufallen, weiterzureden. „Sie wusste nur seinen Vornamen, Jimmy."

„Das rechtfertigt noch lange nicht, eure Tochter, die ein Baby erwartete, wie einen räudigen Hund auf die Straße zu jagen!"

Barron musste sich beherrschen, um seine Mutter nicht anzuschreien. Diese reagierte nicht. Nach einer Weile stand sie auf, trug ihre Tasse ins Spülbecken und brabbelte dabei mehr zu sich selbst: „Da habe ich zwei Kinder in die Welt gesetzt, eines geht freiwillig weg, um getötet zu werden oder zu töten, das andere schläft wie eine Dirne mit Männern, von denen sie nicht einmal den Namen kennt."

„Mutter, sei still! Du warst auch kein Quäntchen besser, hast damals auch mit meinem Vater geschlafen, obwohl du ihn kaum kanntest. Hast du wirklich gedacht, dass ich dir die Lüge glaube, ich wäre ein Siebenmonatskind? Für wie blöd hast du mich damals eigentlich gehalten?"

Barrons laute Stimme war bis nach draußen zu hören. Seine Mutter drehte sich um, mit hasserfüllten Augen funkelte sie ihren Sohn, der sie um einen Kopf überragte, an: „Was erlaubst du dir? Verlass sofort unser Haus!"

„Das kannst du, alle wegschicken. Damit sind für dich alle Probleme gelöst. Aber mich brauchst du nicht hinauszuwerfen, denn ich gehe freiwillig, du wirst mich hier nie wieder sehen!"

Barron packte seine wenigen Habseligkeiten und verließ fluchtartig das Haus.

Quartier fand Barron in einem kleinen Hotel in der Nähe des Bahnhofs. Er hatte ein einziges Ziel: seine Schwester Alice zu finden. Im nahegelegenen Park, der dieser Bezeichnung nicht annähernd gerecht wurde, suchte er Personen, die eventuell seine Schwester gekannt hatten. Ein Pärchen saß unter einem Baum auf dem Boden. Er hatte Mitleid mit ihnen; bestimmt waren sie einst, wie seine Schwester, wohlbehütete Kinder. Gerade noch überlegte er, ob und wie er die beiden wohl ansprechen könnte, ohne ihnen zu nahe zu treten, da schnorrte ihn der verwahrloste junge Mann direkt an, fragte, ob er ihm eine Flasche Bier kaufen würde. Mit verfilzten Haaren kauerte er vor ihm, in der schmutzigen Hand hielt er eine selbstgedrehte Zigarette.

„Ja, mach ich", antwortete Barron freundlich.

Kurz darauf stand er mit drei Flaschen Bier und einer Familienpackung Kartoffelchips vor dem Pärchen und reichte es ihnen.

„Ich bin Barron."

Ein so sympathischer junger Mann, der zu ihnen dermaßen höflich war, überraschte die beiden.

Barron setzte sich zu ihnen auf den Boden, beantwortete ihre Fragen. Andere kamen hinzu, einige von ihnen offensichtlich ebenfalls abhängig.

Das Pärchen stellte Barron den anderen voller Stolz vor. Neugierig betrachteten die Obdachlosen den jungen Mann. Barron nestelte in der Innentasche seiner Jacke herum und zog einen abgegriffenen Umschlag hervor. Behutsam nahm er ein Foto heraus.

„Das ist das letzte Foto von meiner Schwester – damals war sie sechzehn Jahre alt –, kennt sie jemand von euch?"

Er zeigte es dem Mann, der neben ihm saß.

„Sie heißt Alice, Alice Smith. Sie muss erst kürzlich hier gewesen sein."

Das Mädchen mit der Bierflasche hob aufgeregt die Hand. „Ich kannte sie ziemlich gut, wir waren Freundinnen, sie wollte von uns nur mit Alice S. angesprochen werden."

Barron spürte seinen eigenen Herzschlag, so aufgeregt war er plötzlich. Aber wieso sprach sie von seiner Schwester in der Vergangenheit?

„Sie waren Freundinnen? Kannst du mir sagen, wo sie sich jetzt aufhält?"

Abrupt brachen die Gespräche ab, irritiert richteten alle ihre Augen auf ihn. Ein junger Mann sprach zögerlich: „Wenn du ihr Bruder bist, warum weißt du dann nicht, dass sie tot ist?"

„Alice ist gestorben?" Barrons Stimme versagte. „Wann denn?", fragte er, als er sich ein wenig gefangen hatte.

Jetzt redeten alle durcheinander, keiner konnte jedoch konkret etwas dazu sagen. Das Mädchen stellte die Flasche ab und fischte aus ihrer schmutzigen Tasche ein kleines Notizbuch heraus.

„Vor genau zwei Monaten und drei Tagen." Ihre Stimme wurde plötzlich traurig. „Sie lag am Morgen hier, neben uns, tot."

Es herrschte Stille. Die junge Frau setzte hinzu: „Sie hat in den letzten Wochen und Monaten nichts mehr gegessen. Besser gesagt, sie hat aufgehört, zu essen, als sie erfuhr, dass ihr Baby gestorben war."

„Und dann?", fragte Barron atemlos.

„Ihre Leiche wurde abgeholt. Vorher waren die Polizei und ein Arzt da. Sie hatte keine Papiere bei sich." Das Mädchen fügte hinzu:

„Der Doktor meinte, so wie es schien, sei ihr schwaches Herz einfach stehen geblieben."

Mehr wüssten sie auch nicht.

Die im lokalen Ordnungsamt für die Bestattungen zuständige Sachbearbeiterin klärte Barron über die ihnen vorliegenden Fakten auf. Er tat ihr leid. „Ihre Schwester trug leider keinerlei Papiere bei sich", bemerkte die junge Angestellte fast entschuldigend und reichte ihm einen kleinen Notizzettel mit der Adresse eines Friedhofs außerhalb der Stadt.

„Dort werden Menschen beerdigt, deren Angehörige nicht auffindbar sind."

Als Familienmitglied musste Barron die ausstehenden Kosten für die Beisetzung seiner Schwester begleichen.

Wie in Trance fuhr er zu der angegebenen Adresse. Er musste nicht lange suchen, lief direkt auf das noch relativ frische, blumenlose Grab zu. Auf einem schlichten Holzkreuz standen „Alice S." und das Datum ihres Todestages.

Es schmerzte Barron sehr, dass das Leben seiner Schwester so ein trauriges, vorzeitiges Ende genommen hatte. Warum war er nicht bereits früher nach Hause gefahren? Sicher wäre dann alles anders gekommen, haderte er mit sich. Insgeheim fühlte er sich mitschuldig an ihrem Schicksal.

Die Jahre vergingen. Barron war rasch aufgestiegen und hatte mittlerweile eine anspruchsvolle Position inne. Auch im Kriegsministerium in London wurde ihm eine interessante Stabsstelle angeboten, doch dieses Angebot schlug er aus. Er wollte nach Afrika. Tansania war jetzt sein Zuhause.

Das Ergebnis der Unterredung mit Polizeichef Mazar Keitu ließ nicht lange auf sich warten. Der englische Offizier Barron Smith stand zu seinem Wort: Mehrere Soldaten mit handwerklichem Geschick organisierte er in einem Bautrupp. Dieser hatte die Aufgabe, das Gebäude auszubessern. Es wurde dabei eine Erweiterung vorgenommen und ein stabiler Zaun angebracht. Nach nur einem Monat waren die gravierendsten Missstände im Kinderheim behoben. Mehrmals wöchentlich lieferte der verantwortliche Küchenchef der Kaserne die wichtigsten Grundnahrungsmittel an das Heim – eine weitere Anordnung des Kommandanten Barron Smith. Noch etwas Bedeutendes geschah: Der leitende Offizier setzte durch, dass der Militärarzt John Brown regelmäßig die Kinder untersuchte. Wenn nötig, erhielten sie Medikamente.

Überglücklich ließ Dr. Sophie Charlotte Juma Malaika am nächsten Morgen zu sich ins Büro kommen. Sie nahm gegenüber der jungen Ärztin Platz.

„Heute früh habe ich mit einem alten Freund telefoniert. Er lebt in Dodoma, ist dort Polizeichef. Seine Ehefrau ist Engländerin. Die beiden unterstützen in Dodoma das Waisenhaus." Ohne den Blick von ihrer Patientin zu nehmen, sprach sie weiter: „Dort leben Kinder, die niemanden mehr haben. Unter den Waisenkindern sind auch mehrere Albinos."

Malaika blickte auf, als sie das Wort hörte. „… wie mein Kovu?", flüsterte sie mit zitternder Stimme, fast unhörbar.

„Ja, wie dein Sohn", antwortete die Ärztin. „Ich möchte dir einen Vorschlag machen: Dieses Waisenhaus sucht schon seit einigen Monaten Personal. Leider finden sie niemanden. Ein Grund dafür ist wohl, dass auch viele Einheimische nichts mit diesen weißen Kindern zu tun haben wollen. Wäre das nicht eine Aufgabe für dich?"

Auf ihre verbundene Hand blickend blieb Malaika stumm.

„Wenn du willst, kannst du in diesem Kinderheim leben und arbeiten. Überlege es dir." Sophie Charlotte lächelte sie an.

Malaika setzte sich ruckartig aufrecht hin und antwortete entschlossen: „Ich gehe zu diesen Kindern!"

„Das freut mich. Brauchst du irgendetwas?"

„Ja, bevor ich dort hinfahre, muss ich noch einmal nach Hause und meine Sachen holen", bemerkte Malaika leise.

„Das ist kein Problem – ich sage unserem Fahrer, dass er dich morgen in dein Heimatdorf bringen soll!"

Vieles ging Malaika am nächsten Tag auf der langen Fahrt durch den Kopf. Ob ihr Vater wohl ihre Hütte bereits durchsucht und sich ihre persönlichen Dinge angeeignet hätte? Zumindest würde er versuchen, die Pistole an sich zu bringen, da war sie sich sicher.

Als der Wagen ins Dorf einbog, registrierte Malaika etwas befremdet, dass zwei junge Männer vor ihrer Hütte saßen. Sie hatte ihre Füße gerade auf die rote Erde gesetzt, als ihr bereits der alte Freund ihrer Großmutter in Begleitung einiger Dorfbewohner entgegenlief. Er begrüßte Malaika freundlich. Mit Blick auf die jungen Männer berichtete er: „Stell dir vor: Du warst erst einige Stunden weg, da wollte dein Vater doch tatsächlich schon deine Hütte plündern! Ich habe ihn zurück in sein Dorf geschickt und ihm klar gemacht, dass er hier nichts zu suchen hat!"

Malaika dankte ihm. Die Entschlossenheit dieses mutigen Mannes berührte sie.


Ihr Herz klopfte bis zum Hals, als sie ihre kleine Hütte betrat – erschrocken wich sie zurück. Obwohl das Innere im Halbdunkel lag, zeichneten sich auf der Matte dunkel die Flecken von ihrem Blut ab.

Anklagend lag Kovus Hemdchen verloren auf dem staubigen Lehmboden. Die zwei Stofftiere, die seine Urgroßmutter für ihn genäht hatte, warteten daneben. Ohne den Löwen und die Giraffe konnte er nie einschlafen. Ihr Herz zog sich zusammen, sie schwankte, bekam fast keine Luft mehr. Hastig stopfte sie, was sie mitnehmen wollte, in einen Beutel, wickelte die Pistole separat in ein Tuch. Jetzt nur noch raus!

Malaika ging zum Dorfältesten, gab ihm mit der Hand ein Zeichen, dass sie ihn gerne allein sprechen möchte. Er ging voraus zu seiner Hütte. Vorsichtig zog sie die umwickelte Waffe aus ihrem Beutel: „Diese Pistole hat einst ein Askari meiner Großmutter geschenkt, bitte nimm du sie nun."

Der alte Mann blickte sie traurig an: „Malaika, dieser Askari war mein jüngster Bruder, Amidou. Deine Großmutter und er waren sehr verliebt, sie wollten heiraten – leider kehrte er von seinem letzten Einsatz nicht mehr zurück!" In seinen Augen glitzerten Tränen der Rührung. „Ich hatte ja keine Ahnung, dass Adima all die Jahre seine Pistole verwahrte."

In der Ecke der Hütte stand eine hölzerne Truhe. Schlurfend ging der Greis zu ihr, hob den Deckel an und nahm vorsichtig einen alten Schuhkarton heraus. Er ließ sich auf einem flachen Schemel nieder. Ehrfürchtig öffnete er den Karton: Einige vergilbte Fotos und andere gesammelte „Schätze" kamen zum Vorschein. Zielstrebig kramte er in den wohlbehüteten Hinterlassenschaften seiner Vergangenheit, entnahm behutsam ein Stück altes Zeitungspapier, faltete es auseinander. Ein dunkler, blauviolett glänzender Stein lag in seiner Handfläche.

„Das ist ein Tansanit, ein seltener Edelstein. Mein Bruder wollte diesen Stein fassen lassen und den Ring dann Adima zur Hochzeit schenken!" Wehmütig betrachtete er das Juwel: „Im Leben ist vieles vom Schicksal bestimmt, oft durchkreuzt es unsere Pläne." Er griff nach Malaikas Hand, legte den Stein hinein und schloss diese sanft. „Bitte nimm du den Tansanit, er möge dir Glück bringen."

Es wurde Zeit, sich zu verabschieden. Sie dankte dem alten Mann für seinen Einsatz und seine Güte.

„Gehe deinen Weg, die Götter begleiten dich!", rief er ihr nach.

Am nächsten Tag sollte Malaika mit dem Zug nach Dodoma fahren. Ihr Finger war zwar noch nicht wieder ganz verheilt, aber sie war kein Notfall mehr, im Krankenhaus wurde ihr Bett dringend benötigt. Für die letzte Übernachtung blieb daher nur eine Lösung: Sophie Charlotte nahm sie mit zu sich nach Hause.

Abends unterhielten sich die Frauen noch eine ganze Weile. Malaika war etwas angespannt.

„Könnten Sie mir bitte eine Nadel und Zwirn geben, ich müsste noch etwas nähen."

„Natürlich, gern!" Die Ärztin holte ihr das Nähzeug und wünschte Malaika eine gute Nacht.

Die schwache Nachttischlampe war nicht dafür geschaffen, exakt zu arbeiten. Dennoch gelang es Malaika, den wertvollen Stein so geschickt in den Kopf des Stofflöwen einzunähen, dass er nicht zu sehen und zu fühlen war. Vor dem Einschlafen gab sie ihm einen Kuss. Die Kuscheltiere rochen immer noch so sehr nach ihrem Kind!

Seit dem Tod ihrer beiden liebsten Menschen fühlte sie sich unendlich leer. Mit Gedanken an ihren Kovu schlief sie irgendwann ein.

Schweißgebadet schrak Malaika in der Nacht auf und blickte irritiert um sich, dann erinnerte sie sich – sie hatte wohl geträumt, aber es war so real: Kovu war bei ihr, hielt sie an der Hand – beide befanden sich inmitten einer Menschenmenge, wohl auf einem Markt. Ein Jugendlicher rannte herbei, rempelte sie an. Kovus Hand entglitt ihr, sie verloren sich im Gewirr. Laute Rufe überall. Hektisch sah sie um sich, eben war er doch noch da, aber nun konnte sie ihn nirgends sehen. Laut rief sie seinen Namen, suchte verzweifelt nach ihrem Sohn. Er trug seine geliebte rostrote Jacke, um den Kopf das dunkelrote Tuch, aber nirgends war auch nur ein Hauch von Dunkelrot und Rostrot zu entdecken. Plötzlich tauchte ein großgewachsener Mann, wohl ein Europäer, aus der Menge auf. Er trug ihren Kovu auf dem Arm. Sie rannte den beiden entgegen. Kovu liefen Tränen über das Gesicht, er schluchzte ein wenig, aber lächelte tapfer.

„Mama!" Er streckte ihr seine Arme entgegen. Glücklich und erleichtert ergriff sie den Kleinen, drückte ihn ganz fest an sich.

„Er stand weinend neben dem Fischhändler", erklärte der Fremde und ging weiter.

Die kalte Dunkelheit des Raums ließ Malaika in ihrem Bett frösteln. Die Finger pressten die Stofftiere gegen ihren Brustkorb, sie spürte ihren Herzschlag. Der Traum war so wirklich gewesen, als ob ihr Sohn noch immer bei ihr wäre, aber um sie herum war nur gähnende Leere.

Auf dem Weg zur Arbeit nahm Sophie Charlotte sie mit zum Bahnhof, es war ein kurzer Abschied, die Ärztin wurde dringend in der Klinik erwartet.

Obwohl Malaika einige Jahre in Mwanza gelebt hatte, war sie bisher noch nie mit der Bahn gefahren. Mit ihrem Stoffbeutel in der Hand beobachtete sie die Wartenden.

Der Zug fuhr ein. Zischend, mit quietschenden Bremsen, kam plötzlich das eiserne Ungetüm zum Stehen. Im hinteren Teil des Zuges setzte sich Malaika auf eine Holzbank. Ihre Sachen hielt sie fest umklammert. Darin steckte auch Geld, welches ihr die Ärztin vorsorglich mitgegeben hatte. Geduldig wartete sie auf die Abfahrt. Immer mehr Reisende stiegen zu, bald war auch der letzte Platz besetzt. Ruckelnd setzte sich der Zug in Gang. Über Stunden fuhr er durch grüne Landschaften, karge Hügel, hielt in Orten, deren Namen ihr fremd waren. Sie sah sogar Herden von Elefanten und Zebras.

Der Polizist Mazar würde sie in Dodoma abholen, hatte Dr. Sophie Charlotte ihr nochmal zugerufen. Dennoch war Malaika nervös, was wäre, wenn er nicht käme? „Götter begleiten dich" hatte ihr doch der Dorfälteste beim Abschied gesagt. Sie erinnerte sich und war plötzlich voller Vertrauen in ihr neues Leben.

Als der Zug unter großem Getöse, mit der unvermeidbaren Verspätung, in den Bahnhof von Dodoma einfuhr, war bereits später Nachmittag. Malaika wartete ab, bis die Türen die Eiligsten ausgespuckt hatten. Etwas verloren stand sie mitten im hektischen Treiben. Von der Ärztin hatte sie erfahren, dass Mazar mit einer blonden Engländerin verheiratet war, sie würde die beiden also leicht erkennen. Prüfend ließ sie ihren Blick über die Menschen gleiten. Nur wenige Meter von ihr entfernt sah sie das ungleiche Paar. Mazar überragte alle anderen. Seine Frau leuchtete gleich einer Margerite auf einer dunkelgrünen Wiese aus der Menge.

Die beiden kamen direkt auf Malaika zu.

„Ihr werdet sie leicht erkennen. Sie trägt ein mohnrotes Baumwollkleid mit einem karierten Schultertuch" – so hatte Sophie Charlotte die junge Frau am Telefon beschrieben.

Die Begrüßung war herzlich. Viele neugierige Blicke folgten ihnen, als das auffällige Dreigespann den Bahnhof verließ.

Auf dem Platz vor der Station stand bereits der Wagen des Polizeichefs. Diensteifrig sprang der Fahrer heraus und öffnete den Frauen die Wagentüren. Nancy und Malaika nahmen hinten Platz. Geschickt manövrierte der Chauffeur den Wagen durch die Straßen zum Kinderheim.

„Wir sind da", sagte Mazar.

Sie hielten neben einer langen, von Zäunen unterbrochenen Mauer. Malaika blickte sich neugierig um. Im Hof spielten Kinder aller Altersgruppen. Ein großer Baum spendete Schatten. Darunter saß eine behäbige ältere Ordensschwester und döste.

„Das ist Schwester Mary", erklärte Nancy. „Sie leitet das Waisenhaus."

Die Heimleiterin, dem Essen offensichtlich nicht abgeneigt, versuchte trotz ihres erheblichen Leibesumfangs, sich elegant aus dem Plastikstuhl zu schälen. Dieser wollte sich jedoch nicht von ihr lösen, es erforderte einige Anstrengung. Der Stuhl fiel schließlich polternd von ihr ab. Mazar konnte sich ein leichtes Schmunzeln nicht verkneifen.

Befreit bewegte sie sich einen Schritt vorwärts, blieb vor dem Polizeichef stehen, schwitzend, schwer atmend. „Welch eine Freude, Sie zu sehen."

Schwester Marys gewohnte Siesta fand ein jähes Ende, die Gäste hatte sie doch frühestens zum Abend erwartet!

Mazar nickte freundlich: „Schwester Mary, das ist Malaika, meine Frau hat Sie ja bereits informiert. Bei der Betreuung der Kinder und der Arbeit im Heim wird sie Ihnen nun helfen."

Die alte Dame lächelte Malaika an: „Das freut mich, ich bin Schwester Mary, aber eigentlich nennen mich alle hier einfach nur ‚Mum'."

Neugierig kamen die Kinder herbeigelaufen. In einem Halbkreis standen sie um die Erwachsenen herum. Die älteren Kinder kannten Mazar und Nancy, die ja regelmäßig vorbeikamen.

„Seht her!" Die Heimleiterin sprach laut, damit alle erfuhren, wer da angekommen war. „Das ist Malaika, von heute an wohnt sie bei uns. Sie hilft uns. Bitte seid lieb zu ihr!"

Neugierig musterten unzählige Kinderaugen die junge Frau.

Schwester Mary wandte sich nun an die Gäste: „Ich habe einen kleinen Imbiss vorbereiten lassen, bitte folgen Sie mir." Die Ordensfrau machte eine einladende Handbewegung. Mazar und die beiden Frauen folgten ihr. Zielstrebig steuerte Mary auf die breite Eingangstür zu.

Plötzlich blieb Malaika abrupt stehen. Vor ihr stand ein Junge mit einem kleinen, verbeulten Ball in der Hand. Es war ein ganz besonderes Kind, ein Albino, sechs oder sieben Jahre alt. Beim Anblick des Jungen schlug Malaikas Herz heftig. So hätte sicherlich Kovu in diesem Alter ausgesehen, schoss es ihr blitzartig durch den Kopf. Für Sekunden kreuzten sich ihre Blicke. Der Heimleiterin entging es nicht.

„Das ist Nuru ya Dunya, aber wir alle nennen ihn nur Nuru."

Ohne seinen Blick von ihr zu lassen, ging das Kind einen Schritt auf Malaika zu, blieb dann unschlüssig stehen.

„Nuru, das ist Malaika."

Neben Nuru stand ein zierliches Mädchen, das ihn nicht aus den Augen ließ.

Mary lächelte und erklärte: „Und das hier ist Naima. Sie ist fünf. Wir nennen sie den kleinen Schatten von Nuru, weil sie keine Minute von ihm getrennt sein möchte."

Naima hatte auffallend dunkle Haut und wunderschöne bernsteinfarbene Augen. Nurus Haut hingegen war fast weiß, seine Augen wasserblau. Gegensätzlicher konnten die beiden Kinder nicht aussehen.


Später, nachdem Mazar und seine Frau gegangen waren, stand Malaika etwas verloren im Eingangsbereich des Hauses.

„Bitte folge mir!" Marys dunkle Stimme holte Malaika in die Realität zurück. „Hier können wir jede Hand brauchen. Erina kommt bald, sie kümmert sich in der Nacht um die Kinder. Ich zeige dir jetzt dein Zimmer."

Malaika folgte ihr durch den Korridor. Mary öffnete eine Tür auf der linken Seite, ganz hinten.

„Hier ist es! Ruhe dich erst mal aus, wir sehen uns dann morgen." Die behäbige Heimleiterin schloss die Tür hinter sich.

Der Raum war klein und spartanisch eingerichtet. Es gab eine Schlafstätte auf dem Boden, einen wackeligen Stuhl und einige Haken, wohl um Kleidung aufzuhängen. Ein Fenster, draußen nichts als Dunkelheit. Erschöpft legte Malaika sich nach dem ereignisreichen Tag schlafen – in diesem Kämmerchen, das zukünftig ihr Zuhause sein würde.

Ihre Gedanken drehten sich um die Kinder. Nuru hatte sie nicht mehr aus den Augen gelassen.

„Bleibst du bei uns?", hatte er sie schüchtern gefragt, bevor er in den Schlafsaal ging. Seine Stimme war ruhig, gefasst.

„Ja, Nuru, ich bleibe ab heute hier bei euch."

Bei dieser Antwort strahlten seine Augen.

Trotz Müdigkeit lag Malaika noch wach. Ob sie nicht doch noch einmal nach den Kindern sehen sollte? Kurzentschlossen erhob sie sich. Der Schlafsaal war spärlich mit Öllampen an den Wänden ausgeleuchtet. Es roch ranzig und nach Urin. Nur mit leichten Decken zugedeckt lagen die Kinder auf dem Boden, dicht aneinandergedrängt, auf dünnen Matten. Bei einigen war die Decke weggerutscht. Bestimmt frieren sie, sorgte sich Malaika. Sie trat vorsichtig an die Kleinen heran und zog behutsam die Decken über sie.

Ihre Augen hatten sich an das Halbdunkel gewöhnt. Sie ließ den Blick durch den Schlafsaal schweifen. Es war erstaunlich ruhig, obwohl hier viele Kleinkinder schliefen. Jungen und Mädchen lagen voneinander getrennt rechts und links vom Mittelgang. Ihre Augen suchten Nuru. Plötzlich entdeckte sie den Jungen, sein helles Haar war nicht zu übersehen. Er lag dicht an der Wand, seine Decke war von ihm geglitten. Im Schlaf schien er zu lächeln, wirkte entspannt. Malaika war es, als läge Kovu vor ihr. Liebevoll zog sie die Decke über seine Schulter und betrachtete ihn.

Schließlich schlich sie sich aus dem Raum. Eigentlich hatte sie sich vorgenommen, noch auf Erina zu warten, um sich ihr vorzustellen. Von Schwester Mary hatte sie erfahren, dass sie als Baby gekommen war und immer noch im Heim wohnte. Nun, als junge Erwachsene, kümmerte sie sich nachts um die Allerkleinsten, die Säuglinge. Sie war jedoch nirgends. So kehrte Malaika zurück in ihr Zimmer.

Plötzlich hörte sie ein Baby weinen. Erst war es ein Wimmern, dann wurde es immer durchdringender. Die Babys befanden sich in einem separaten Raum. Wieso kümmerte Erina sich nicht um das Kind? Sie sollte doch schon längst da sein?

Malaika erhob sich. Der Raum mit den Säuglingen war leicht zu finden, das Schreien ja nicht zu überhören. Sie trat ein und nahm das schwitzende Kleine auf den Arm. Es war vielleicht fünf oder sechs Monate alt. Sie schaukelte es behutsam, das Baby schluchzte kurz und beruhigte sich dann.

Wie aus dem Nichts stand plötzlich ein junges Mädchen vor ihr.

„Was machst du hier?", fragte sie leise.

„Ich bin Malaika, es tut mir leid, ich wollte dich nicht erschrecken, aber ich hörte das Baby weinen."

Erina lächelte sie erleichtert an. „Sie sind also die Neue, die vom Polizeichef kommt? Ich habe schon davon gehört, herzlich willkommen." Das Mädchen war vielleicht zwölf oder dreizehn Jahre alt, wirkte bereits sehr erwachsen. Sie nahm Malaika das Baby ab. „Jetzt bin ich ja da, gehen Sie ruhig schlafen!"

Am nächsten Morgen erwachte Malaika früh. Sie ging gleich in die Küche. Eine Trillerpfeife war das Zeichen für die Mahlzeiten. Aus allen Richtungen rannten die Kinder herbei. Mit einer Blechschüssel in der Hand stellten sie sich zur morgendlichen Essensausgabe in einer Reihe auf. Malaikas Augen suchten nach dem kleinen Albino und seiner Freundin. Schnell entdeckte sie die beiden. Sie standen in erster Position der Warteschlange. Aber was ging da vor sich? Nuru und seine Begleiterin ließen zu, dass sich die dunkelhäutigen Kinder immer wieder vor sie drängten. Wenn Nuru seine Hand auf Naimas Schulter legte, trat sie wie automatisch einen Schritt zurück.

Zuletzt standen die wenigen Albinos und Naima am Ende der Reihe.

Malaika sah mit Sorgen, wie der Inhalt der Töpfe, ein Maisbrei, zu Ende ging. Sie versuchte, es so einzuteilen, dass alle etwas bekamen. Wie war es wohl, wenn nicht so gut eingeteilt wurde? Gingen dann diese Kinder leer aus?

„Warum bekommen die weißen Kinder ihre Mahlzeit als Letzte, auch wenn sie als Erste in der Schlange standen?", wollte sie nach der Essensausgabe von dem Mädchen, das ihr half, erfahren.

„Na, einfach, weil sie Mzungu sind!" Dabei lachte das Mädchen sie an. „Es sind Weiße, ein Nichts!"

Malaika wurde zornig. Sie beschloss, darüber mit Schwester Mary zu reden.

Gegen Mittag war Malaika mit der Küchenarbeit fertig. Von einer der jungen Schwestern wollte sie wissen, wo sie die Heimleiterin finden könnte.

„Jetzt ist sie beim Mittagessen in ihrem Office, ich habe ihr gerade das Essen gebracht, ihr Büro ist am Ende des Flurs."

Ein leises „Ja" erklang auf ihr vorsichtiges Anklopfen.

„Schwester Mary, warum bekommen die Albino-Kinder bei der Essensausgabe immer als Letzte ihr Essen, obwohl sie zuerst gekommen sind?"

Die Heimleiterin war es nicht gewöhnt, beim Essen gestört zu werden, schon gar nicht, dass man ihr so unvermittelt Fragen stellte. Aber diese junge Frau stand unter dem Schutz des Polizeichefs und seiner Frau, also gab sie seufzend Auskunft.

„Es hat sich so ergeben, viele der Helfer sind abergläubisch, diese Kinder empfinden es sicherlich nicht als so schlimm."

Malaika rang nach Worten, musste sich beherrschen. „Wie kommen Sie zu der Aussage, dass sich diese Kinder nicht ungerecht behandelt fühlen? Ich möchte, dass ab heute jedes Kind in der Reihenfolge sein Essen erhält, in der es sich angestellt hat!"

Schwester Mary würdigte Malaika keines Blickes. Das Verhalten der jungen Frau irritierte sie. Kannte sie denn keinen Respekt vor den Älteren?

„Ich werde schauen, wie wir es machen können", gab die Heimleiterin zur Antwort. „Jetzt möchte ich aber ungestört weiteressen."

Malaika verließ grußlos mit schnellen Schritten das stickige Kabuff.

Eine Stunde später war es Zeit für das Mittagessen. Malaika bat alle Kinder, vor dem Essen die Hände zu reinigen. Die Kinder folgten brav ihrer Anordnung, blickten sie jedoch verständnislos an. Wozu denn die Hände waschen? Aber alle gehorchten der freundlichen jungen Frau und wuschen sich die Hände mit der Kernseife, die neben einem großen Wasserkanister in einer Schüssel an der Wand lag.

Malaika stand vor den Kindern. „Und jetzt wartet bitte, Mum will euch noch etwas erklären!"

Alle Kinder blieben mucksmäuschenstill in Wartestellung. Wie eine schnaufende Dampflok erschien im Zeitlupentempo Schwester Mary. Sie baute sich vor den Kindern auf: „Liebe Kinder, ab heute müssen die weißen Kinder nicht mehr bis zum Schluss warten, bis sie ihr Essen bekommen. Das bedeutet: Wer sich zuerst in die Reihe stellt, bleibt an diesem Platz!"

Sofort lief Nuru mit Naima zur Essensausgabe. Unsicher sah er auf Malaika, die hinter den Töpfen stand. Ein großer Junge wollte ihn wie gewöhnlich nach hinten schieben. Nuru wich nicht zurück, blieb mit beiden Händen auf Naimas Schulter wie angewurzelt stehen. Der lächelnde Blick von Malaika zeigte ihm, dass er im Recht war. Zum ersten Mal bekam Nuru sein Essen als Erster. Seine Augen blitzten vor Stolz.

An diesem Nachmittag stand Nuru ganz plötzlich vor Malaika. Er presste seinen zerbeulten Ball an sich. Nachdenklich verharrte sein Blick auf ihrer Hand. „Haben dir die bösen Männer den Finger abgeschnitten?"

Malaika versuchte irritiert, darauf zu antworten.

Er redete aufgeregt weiter: „Die haben auch Nala die Beine weggemacht!"

„Wer ist Nala? Wo ist sie jetzt?"

„Komm, ich bringe dich zu ihr, sie ist dahinten." Er ging zielstrebig los.

An der rückwärtigen Wand des Schlafsaals gab es eine unscheinbare Tür. Beim Öffnen quietschte sie. Dahinter versteckte sich inmitten eines winzigen Hofes ein schäbiges Nebengebäude. Die Eingangstür stand offen. Nur wenig Tageslicht drang durch ein schmutziges Fenster in den Raum. Mehrere Kinder lagen auf schmuddeligen Matten direkt auf dem staubigen Boden. Ein kleines Mädchen wimmerte.

Nuru trat zu ihr. „Das ist Nala."

Unbeholfen wollte das Mädchen hastig die Decke, die sie an diesem heißen Tag beiseitegeschoben hatte, über ihre Beinstümpfe ziehen, aber es gelang ihr nicht. Oberhalb der Knie waren die Beine abgetrennt. Ein blutverkrusteter Verband verbarg die Wunden. Malaika war bestürzt. Sie kniete sich vor dem Kind hin. „Hallo Nala, ich bin Malaika."

„Und sie bleibt jetzt bei uns", fiel ihr Nuru stolz ins Wort.

Das Mädchen mochte sieben oder acht Jahre alt sein, sie fieberte. Schweiß stand ihr auf der Stirn, die Augen glänzten, ihre Lippen waren aufgesprungen. Die Arme bot einen grauenvollen Anblick.

In dem kleinen Raum lagen noch zwei weitere Albino-Kinder. Einem fehlte der rechte Unterarm, er mochte wohl drei Jahre alt sein. Ein etwas älterer, zierlicher Junge lag nackt auf einer schmutzigen Decke, ihm fehlte ein Fuß. Ein penetranter Gestank nach Urin und Eiter nahm einem die Luft zum Atmen.

Nalas Verstümmelung schockierte Malaika. Das kleine Gesicht und die dünnen Arme des Mädchens waren übersät von schwarzen Muttermalen. Ein Zeichen dafür, dass ihre Haut den erbarmungslosen Sonnenstrahlen ungeschützt ausgesetzt worden war. Bei ihr hatte sich dadurch schwarzer Hautkrebs gebildet.

„Das haben die bösen Männer gemacht", wiederholte Nuru mit Blick auf Nala.

In diesem Moment erschien ein junges Mädchen mit einem Becher in der Hand. Einige der älteren Kinder, zumeist Mädchen, waren angewiesen, sich um diese bestialisch verstümmelten Kinder zu kümmern.

Malaika spürte, wie sich ihr Magen verkrampfte, sie rannte hinaus. Erschöpft sank sie zu Boden. Nuru und Naima waren hinter ihr hergelaufen.

„Ist dir nicht gut?", fragte Naima bestürzt.

Der Junge drückte nur seinen Ball fester an sich, blieb stumm.

„Jo, Jo!" Nuru rannte auf einen Mann in Militäruniform zu, der eine große schwarze Tasche trug.

„Habe ich dir nicht aufgetragen, dass du nie ohne eine Kappe ins Freie sollst?"

Nuru senkte schuldbewusst den Kopf, schwieg.

„Schau, ich habe dir eine andere Mütze mitgebracht, aber pass bitte diesmal gut darauf auf!"

„Versprochen, danke, danke, Jo!" Nuru griff danach und setzte sie sogleich auf.

„Sie ist dir zwar etwas zu groß, aber sie schützt gut vor der Sonne."

Die Augen des Jungen strahlten.

„Naima, du brauchst zum Glück keinen besonderen Schutz", bemerkte der Mann und strich ihr liebevoll über das dichte dunkle Haar.

Nuru nahm den Uniformierten an die Hand: „Jo, das ist Malaika, sie bleibt jetzt für immer bei uns!" Die Freude schwang in seiner Stimme mit.

Der Mann reichte ihr die Hand. „Mein Name ist John Brown, aber alle nennen mich nur Jo. Ich bin der hiesige Militärarzt. Wann immer es mir möglich ist, behandle ich hier die kranken Kinder."

Malaika richtete sich langsam auf. Außerstande, auch nur ein Wort zu sagen, streckte sie ihm erschöpft ihre Hand entgegen.

Naima zupfte den Arzt an seiner Jacke: „Sie ist auch krank."

„Was fehlt Ihnen denn, kann ich helfen?"

„Es geht schon wieder, danke!"

Mit den verbliebenen vier Fingern ihrer Hand deutete sie auf die offene Tür der Baracke, in der die verstümmelten Albinos lagen.

„Dort ist die Hölle auf Erden, diese unschuldigen Kinder leiden wegen des verdammten Aberglaubens. Sie sind die Opfer. Wann hört diese Barbarei endlich auf?" Malaikas Stimme drohte, zu versagen, sie hatte krampfhaft versucht, sich zu beherrschen, aber nun konnte sie nicht mehr. Sie bedeckte ihr Gesicht mit den Händen, Tränen liefen ihr über die Wangen, sie weinte hemmungslos.

Tröstend sprach der Arzt zu ihr: „Ich gebe Ihnen da absolut recht, dieser weitverbreitete Irrglaube ist die Ursache für all das Elend."

Malaika beruhigte sich und fragte ihn, wann dieses Mädchen so schrecklich verletzt wurde.

„Gestern Morgen wurde sie hierhergebracht, ich werde jetzt ihren Verband wechseln."

Die Kinder blieben ganz selbstverständlich außerhalb der Baracke. Das Mädchen von vorhin war gerade dabei, Nala etwas zu trinken zu geben, jedoch wollte das Kind nichts und schob den Becher mit der Hand beiseite. Als sie den Doktor sah, lächelte sie gequält. Sie zitterte.

John nahm ihre Hand, spürte das hohe Fieber.

„Nala, tut es dir sehr weh?"

Schwach schüttelte sie den Kopf.

„Das ist gut, ich gebe dir wieder eine Spritze, damit du keine Schmerzen spürst!" Seine Stimme klang beruhigend.

Danach trat der Arzt zu den anderen zwei Albinos. Die kleine Dreijährige weinte, als sie den großen Mann kommen sah. Die mit der Pflege beauftragte junge Schwester nahm sie vorsichtig auf den Arm, das unversehrte Bein hing herunter, das andere war mit weißen Bandagen unterhalb ihres Oberschenkels verbunden.

Mit Geduld und Können erneuerte der Mediziner die Verbände. Als er fertig war, kehrte er zurück an Nalas Lager. Es war offensichtlich, dass ihn das Schicksal dieses Mädchens berührte.

„Heute Abend komme ich wieder, um nach dir zu sehen. Diese junge Frau ist Malaika, wenn du etwas möchtest, so sag es ihr!"

Ohne den fiebrigen Kopf zu bewegen, fixierte das Mädchen mit seinen Augen einen Moment lang die fremde Frau. Malaika lächelte freundlich und nickte ihr zu.

„Dann bis später, Nala."

Draußen warteten Nuru und Naima. Als John mit Malaika heraustrat, entfernten sie sich.

„Das Mädchen wird bald sterben", erklärte John unvermittelt leise. Erschrocken blickte Malaika den Arzt an.

„Ich kann ihr nicht helfen, vermag lediglich, die Schmerzen zu stillen." „Wie lange wird sie noch leben?"

„Genau kann ich das nicht sagen, heute, vielleicht noch morgen?"

Durch Malaikas Körper ging ein Ruck. Der Arzt zeigte auf Malaikas verstümmelte Hand.

„Wenn ich heute Abend wiederkomme, werde ich mir unbedingt auch kurz Ihre Verletzung ansehen." John stieg in den auf ihn wartenden Militärjeep.

Traurig ging Malaika in die Küche, um dort ein wenig zu helfen. Sie wollte schnell zu Nala. Mit etwas Maisbrei und gesüßtem Pfefferminztee stand sie kurz darauf am Lager des Mädchens.

Im Schlaf hielt Nala mit ihren zarten Händen das Tuch, als wollte sie die abgetrennten Beine darunter verstecken.

Eine ganze Weile verharrte Malaika still bei dem Kind, setzte sich neben der Matte auf den Boden.

Fragen gingen ihr durch den Kopf – warum nur wurden diese Kinder mit einer Haut wie Porzellan in eine Welt schwarzer Menschen hineingeboren? In ein Umfeld, das sie ächtete und ihnen keine reale Chance zum Überleben bot. Nicht nur die Mitmenschen, auch die sengende Sonne bedeutete für Albinos eine stete Gefahr. Worin bestand der Sinn eines solchen Lebens in der harten afrikanischen Umgebung? Nicht einmal die einstmals erdverbundenen Medizinmänner mit ihrem spirituellen Wissen achteten diese besonderen Kinder. Nein, ganz im Gegenteil: Anstatt sie zu beschützen, übertrugen sie ihnen die Schuld für jegliches Unglück, welches ihren Mitmenschen widerfuhr. Diese Haltung war ursächlich dafür, dass Albinos verfolgt und umgebracht wurden. Eine logische Erklärung existierte zu keiner Zeit. Aberglaube war die treibende Kraft.

Eklatant zeigte sich ein grundlegender Widerspruch: Einerseits unterstellte man diesen unschuldigen Kindern, dass sie alles Böse mit sich brächten, auf der anderen Seite jedoch wurden Teile ihrer Körper für viel Geld als Wundermittel gepriesen und vermarktet.

Allein diese Argumentation der sogenannten Medizinmänner belegte die Unsinnigkeit und das ganze Ausmaß ihres hinterhältigen, oft auf die eigene Bereicherung ausgelegten Verhaltens.

Plötzlich blinzelte das Mädchen und öffnete die Augen.

„Nala, ich habe dir Maisbrei und süßen Tee gebracht, möchtest du ein wenig?"

Das Kind schüttelte verneinend den Kopf. Ihre Wangen waren rot, die Augen glasig. Mit der Hand berührte Malaika sanft die Stirn des Mädchens, sie hatte Fieber.

Unbemerkt war der Militärarzt eingetreten. „Wie geht es ihr?"

„Sie ist sehr heiß."

Der Arzt ergriff Nalas Hand. „Oh ja, das Fieber ist weiter gestiegen!" Der Arzt kramte in seiner Tasche. „Nala, ich gebe dir noch eine Spritze, damit du besser schlafen kannst."

Das Mädchen sagte nichts. Im schwachen Schein einer Öllampe behandelte der Arzt seine Patientin.

In dem kleinen Raum herrschte gespenstische Stille, nur durchbrochen von Nalas Atem. Sie schlief wieder ein.

„Darf ich kurz nach Ihrer verletzten Hand sehen?"

John betrachtete die Hand eingehend. „Es heilt gut, achten Sie nur darauf, die frische Narbe sauber zu halten!"

Seiner schwarzen Ledertasche entnahm er eine Salbe. „Diese tragen Sie bitte dreimal täglich auf!" Mit raschen Schritten eilte er zur Tür, drehte sich dort abrupt um: „Könnten Sie vielleicht heute Nacht bei ihr bleiben?"

„Ja, das tue ich."

„Gut, dann bis morgen."

Malaika besorgte sich eine Matte und setzte sich neben das schlafende Kind, nahm die heiße, kleine, weiße Hand in ihre. Bald darauf schlief sie erschöpft ein.

In der Nacht schrak sie hoch. Das Mädchen hatte sich aufgerichtet, auf ihre Ellbogen gestützt. Atmete einige Male schwer, dann verließ sie alle Kraft, sie kippte nach hinten, lag auf dem Rücken. Danach einfach nur noch Stille. Der Brustkorb hob sich nicht mehr.

Erschrocken berührte Malaika das von schweißnassen Haaren umrahmte Gesichtchen. Mit offenen Augen lag das Kind da, entspannt, ganz friedlich. Um ihren Mundwinkel ein Lächeln.

Malaika schloss ihr die blassblauen Augen, die kaum etwas von dieser Welt gesehen hatten.

Am nächsten Morgen bat Malaika den Arzt, die Leiche des Kindes an einem geheimen, sicheren Ort begraben zu lassen.

Fortan kümmerte Malaika sich um die beiden anderen verstümmelten Albinos. Dank Johns ärztlicher Fürsorge heilten deren Wunden gut. Trotz allem, was diese Kinder erlebt hatten, entwickelten sie sich wie die anderen. Sie gewöhnten sich schnell an das Leben im Heim. Jeder fand eine ganz eigene Art, sich trotz der Behinderung zu bewegen. Bald spielten auch sie im Hof, durch entsprechende Kleidung vor den Strahlen der Sonne geschützt.

Vier Monate waren seit Malaikas Ankunft im Heim vergangen. Durch sie hatte sich vieles zum Positiven verändert. Penibel legte sie größten Wert auf die Hygiene. Alle Kinder wurden regelmäßig gebadet, die Kleidung wurde gewechselt und gewaschen.

Manche Kinder besaßen nur das, was sie am Leib trugen. Sie wurden nach dem Waschen in ein Laken gewickelt, ihre Kleider wurden schnell gewaschen, an der Luft getrocknet und wieder angezogen.

Durch die neuen Maßnahmen erkrankten die Kinder seltener. In der Küche wurde nun auch bewusster gewirtschaftet – überlegter, nachhaltiger und sparsamer.

Malaika übertrug man immer mehr Aufgaben, ihre Vorschläge wurden, soweit möglich, aufgegriffen und umgesetzt.

Schwester Mary überließ Malaika gerne die Führung. So konnte sie sich in ihr Büro zurückziehen. Oft ließ sie sich tagelang nicht blicken. Wenn sie ihre Enklave einmal verließ, jammerte sie nur noch über Krankheiten, die sie plagten.

„Ich werde langsam alt, meine Gesundheit macht nicht mehr mit!", pflegte sie unermüdlich zu betonen.

Sie nahm noch weiter an Gewicht zu, konnte sich kaum mehr bewegen. Ausgiebig essen und danach Siesta halten blieben ihre einzigen Tätigkeiten und ihr größtes Vergnügen.

Seit einer Woche lag Schwester Mary schwer atmend in ihrem Bett. Sie hatte hohes Fieber, phantasierte zeitweise, war vollkommen nassgeschwitzt.

Erina stellte das Tablett mit unberührtem Essen auf dem Küchentisch ab. „Sie hat wieder nichts gegessen."

Nachmittags kam der englische Arzt, um nach Mary zu sehen. Malaika eilte ihm entgegen, sie war ernstlich besorgt, er sollte bitte sogleich zur Heimleiterin.

Diese untersuchte er gründlich.

„Sie hat eine schwere Lungenentzündung. Um das Immunsystem zu stärken, habe ich ihr eine Vitaminspritze gegeben. Schlaf und viel trinken sind die beste Medizin für sie."

Ihm war nicht entgangen, wie besorgt Malaika war.

„Mehr kann ich im Moment nicht machen." John holte tief Luft: „Ihr Übergewicht stellt ein weiteres Risiko dar."

Alle wussten, wie gerne die Heimleiterin aß. Oft hatte Malaika sich gewundert, wie Mary diese Unmengen an Nahrung zu sich nehmen konnte. Im Bewusstsein, dass im Waisenhaus zur Versorgung der ihr anvertrauten Kinder durchgängig ein Mangel an Lebensmitteln herrschte! Wie nur konnte sie dies mit ihrem christlichen Glauben in Einklang bringen? Nicht selten musste Malaika bei der Essensverteilung die Portionen klein halten. Trotz des großzügigen Zuschusses aus der Militärküche stellte die Versorgung mit Essen das Kardinalproblem dar, mit dem alle Mitarbeiter im Heim täglich konfrontiert waren.

Wie durch ein Wunder ging es der Heimleiterin am nächsten Morgen viel besser. Sie war noch sehr schwach, ihr Blick trüb, aber sie hatte kein Fieber mehr. Das Atmen bereitete ihr jedoch noch große Schwierigkeiten. Zur Überraschung aller saß die kranke Frau wie gewohnt an ihrem Schreibtisch. Ein Mädchen brachte ihr das Mittagessen, Mary dankte freudig.

Als Erina eine Stunde später das Geschirr abräumen wollte, bot sich ihr ein schreckliches Bild. Die alte Oberin war nach vorne gekippt, ihr Gesicht in einer Schüssel mit Reis versunken, die grauen Haare bildeten die Garnierung des unwirklichen Arrangements.

Ihr erster Gedanke war, Mary sei lediglich eingeschlafen. Irritiert musterte Erina die alte Frau genauer, vermied jedoch jegliche Berührung. Plötzlich hörte sie Schritte auf dem Gang, löste sich aus der

Anspannung und rannte aus dem Zimmer. Es war Malaika, die ihr im Gang entgegenkam.

„Bitte, komm schnell, mit Mary stimmt was nicht!"

Gemeinsam eilten sie zum Büro. Die Szene war gespenstisch. Die korpulente Frau lag mit dem Oberkörper auf dem Tisch, das Gesicht im Essen. Malaika richtete sie mit Erinas Hilfe auf – die Augen von Mary waren weit geöffnet, sie war tot.

Unter den Kindern sprach es sich schnell herum. Die Älteren flüsterten den Jüngeren zu: „Mum ist tot."

Alle standen im Hof und beobachteten, wie zwei ausgesprochen starke Männer ihre Leiche auf einer Bahre hinaustrugen.

Nuru wich keine Sekunde von Malaikas Seite, hielt die ganze Zeit ihre Hand fest. Am Abend, bevor er ins Bett ging, fragte er ängstlich: „Aber du stirbst nicht?"

Überrascht von seinem Kummer nahm Malaika ihn fürsorglich in den Arm. „Nein, Nuru, ich sterbe nicht."

„Aber die Mum ist gestorben!"

„Ja, sie war krank und auch schon ziemlich alt."

Sichtlich beruhigt legte er sich schlafen.

Am nächsten Morgen kam John zu ihnen, um mit Malaika die Beerdigung zu besprechen. Sie nahmen unter dem großen Baum Platz. Malaika war der Schock noch anzusehen.

„Schon seltsam, wenn ich daran denke, wie gut es ihr gestern Morgen ging, findest du nicht auch?"

„Die Probleme mit ihrer Lunge müssen schon länger bestanden haben, ihre Lungenfunktion war am Ende."

Malaika war traurig, irgendwie hing sie mehr an der alten Dame, als sie sich eingestehen wollte.

Auch wenn die Situation nicht angemessen war, sagte John etwas Aufmunterndes, um Malaika zum Lachen zu bringen. Er wisperte ihr ins Ohr: „Ich verstehe nur nicht, warum sie von uns ging, ohne vorher noch fertig gegessen zu haben – meinst du, sie mochte das Essen nicht?"

„Wer weiß?" Ein zaghaftes Lächeln huschte über Malaikas Gesicht.

Im Kinderheim lief alles wie gewohnt weiter, sowohl im Heimleben als auch bei der Arbeit. Seit fast einem Jahr lebte die alte, kranke Frau ohnehin zurückgezogen, verbrachte die meiste Zeit in ihrem Zimmer und überließ Malaika alle wichtigen Aufgaben.

Als Malaika im Kinderheim zu arbeiten anfing, wurde sie von den Mitarbeitern respektiert, weil sie der bekannte Polizeichef dorthin gebracht hatte. Mit der Zeit schätzten sie die junge Frau wegen ihrer Fähigkeiten, ihres praktischen, umsichtigen Handelns, ihrer großen Liebe zu den Kindern und dafür, dass sie nie müde wurde. Tag und Nacht war sie für jeden erreichbar. Ihre Klugheit und ihre gerechte Art imponierten ihren Kollegen.

Ob sich der englische Arzt in sie verliebt hat? Es wurde getuschelt, und tatsächlich fiel auf, dass er viel öfter ins Haus kam, um nach den

Kranken zu sehen, seit Malaika hier arbeitete. Das Engagement vonseiten des Militärs für das Heim hatte sich verstärkt. Es herrschte nicht mehr so ein großer Mangel an notwendigen Artikeln – Verbandsmaterial, saubere Decken, Medikamente und auch Seife waren immer verfügbar.

Zu Nuru und Naima hatte Malaika ein inniges Verhältnis entwickelt, besonders zu dem Jungen.

Nuru ließ sie keinen Moment aus den Augen. Nur wenn der englische Arzt kam, entfernte er sich wie selbstverständlich. Allerdings spielte er unweit von ihnen mit seinem Ball und beobachtete sie dabei aus den Augenwinkeln.

Er schien glücklich zu sein, wenn sie zusammen waren. Der junge Arzt vermochte Malaika zum Lachen zu bringen, ansonsten wirkte sie meist in sich gekehrt und ernst. Sie lebte für ihre Arbeit.

Personalprobleme bestanden nicht mehr, viele junge Mädchen kamen zu ihnen. Manche liefen von Zuhause weg, weil sie zu früh mit einem ungeliebten Mann verheiratet werden sollten. Die anderen wiederum, weil sie ein Kind erwarteten. Nach der Entbindung entschlossen sich einige der Mütter, im Heim zu bleiben. Sie zogen ihr Kind auf und unterstützten, wo sie konnten.

Früher wurden die Neugeborenen einfach anonym abgelegt. Inzwischen hatte sich das Waisenhaus zu einer Institution entwickelt, die weithin bekannt war. Es war ein Segen, dass die neue Heimleiterin eine Einheimische war. Die Mädchen und Frauen fanden hier mit ihrem Kind eine sichere Bleibe.

Um in Zukunft ausreichend gesunde Nahrung für die vielen Kleinen zu haben, verbesserte Malaika die Selbstversorgung.

Hinter den aktuellen Gebäuden lag ein Streifen mageres Ackerland. Sie ließ die Einfriedung des Heims so erweitern, dass dieses miteingeschlossen wurde. Dadurch verfügten sie – nachdem fleißige Hände es gerodet und urbar gemacht hatten – über ein fruchtbares Feld für den Anbau von Gemüse.

Vier Ziegen und eine Kuh lieferten den Tagesbedarf an frischer Milch. Eines Morgens standen diese Tiere, wie vom Himmel gefallen, vor dem Hofeingang. Am Hals hingen Zettel, auf denen stand: „Wir gehören jetzt euch!" Es blieb nicht lange geheim, dass John und Barron die Tiere aus eigener Tasche spendiert hatten.

Mit großem Eifer kümmerten sich die Mitarbeiterinnen um den Gemüseanbau. Der Ertrag war bald schon so gut, dass sie etwas davon auf dem Markt verkauften. Mit diesem Geld schafften sie Hühner an, die Versorgung mit frischen Eiern war dadurch gesichert.

Von der Kaserne bekamen sie weiterhin große Unterstützung.

Im Hof richtete Malaika eine „Lernecke" ein. Dazu wurde an der Wand eine Holztafel angebracht. An die Seite stellte sie eine stabile Holzkiste zum Verwahren der Stifte, Blöcke und Bücher.

Als Malaika Nancy bei einem Besuch stolz die improvisierte Schule präsentierte, versprach die Engländerin, für die Kinder Lernmaterial zu besorgen. So bekamen die Kinder einen wahren Fundus an Schulbüchern.

Gleich morgens nach dem gemeinsamen Frühstück brachte sie den Kindern das Alphabet bei. Ab und zu gesellten sich auch Erwachsene hinzu, viele von ihnen waren Analphabeten.

Beim Unterrichten fiel Malaika auf, dass einzelne Kinder erstaunlich schnell lernten. Der Begabteste von ihnen war mit Abstand Nuru. Er begriff sofort, was er zu sehen bekam, und lernte alles auswendig. Sein fotografisches Gedächtnis war außergewöhnlich. Kaum kannte er die Zahlen, begann er damit, schwierige Aufgaben zu rechnen, die Schüler in seinem Alter noch lange nicht lösen konnten. Bald entdeckte John, selbst ein Mathe-Fan, die besondere Begabung des Albino-Kindes. Geduldig erklärte er dem Jungen neue Rechenwege.

Einige der älteren Kinder lernten schneller als die anderen. Malaika musste darauf reagieren.

„Wir sollten die Großen von den Kleinen trennen, damit sie besser vorankommen, was denkst du, Jo?"

Sie waren gerade auf dem Weg zu einem seiner schweren Fälle.

Wenn es Malaika einrichten konnte, begleitete sie den Arzt sonntags. Er nahm sie gern mit, sie konnte in ihrer Sprache mit den Patienten und deren Angehörigen kommunizieren.

„Das ist wirklich eine gute Idee, die Kinder in Gruppen zu unterrichten", antwortete John.

„Ich komme jedoch an meine Grenzen, wir benötigen dann natürlich einen echten Lehrer."

„Da hast du absolut recht, ich lasse es mir durch den Kopf gehen."

„Jo, komm rein."

Der Arzt setzte sich Barron gegenüber gemütlich in einen Sessel. Überraschungsbesuche des Arztes waren für Barron Smith immer eine willkommene Abwechslung. Die beiden Männer verstanden sich gut, man könnte sogar meinen, sie wären langjährige Freunde. Das Vertrauen zwischen ihnen wuchs, es dauerte nicht lange, da sprachen sie schon über ihre Kindheit und schwierigen Familienverhältnisse. Allerdings war ihre Einstellung zum Militär mehr als konträr. Während John Brown sein beruflicher Weg quasi auferlegt worden war, hatte sich Barron Smith die Aufgabe mit Freude ausgesucht.

Barron fühlte, dass sein Freund etwas auf dem Herzen hatte. „Was ist los?"

„Barron, ich mache mir Gedanken. Malaika möchte, dass die Kinder im Heim optimal gefördert werden. Sie musste erkennen, dass es mittlerweile erforderlich wird, die Schüler entsprechend ihren Fortschritten in Gruppen aufzuteilen."

Der Offizier wusste von der Zuneigung des Arztes zu dem schönen, klugen Mädchen im Kinderheim.

John fuhr fort: „Ich dachte, dass wir vielleicht Charles Wilson dafür gewinnen könnten, er ist doch Pädagoge?"

„Soviel ich weiß, ja."

„Meinst du, es geht in Ordnung, wenn ich ihn frage, ob er in seiner Freizeit die Kinder für einige Stunden in der Woche unterrichten würde?"

„Frag ihn, es wäre toll, wenn er es einrichten könnte. Aber Jo, hey, ich weiß von nichts."

Der Arzt legte symbolisch den Zeigefinger auf seine Lippen.

Beim Verlassen des Büros rief Barron: „Jo, sag Mr. Charles Wilson noch, er soll sich mit dem Unterrichten der Kinder beeilen, wir haben nicht mehr so viel Zeit, bald verlassen wir Tansania."

John imitierte etwas linkisch den Soldatengruß, schlug die Füße zusammen und erhob die Hand zum Gruß: „Aye, aye, Sir", verabschiedete sich John. Er freute sich darauf, Malaika die gute Nachricht zu überbringen.

Am nächsten Morgen erschien John in Begleitung eines blassen jungen Brillenträgers im Kinderheim. „Malaika, ich möchte dir Herrn Charles Wilson vorstellen."

Sie reichte dem Gast freundlich die Hand.

„Herr Wilson ist in seinem zivilen Leben Grundschullehrer. Er würde gern in seiner Freizeit die Kinder unterrichten!" Aufmunternd klopfte er auf die Schulter des jungen Mannes. „Nicht wahr, Charles?"

Malaika konnte es kaum glauben. Berührt und dankbar fragte sie ihren Gast: „Ist das Ihr Ernst? Das wäre phantastisch!"

Eine aufgeregte, neugierige Kinderschar hatte sich um sie versammelt. Ihre lächelnden Gesichter erwärmten das Herz des Pädagogen.

„Madam, wann können wir anfangen?"

„Wann Sie wollen, Mr. Wilson, jederzeit."

„Dann kommt mal alle gleich mit mir mit, wo geht es denn hier zur Schule?"

Ein kleines Mädchen löste sich aus dem Kinderknäuel und ergriff den Ärmel seiner Jacke, ohne ein Wort zog sie ihn in die Lernecke.

Für den jungen Carls Wilson war es eine willkommene Abwechslung, die Kinder zu unterrichten.

An einem Sonntagnachmittag erwartete Malaika den Polizeichef und seine Familie, die öfters am Wochenende vorbeikamen. Zu Malaikas Überraschung kam Mazar an diesem Sonntag allein. Er wollte sie unter vier Augen sprechen. Ihr Herz schlug heftig.

Im Hof setzten sie sich in eine ruhige Ecke. Der Polizeichef zog ein Schreiben aus der Innentasche seiner Jacke, hielt es in der Hand und schaute der jungen Frau in die Augen.

„Malaika, seit du mir erzählt hast, wie sich alles mit deinem Sohn zugetragen hat, habe ich in Erfahrung bringen wollen, wo sich dein Mann aufhält, damit er zur Rechenschaft gezogen werden kann, seine gerechte Strafe erhält."

Malaika erschrak. In den letzten Monaten hatte sie nicht mehr an Jabari gedacht. Auch nicht mehr ständig an Kovu. Durch den Einsatz im Heim war sie von morgens bis abends beschäftigt. Die Arbeit in der Küche und mit den Kindern hielt sie bis an die Grenze ihrer Kräfte auf Trab.

Mazar fuhr fort: „Ich habe meinen Kollegen in Mwanza, den ich persönlich gut kenne und dem ich absolut vertrauen kann, gebeten, Jabari ausfindig zu machen. Er wohnte nicht mehr an der bisherigen Adresse, an seiner früheren Arbeitsstelle wusste auch niemand, wohin er gegangen ist." Mazars Blick streifte ihre Hand, an der ein Finger fehlte. Ihm entging nicht, dass Malaikas Hände zitterten. „Es war mir ein Bedürfnis, diese Männer ausfindig zu machen, damit sie vor dem Gericht ihre Strafe bekommen." Er hielt inne und nahm einen

Schluck Tee. „Vergangene Woche rief mich mein Kollege an. Jabari und diese Halunken haben von den kriminellen Schamanen letztendlich nicht die versprochene Summe erhalten, weit weniger. Da es sich um sein Kind gehandelt hatte, bestand Jabari darauf, das meiste Geld für sich zu fordern. Die zwei anderen Helfershelfer sahen dies nicht so, sie verlangten, das Geld durch drei zu teilen. Es eskalierte in einen heftigen Streit, alle drei Männer standen zudem unter Alkoholeinfluss. Einer seiner Kumpane verletzte Jabari dabei mit einer Machete so schwer, dass dein Ehemann noch vor Ort verstarb. Die Mörder tauchten unter."

Mazar blickte gedankenverloren hinüber zu den Kindern, die mit einfachsten Gegenständen begeistert spielten. „Letzte Woche wurden sie bei dem Versuch, ein weiteres Albino-Kind in Sengerema zu entführen, verhaftet. Schnell fand die Polizei heraus, dass die beiden Gefassten Mittäter bei der Entführung von Kovu waren sowie zum Mörder an Jabari wurden. Jetzt sitzen sie im Gefängnis."

„Haben sie dieses Albino-Kind auch getötet?", wagte Malaika ängstlich zu fragen.

„Nein, an diesem Abend war glücklicherweise ein Polizist bei seiner Mutter im Dorf zu Besuch. Ihm ist es zu verdanken, dass dem Kind nichts passiert ist. Mit Hilfe der Dorfbewohner konnte der Polizist die Entführer gefesselt an seiner Polizeistation abliefern!"

Malaika atmete erleichtert auf.

„Diese Nachricht wollte ich dir persönlich überbringen."

Mazar schaute zu dem Albino-Kind rüber, das sich trotz seines verstümmelten Beines relativ geschickt fortbewegte. „Ich bin voller Hoffnung und Zuversicht, dass es uns gemeinsam gelingen wird, dem Aberglauben entgegenzutreten und für die betroffenen Kinder eine sichere Zukunft zu ermöglichen!"

Mit diesen Worten verabschiedete sich lächelnd der Polizeichef. Malaika war erleichtert. Für Jabari empfand sie nichts als Leere.

Dr. John Brown war auf dem Weg vom Kinderheim zu seiner Wohnung. Anstrengend war es heute gewesen, dazu kam die extreme Hitze. Eine winzige Auszeit hatte er sich gegönnt – eine Tasse Tee mit Malaika getrunken. Diese junge Frau ging ihm nicht aus dem Kopf. Nachdem ihn Schwester Mary vor ihrem Tod über das schreckliche Schicksal ihrer neuen Mitarbeiterin aufgeklärt hatte, fragte er sich, was ihr wohl alles widerfahren war, was sie erleben und durchleiden musste.

John dachte an seine eigene Kindheit. Er war glücklich und unbekümmert in London aufgewachsen. Seinen Vater, Major General bei der Armee, sah er aufgrund dienstlicher Verpflichtungen so gut wie nie. Dieser war durch und durch Soldat, diente seinem Land mit Herz und Seele.

In seiner Vorstellung gab es nichts anderes, als auch seinen Sohn einmal bei der Armee zu sehen. Aber John hegte eine ausgesprochene Abneigung gegen das Militär. Er hasste Waffen, wollte mit diesen kalten, zum Töten bestimmten Werkzeugen nichts zu tun haben. Sein Interesse galt der Theologie. Völlig unmöglich, dies seinem Vater zu gestehen.

Er entschied sich schließlich, Medizin zu studieren, denn als Arzt stand ihm der Weg in den Dienst bei der Armee offen. Sein strenger Vater stimmte widerwillig zu. Mit der Unterstützung seiner Mutter begann er mit Elan das Medizinstudium. John schloss sein Medizinstudium summa cum laude mit Bravour ab. Kurz darauf wurde ihm die Stelle als Assistenzarzt im Militärhospital angeboten. Die verletzten, von Heimweh geplagten Soldaten, viele fast noch Kinder, taten ihm leid. Er fragte sich nach dem Sinn des Militärs. Auf der Welt erschlossen sich diesen jungen Menschen tausende andere Aufgaben, berufliche Herausforderungen, die sie wählen könnten: in der Hege der Wälder, im Schutz des Ökosystems der Meere, beim Einrichten von Kindergärten und Schulen oder beim Unterrichten. Wie viele weitaus sinnvollere Berufe hätten sie erlernen können.

All das passierte nicht. Von Männern wie seinem Vater wurden sie darin ausgebildet, ohne zu hinterfragen, andere junge Menschen zu töten. Menschen, die sie nicht einmal kannten. Ihnen wurden Techniken vermittelt, um Städte, Schiffe und Gebäude in Bruchteilen von Sekunden zu zerstören. Die Bewohner, wenn sie sich überhaupt noch hatten retten können, verloren von einer Minute auf die andere ihr Zuhause.

Dieses ihnen beigebrachte barbarische Handwerk hieß Krieg. Und oft geschah alles nur, weil Psychopathen aus ihren schönen Residenzen, Häusern und Palästen heraus, weitab vom Elend auf den Schlachtfeldern, es so beschlossen. Es ging um Macht und Geld. Nie um die Menschen. Er verstand diesen Irrsinn nicht.


John war noch nicht lange Assistenzarzt im Militärkrankenhaus, da brach der Suezkrieg zwischen Ägypten und Großbritannien, Frankreich und Israel aus. Man zog ihn als Lazarettarzt ein.

Nie würde er jenen Tag vergessen, an dem er auf seinen ägyptischen Kollegen traf: Es war beim Austausch der verletzten Gefangenen. Obwohl eine Feuerpause vereinbart war, krachten unerwartet Gewehrsalven vor dem Lazarett der Ägypter. Diese gefährliche Situation zwang alle dazu, die Aktion zu unterbrechen. Der ägyptische

Arzt bot ihm einen stark gesüßten schwarzen Tee an. Schweigend tranken sie.

Beim Verabschieden kritzelte der Araber zu Johns Überraschung plötzlich seine Adresse auf ein Stück Papier und überreichte es dem englischen Kollegen mit den Worten: „Falls Sie irgendwann einmal Pyramiden sehen möchten!"

John griff wie in Trance nach dem Kugelschreiber in seiner Uniformtasche und notierte wiederum rasch seine Heimatadresse auf einen Zettel: „Falls Sie einmal Big Ben oder die Tower Bridge besuchen kommen."

In der Stimme der beiden schwang eine leichte Ironie mit.

Eilig verabschiedeten sie sich mit einem herzlich festen Händedruck. „Insallah!", rief der ägyptische Arzt noch.


Der Krieg war glücklicherweise bald vorbei. John konnte wieder nach England zurückkehren.

Weder John noch sein Kollege Dr. Abdel Khaled El Husseini konnten damals ahnen, dass aus diesem kurzen Moment der Verbundenheit eine tiefe Freundschaft erwachsen würde, die bis ans Ende ihres Lebens andauern sollte.


Das Versprechen, den Kollegen aus dem Orient zu sich nach London einzuladen, setzte John während einem seiner Heimaturlaube in die Tat um. Sie verbrachten eine Woche gemeinsam im elterlichen Anwesen, sehr zur Freude seiner Eltern.

Bei einem Abendessen wollte Johns Mutter wissen, wie die beiden Männer sich kennengelernt hatten. Der ägyptische Arzt berichtete in wenigen Worten: „Wir begegneten uns in Ägypten, waren gezwungen, gemeinsam auszuharren, während um uns herum die Welt mit Krach und Donnern unterzugehen schien!"

Nicht ahnend, was damit wirklich gemeint war, dachte die alte Dame an ein Unwetter: „Regnet es in Ägypten auch so viel?"

Ihr Sohn und sein Gast lächelten geheimnisvoll und schwiegen.

Die zwei Freunde besuchten sich gegenseitig, so oft es ihnen möglich war.

Eines Morgens wurde John zu seinem Vorgesetzten zitiert. Nachdem der Offizier ihn, ohne die Miene zu verziehen, begrüßt hatte, ließ dieser sich in seinen opulenten Ledersessel sinken. Er wirkte darin irgendwie verloren. Auf dem überdimensionalen Mahagonitisch, der ihn und den jungen Arzt trennte, lagen allem Anschein nach wichtige Papiere.

Die mit unzähligen Orden und Auszeichnungen bestückte maßgeschneiderte Uniform, in der der kleinwüchsige Mann steckte, ließ jeden unmissverständlich erkennen, dass er in seiner Funktion wichtig sein musste.

Ein wenig fühlte John sich an einen Zirkusbesuch in seiner Kindheit erinnert: Damals trat ein Affe in einem Kostüm auf, welches dieser Uniform sehr ähnelte. Voll konzertiert auf seine Rolle blieb der Affe ernst. Dieser Offizier mit seiner Wichtigtuerei und der eingefrorenen Mimik glich ganz diesem Primaten. Innerlich amüsierte sich John köstlich.

Sogleich kam der Generalmajor zur Sache: „John, Ihr verehrter Vater hat mir von Ihrem Wunsch, nach Afrika zu gehen, berichtet!" Seine laute Stimme passte so gar nicht zu seiner kleinen Statur. „Wenn Sie möchten, können Sie bald nach Tansania gehen, dort wird ein Arzt gebraucht."

John traute seinen Ohren nicht. „Sehr gerne", antwortete er verdutzt.

„Dann ist alles klar! Ich werde veranlassen, dass alles Nötige für Ihre baldige Abreise organisiert wird!"

Unverhofft erfüllte sich für John sein innigster Traum: nach Afrika zu gehen, um dort den armen Menschen zu helfen.

Drei Jahre lebte John mittlerweile schon in Tansania. Niemand ahnte, dass er in seiner Freizeit die umliegenden Dörfer besuchte. David, sein Fahrer aus Benin, wusste immer genau, in welchem Dorf gerade ein Arzt gebraucht wurde. Heimlich benachrichtigte er vorher die Hilfesuchenden, ließ sie wissen, wann der gütige Arzt eintreffen würde und wo sie ihn aufsuchen könnten.

Die Verletzten, darunter viele Mütter mit ihren kranken Kindern, warteten geduldig auf den Mann mit dem rötlichen Haar und den vielen Sommersprossen, die sie fasziniert betrachteten.

Eine schwangere Frau, selbst fast noch ein Kind, beschäftigte den jungen Arzt seit Tagen. Es ging ihr nicht gut. Das Baby lag quer und bewegte sich nicht, der Geburtstermin war bereits überschritten. Er war besorgt über ihren Zustand. Sie verlor Blut und litt unter starken Schmerzen.

Ihre Familie lehnte es jedoch ab, das Mädchen zum entfernten Krankenhaus nach Dodoma zu bringen. Als er ihnen mitteilte, dass sowohl sie als auch das Baby ohne Behandlung sterben würden, blieben sie teilnahmslos. Ihr alter Ehemann sagte lapidar: „Es wird gut gehen."

Der nächste Tag war Sonntag, eigentlich Johns freier Tag. Er war beunruhigt, wollte unbedingt nach diesem Mädchen sehen. In der Einfahrt zu seiner Wohnung bat er beim Verlassen des Fahrzeugs seinen Fahrer, ihn morgen früh wieder abzuholen.

Der Fahrer ermahnte ihn: „Sie sollten einen Tag pausieren, Herr Doktor!"

„Ich muss nach diesem Mädchen schauen, es lässt mir keine Ruhe. Wir fahren morgen früh hin."

In der Nacht kam John die Idee, Malaika zu fragen, ob sie ihn eventuell begleiten würde. Vielleicht konnte sie als Frau und eine von ihnen mehr erreichen. Außerdem hatte sie sich im Heim bereits einen Namen gemacht. Viele Menschen aus der Gegend wussten davon, dass sie auf Mazars Empfehlung kam. Ihr Ruf eilte ihr voraus.

Bei Sonnenaufgang hielt Johns Jeep vor dem Tor des Heims. Es war sehr ruhig, die Kinder schliefen noch. Malaika stand in der Küche, bereitete das Frühstück vor. Sie war überrascht, als der Arzt vor ihr stand.

„Malaika, bitte begleite uns zu diesem Mädchen, von dem ich dir erzählt habe. Sie braucht dringend Hilfe." John senkte seine Stimme. „Wenn sie und ihr Baby nicht bereits gestorben sind."

Malaika überließ Erina die Leitung und stieg schnell in den wartenden Jeep. Ganz selten hatte sie das Heim verlassen, seit sie hier angefangen hatte. Das Leben außerhalb ihrer kleinen Welt vermisste sie nicht. Von außen kamen meist Elend und Leid hinein.

Während der Fahrt beobachtete John Malaika im Rückspiegel. Sie schien die Fahrt zu genießen. Sie mitzunehmen war eine gute Idee gewesen.

Nach einer Stunde erreichten sie das Dorf. Einige Einwohner, meist Kinder, liefen neugierig hinter dem Wagen her. Niemals tauchte ein Militärjeep so früh in ihrem Dorf auf. Als das Auto vor der Hütte des Mädchens anhielt, ahnten die meisten, weshalb der Arzt gekommen war. Endlich, dachten die Frauen, denn seit Tagen mussten sie die Schmerzensschreie der jungen Frau ertragen.

Der alte, hagere Ehemann schlurfte herbei. Begrüßte erst den Arzt, dann den Fahrer. Malaika würdigte er keines Blickes.

Er hatte nichts Wichtigeres zu erzählen, als dass er für das Mädchen zwanzig Kühe als Brautpreis bezahlt hatte, wenn sie jetzt sterben würde, dann wäre seine ganze Investition verloren.

John merkte, wie Malaikas Gesichtsausdruck sich verhärtete. Energisch sagte sie etwas in ihrer Muttersprache, es schien, als stelle sie eine Frage. Ohne bei diesem Wortwechsel, den er nicht verstehen konnte, die Antwort abzuwarten, verschwand sie in der Hütte und rief den Arzt hinein.

Die Schwangere lag auf ihrer Matte. Ihr Gesicht war angeschwollen, die Lippen ausgetrocknet und blutleer. Schweißperlen lagen wie kleine Diamanten auf ihrer dunklen Haut. Mit Mühe öffnete sie die Augen, als sie die fremden Stimmen hörte.

Der Arzt untersuchte sie, besorgt legte er sein Ohr auf ihren Bauch. Er sah Malaika an. „Wir müssen sie mitnehmen, das ist unsere einzige Wahl!"

Trotz der Proteste des Ehemanns und des Vaters trugen sie die junge Frau sofort in den Jeep, um sie ins Krankenhaus zu bringen. Höchste Eile war geboten.

An diesem Sonntagmorgen war im Krankenhaus kein Arzt im Dienst. So blieb lediglich die Möglichkeit, einen Assistenzarzt anzurufen, der in der Nähe wohnte. Dieser beeilte sich und traf kurz darauf ein.

„So eine Operation habe ich noch nie durchgeführt", bemerkte er unsicher.

John erklärte ihm, dass sie gemeinsam operieren würden, eventuell könnten sie das Leben der jungen Frau noch retten.

Er befürchtete allerdings, dass das Kind bereits tot sei und dadurch die Gefahr einer für die Mutter schweren Sepsis bestand. Die Zeit drängte. Sie entbanden die Schwangere per Kaiserschnitt von dem toten Baby.

John machte dem Personal klar, dass das Mädchen noch einige Tage zur Beobachtung im Krankenhaus bleiben musste. Dort weigerte man sich jedoch, sie zu behalten. Im Beisein des Assistenzarztes rief John schließlich Mazar an und erklärte ihm die Situation. Der Polizeichef wechselte am Telefon einige kurze Worte mit dem zuständigen Arzt, auf einmal war alles kein Problem mehr.

Gegend Abend kehrte Malaika mit John wieder zurück ins Heim. Nuru kam ihr entgegengerannt, erleichtert klammerte er sich an sie.

„Wo bist du gewesen?" Seine Augen und seine Worte waren voller Angst.

Erina berichtete, dass der Junge den ganzen Tag immer wieder geweint und nichts gegessen hätte.

„Nuru, ich war bei einer kranken Frau und ihrem Baby, wir haben sie ins Krankenhaus bringen müssen."

Erst jetzt sah Nuru den Arzt, versuchte ein zaghaftes Lächeln. „Du hast gesagt, dass du für immer hierbleibst!"

„Das mache ich auch, versprochen." Liebevoll strich sie über sein helles Haar, drückte zärtlich einen Kuss darauf.

Der Entscheidung der englischen Regierung, sich militärisch aus Afrika zurückzuziehen, stand Barron Smith mit gemischten Gefühlen gegenüber. Einerseits freute er sich mit den Menschen, dass ihre Länder nach langer Zeit der Kolonialherrschaft ihre Unabhängigkeit erhalten würden, andererseits bedeutete dies für ihn, dass er die Heimat seines Herzens aufgeben musste.

Durch ein Telegramm beorderte das Sekretariat des Ministeriums den Kommandanten Barron Smith zu einem wichtigen Treffen nach London. Der Heeresminister wollte den militärischen Rückzug aus dem ostafrikanischen Land Tansania mit ihm persönlich besprechen.

An einem für London ungewöhnlich sonnigen, warmen Herbsttag war Barron auf dem Weg zum Kriegsministerium. Er sah seinen Termin mit dem Militärchef an diesem lichtvollen Tag als ein gutes Omen. Schon lange wollte er mit ihm über das heikle Thema der „englischen Waisenkinder" in Tansania ein Gespräch unter vier Augen führen. Vielleicht bot sich mit etwas Glück heute die Gelegenheit, dem Minister seine ganz spezielle Idee vorzutragen. Er hatte sich bereits überlegt, wie man den Besatzungskindern im Heim langfristig helfen könnte.

Einige Male waren er und der sympathische, weltoffene Minister sich bereits begegnet. Wie würde er wohl auf seinen Bericht bezüglich der Situation der betroffenen Kinder reagieren?

„Ich freue mich außerordentlich, Sie zu sehen, Mister Smith!" Der Minister trug einen perfekt sitzenden dunklen Anzug, seine Ausstrahlung war jugendlich. „Ich hoffe, Sie hatten einen angenehmen Flug. Bitte nehmen Sie Platz." Die warme, angenehme Stimme passte so gar nicht zu einem Mann, der über Leben und Tod zu entscheiden hatte.

Der Minister nahm sich für die Unterredung mit Barron viel Zeit. Abschließend bemerkte er: „Ich denke, wir haben nun alles erörtert – oder möchten Sie noch etwas anfügen?"

„Ja, ein Anliegen habe ich noch."

„Na, dann schießen Sie mal los!", ermunterte ihn der Minister mit einem Lächeln.

Barron Smith schilderte dem Kriegsminister in allen Einzelheiten die Situation der Kinder im Heim, die niemand haben wollte. Haargenau beschrieb er, wie sie auf engstem Raum in provisorisch erstellten Baracken ohne ausreichend Nahrung lebten. Die Hilfe, die er ihnen vor Ort bereits zukommen ließ, erwähnte er absichtlich nicht.

Der Bericht über diese Kinder schien den Minister, selbst Vater zweier Jugendlicher, nicht unberührt zu lassen. „Wie könnte diesen Kindern geholfen werden?"

Etwas zögerlich trug Barron seine Idee vor: „Beispielsweise dadurch, dass man einige dieser Kinder, die in Tansania keine Zukunft haben, nach England bringt, wo sie adoptiert werden könnten." Barron hielt einen Moment inne, bevor er fortfuhr: „Sie hätten hier ein besseres Leben; für viele Paare, die keine eigenen Kinder bekommen können, würde darüber hinaus ein großer Wunsch in Erfüllung gehen."

Sein Vorgesetzter schwieg nachdenklich.

Barron fuhr fort: „Es darf nicht außer Acht gelassen werden, verehrter Minister, dass viele dieser Kinder Halbengländer sind und wir ihnen gegenüber moralisch auch eine gewisse nationale Verantwortung haben."

„Halbengländer?", fragte der Heeresminister überrascht.

„Ja, sie stammen aus Beziehungen unserer in Tansania stationierten Soldaten mit einheimischen Frauen."

Der Minister erhob sich und griff nach seiner Zigarrendose. Er bot Barron eine seiner edlen Havannas an, der als Nichtraucher dankend ablehnte. Der Vorgesetzte nahm sich eine Zigarre, zündete sie jedoch nicht an, sondern drehte sie mechanisch zwischen seinen Fingern. Er hatte diese Angewohnheit, wenn er schwerwiegende Entscheidungen treffen musste.

„Keine schlechte Idee", meinte der Minister schließlich. „Ich melde mich bei Ihnen, sobald ich kann."

Freundschaftlich verabschiedeten sich die Männer.


Erleichtert und zufrieden mit dem Verlauf des Gesprächs kehrte Barron in sein Hotel zurück. Er hielt sich noch in London auf, als ihn die Nachricht erreichte, dass der Minister eine Kommission einberufen hatte, die einzig und allein zur Umsetzung von Barrons Eingabe eingesetzt wurde: grünes Licht von höchster Stelle! Alle betroffenen Kinder würden nach London kommen.

An diesem Abend spürte Barron Smith vor dem Einschlafen zum ersten Mal, seit er vom Tod von Alice erfahren hatte, die tiefe Verbundenheit zu seiner Schwester. Obwohl viel Zeit vergangen war, vermisste er sie noch immer.

Seine Eltern kamen ihm in den Sinn. Beide waren kurz hintereinander verstorben. Zuerst seine Mutter, bald darauf der Vater. Der Beerdigung seiner Mutter blieb er fern.

Es war eine Fügung des Schicksals, dass er sich von seinem Vater letztendlich noch an dessen Sterbebett verabschieden konnte.

Barron war damals dienstlich in London, als ihn am Abend sein Adjutant anrief.

„Sir, ein Mann namens Boris hat angerufen, Ihr Vater ist im Krankenhaus, er liegt im Sterben."

Gleich am nächsten Morgen besuchte Barron seinen Vater. Es war, als hätte dieser auf seinen Sohn gewartet. Mit geschlossenen Lidern lag der Greis im fahlen Lichtschein des Krankenzimmers. Das Atmen fiel ihm schwer. Just in dem Moment, als Barron an sein Bett trat, öffnete er die Augen und lächelte. Mit Mühe hob er seine magere Hand und streckte sie seinem Sohn entgegen. Barron ergriff die knochigen, blassen Finger. Jahrelange schwere Schreinerarbeit hatte an diesen Händen ihre Spuren hinterlassen.

Da es in dem bescheidenen Zimmer keine andere Sitzgelegenheit gab, nahm er auf dem Bettrand Platz. Schweigend blieb er noch lange sitzen. Er fühlte sich dem Vater verbunden. Dieser nickte immer wieder ein, ab und zu versuchte er jedoch ein zaghaftes Lächeln.

Sein Vater war ein schweigsamer Mensch. Die Mutter organisierte und bestimmte stets alles. Sie war immer zuhause, meist schwermütig und schlecht gelaunt. Manchmal hatte Barron sich sogar gewünscht, sie möge weg sein, wenn er von der Schule nach Hause kam.

Früh am Morgen ging der Vater zur Arbeit, erst spät am Abend kehrte er heim. Dann saß er allein in der kleinen Küche, aß die übrig gebliebenen Reste, die noch in den Töpfen und Pfannen auf dem Herd standen. Sonntags half er dem Nachbarn in dessen Garage. Beim Herumwerkeln an den alten Autos war er glücklich.

Eigentlich wusste Barron wenig über seinen Vater. Er hatte sich nie wirklich für ihn interessiert. Weder war ihm bekannt, wie seine Großeltern väterlicherseits hießen, noch hatte er Informationen, ob es von dieser Seite Tanten und Onkel gab.

Barron konnte sich nicht erinnern, dass sein Vater jemals mit ihm gespielt hatte. Selten unterhielten sich seine Eltern, noch seltener lachten sie. Der einzige Sonnenschein war Alice, sie war eine Frohnatur und redete viel.

Draußen wurde es dunkel, Zeit, ins Hotel zurückzukehren. Der alte Mann schien fest zu schlafen.

Barron flüsterte ihm zu: „Papa, morgen komme ich wieder."

Plötzlich öffnete sein Vater die Augen, lächelte und drückte ganz fest seine Hand.


Für seinen Vater gab es kein Morgen mehr. In der Nacht bekam Barron einen Anruf, die Stimme am anderen Ende der Leitung sagte leise und kurz: „Mein Beileid, soeben ist Ihr Vater verstorben."

Malaika war es ein Anliegen, dafür zu sorgen, dass von nun an der Geburtstag jedes Kindes gefeiert würde. Allerdings musste sie erst einmal herausfinden, wann welcher ihrer Schützlinge überhaupt geboren war. Nur wie?

Beim Sortieren der Akten im Büro von Schwester Mary entdeckte sie einen voluminösen Ordner, in dem vermerkt war, wann ein Kind im Heim aufgenommen wurde. Malaika bestimmte diesen Tag kurzentschlossen zum offiziellen Geburtstag.

Am nächsten Morgen kochte sie etwas Besonderes – sie wollte die Kinder überraschen. Nachdem die Kinder gegessen hatten und wie gewohnt durcheinanderplapperten, bat sie um Ruhe und kündigte die Neuigkeit an: „Künftig feiern wir die Geburtstage von jedem von euch! Es wird immer ein kleines Fest geben."

Sofort herrschte ein heilloses Durcheinander. Alle Kinder wollten sogleich ihren Geburtstag wissen.

Malaika hatte bereits etwas vorbereitet, um den Wissensdurst der Waisen zu stillen. John, dem sie glücklich von ihrem Vorhaben berichtet hatte, besorgte ihr einen aktuellen Jahreskalender.

In Nachtarbeit trug sie darin jedes einzelne Kind ein und ordnete jedem von ihnen ein Symbol zu, damit es sich darauf finden konnte. Nuru beispielsweise liebte Giraffen, also hatte sie für ihn eine kleine Giraffe eingezeichnet. Für Naima eine rote Mohnblume und so weiter.

Den Kalender befestigte sie mit Reißnägeln gut sichtbar an der Wand des Speisesaals. Malaika erklärte dazu, dass am Geburtstag immer das entsprechende Symbol des jeweiligen Kindes abgebildet sei.

Damit wäre klar, wessen Geburtstag gefeiert würde. Außerdem dürfe das Geburtstagskind an seinem Ehrentag einen Federkranz auf dem Kopf tragen.

Die Kinder waren begeistert, endlich konnten sie sich auf diesen Tag freuen. John besorgte für Malaika einen Vorrat an Süßigkeiten. Eine Dose Drops oder eine Packung Kaugummi war als Geschenk vorgesehen.

Nuru freute sich unbändig auf seinen bevorstehenden achten Geburtstag. Er war einer der ganz wenigen, die im Heim das Licht der Welt erblickt hatten. Daher waren seine Daten genau. In diesem Jahr fiel das Fest auf einen Montag. Malaika hatte die Idee, ihm einen Ball zu schenken. Fußball war sein liebstes Spiel und die anderen Kinder konnten mitspielen. Ein Geschenk für alle sozusagen.

Beim nächsten sonntäglichen Ausflug wollte Malaika die Meinung zu dem für Nuru geplanten Geschenk hören. John fand die Idee großartig. An einem großen Markt hielt er an. Schnell wurden sie fündig. Der schwarzweiße Ball war aus echtem Leder und kostete ein kleines Vermögen. Trotz Malaikas Protest bezahlte er und ließ ihn in eine Tüte packen.

Für sie waren diese Sonntagsausflüge die schönsten Momente in ihren arbeitsreichen Tagen. Eine liebgewonnene Gewohnheit war es, im Schatten eines Baums eine Rast einzulegen. Es entstand zwischen ihnen aus anfänglicher Vertrautheit nach und nach Liebe.

Heute wollte John es wagen – er musste mit Malaika reden, es duldete keinen Aufschub.

Im Auto hatte er einen Picknickkorb deponiert. Vorsichtig holte er diesen hervor. Malaika beobachtete, wie gekonnt er alles herrichtete. Sie durfte nichts machen.

„Malaika, ich muss unbedingt mit dir reden. Unsere Mission hier in Tansania ist zu Ende, meine Einheit kehrt nach England zurück."

Malaika sah ihn entsetzt an, ihr Herz zog sich zusammen. Sie drehte ihren Kopf zur Seite. Er sollte nicht merken, wie traurig sie plötzlich war.

Vorsichtig ergriff John ihre Hand und streichelte sie zärtlich.

„Möchtest du mich heiraten und mit mir nach England gehen?"

Malaika schluckte. Es kam John wie eine Ewigkeit vor, bis sie ihm langsam, aber gefasst antwortete: „Jo, ich wünsche mir nichts mehr, als dich in dein Land zu begleiten, aber mein Platz ist hier bei den Kindern."

John war sehr betroffen, verstand jedoch ihre Beweggründe. Sie schwiegen beide eine Weile. Dann erzählte er ihr von der Anordnung, dass die baldige Überführung derjenigen Kinder bevorstand, die aus der Beziehung eines Engländers mit einer Einheimischen hervorgegangen waren.

Schockiert starrte sie ihn an. „Was geschieht mit ihnen?"

„Sie werden zur Adoption freigegeben."

Malaika war verwirrt. Einige ihrer Kinder würden nach England gebracht? Sie musste diese Ankündigung erst einmal verarbeiten. John sicherte ihr zu, dass die Kinder es in seinem Heimatland gut haben würden. Malaika fühlte sich überrumpelt und sorgte sich um die Zukunft ihrer Schützlinge. Letztendlich tröstete sie Johns Argumentation, dass auch zukünftig Waisenkinder in ihrem Kinderheim Schutz bekämen.

In der folgenden Nacht fand Malaika keinen Schlaf. Vor Sonnenaufgang ging sie in die Küche. Es war ruhig, alle schliefen noch. Plötzlich stand Nuru vor ihr.

„Nuru, warum bist du so früh wach, ist es, weil du heute Geburtstag hast?"

Er sah müde aus. „Ich habe geträumt."

Malaika nahm ihn in den Arm, gab ihm einen Kuss auf sein weiches Haar. „Und was hast du geträumt?" Sie setzte sich an den kleinen Küchentisch und nahm seine Hände.

„Ich habe geträumt, ich lag auf der Straße, ein Auto fuhr über mich." Malaika zog ihn zu sich. „Warum lagst du denn auf der Straße?"

Nuru zuckte mit den Schultern. „Ich weiß nicht."

„Denk nicht mehr daran, es war nur ein böser Traum. Heute ist dein Geburtstag und wir haben für dich ein schönes Geschenk."

Ein Lächeln überzog sein kindliches Gesicht.

Malaika legte den Arm um ihn. „So, jetzt geh wieder ins Bett und versuche, noch ein wenig zu schlafen."

Als der Junge die Küche verlassen hatte, dachte Malaika mit einem unguten Gefühl an seinen Traum.

Am Nachmittag erschien sogar John zum Gratulieren. Mit dem neuen Ball unterm Arm lief ihm Nuru freudig entgegen.

„Jo, danke, danke, so einen Ball habe ich mir immer gewünscht."

„Du musst ihn nicht tragen, sondern damit spielen." John nahm ihm den Ball aus der Hand, ließ ihn fallen und kickte ihn in Richtung der umstehenden Kinder. „Kommt, spielt alle mit!"

Malaika hatte geweint, das war nicht zu übersehen. Mit einem Tablett voller Geschirr verschwand sie in der Küche. John folgte ihr, nahm sie in den Arm und küsste sie. „Sei nicht so traurig. Du wirst sehen, es wird alles gut."

Sie wischte eine Träne weg, lächelte zaghaft. „Nuru bleibt hier, das ist mir am wichtigsten. Zum Glück fällt er nicht unter diese Regelung, sein Vater war ja kein Engländer."

„Da hast du recht, er bleibt, niemand nimmt dir den Jungen weg."

Malaika war erleichtert.

Plötzlich strahlten Johns Augen. „Ich habe eine Idee: Wir nehmen Nuru einfach mit nach England und adoptieren ihn."

„Jo, die Idee ist gut, aber dann fehle ich hier im Heim, die Kinder brauchen mich."

Die Stimmen der Kinder drangen an ihre Ohren. Sie spielten begeistert mit dem neuen Ball. Sie hätten für Nuru kein besseres Geschenk wählen können.


Nachdem John sich verabschiedet hatte, dachte Malaika mit Wehmut daran, dass viele ihrer Schützlinge nach England gehen würden.

Plötzlich hörte sie panisches Kindergeschrei: Naima kam angerannt. Wild fuchtelte sie mit den Armen, wollte etwas sagen, stammelte nur: „Nuru, Nuru ist weg!" Mit der Hand zeigte sie hinter sich nach draußen. „Komm schnell!"

Malaika konnte dem kleinen Mädchen kaum folgen. Im Hof riefen die Kinder durcheinander. Naima lief durch das offene Hoftor, direkt hinaus auf die Straße, Malaika hinterher. Hektisch schaute sie sich um. Von dem Jungen keine Spur, es war, als hätte ihn der Boden verschluckt. Nur sein Ball und seine Mütze lagen verlassen auf der anderen Seite der Straße.

Naima schrie immer noch nach Nuru, völlig außer sich.

Malaika hielt sie an den Schultern fest. „Beruhige dich und erzähle mir ganz genau, was mit Nuru passiert ist!"

„Männer haben ihn mitgenommen!"

„Naima, welche Männer?" Panik stieg jetzt in Malaika hoch, sie musste sich zusammenreißen.

„Es waren zwei, sie waren groß." Naima schluchzte, Tränen liefen über ihr Gesicht. „Sie hatten ein Motorrad, Nuru haben sie draufgesetzt. Er hat laut geschrien, aber die sind einfach mit ihm weggefahren, ganz schnell."

Malaikas Herz raste. Sie musste sich am Zaun festklammern, zitterte am ganzen Körper.

Erina reagierte in dieser dramatischen Situation pragmatisch. Sie telefonierte in die Kaserne. Zum Glück erreichte sie dort John persönlich und berichtete ihm von der Entführung. Der ließ alles stehen und liegen und fuhr mit Barron zum Kinderheim. Auf dem Flur befahl Barron noch einigen Soldaten, unverzüglich nachzukommen.

Beim Eintreffen der Männer saß Malaika wie ein Häufchen Elend am Hoftor des Waisenhauses, einem Nervenzusammenbruch nahe. Sie weinte leise, John zog sie hoch, versuchte, sie zu beruhigen.

„Nuru ist weg – sie haben ihn mitgenommen, ich habe solche Angst."

Sie schluchzte verzweifelt.

Barron beugte sich zu Naima hinunter. „Was ist denn passiert?"

Mit großen Augen starrte Naima den Mann in Uniform an. „Wir haben im Hof gespielt, ein Junge hat den Ball über die Mauer geschossen. Nuru rannte seinem Ball hinterher, auf die Straße, um ihn zu holen. Gerade da fuhr ein Motorrad mit zwei Männern vorbei. Vorne an der Ecke haben sie plötzlich umgedreht und sind bis zu Nuru zurückgefahren." Naima schnappte nach Luft. „Der Mann, der hintendrauf saß, schnappte Nuru am Arm und riss ihn an sich. Nuru hat sich gewehrt und laut geschrien, aber der Mann hat ihn auf den Sitz gezerrt. Dann ist das Motorrad ganz schnell da lang gefahren." Dabei zeigte sie mit der Hand nach rechts die Straße hinunter.

In diesem Moment bogen zwei Jeeps mit Soldaten aus Barrons Einheit um die Ecke und hielten vor ihm. Barron erteilte knappe Befehle und stieg in den ersten Jeep ein. Die Suchaktion nach Nuru und seinen Entführern begann.

Nuru steckte in der Falle. Die zwei Männer hatten ihn zwischen sich eingeklemmt. Wie ein Schraubstock hielten ihn die Hände des hinten Sitzenden fest. Nachdem sie kurz der Hauptstraße gefolgt waren, lenkte der Fahrer sein Motorrad jetzt auf einen holprigen Weg. Wegen der zahllosen Schlaglöcher kamen sie nur langsam voran, fuhren vorbei an kleinwüchsigen Bäumen und vertrockneten Sträuchern. Der Weg stieg etwas an, die Landschaft wurde hügelig. Plötzlich stoppte der Fahrer abrupt.

Der Hintermann warf den kleinen Jungen wie einen Sack Reis auf den Boden. Im Fallen prallte Nurus Kopf gegen einen Stein. Benommen blieb er liegen. Blut rann über seine rechte Schläfe. Langsam versuchte er, sich aufzusetzen. Ihm war schwindlig. Den Kopf schützend zwischen beiden Händen, die Ellenbogen auf den Knien abgestützt, tropfte das Blut auf seine kurze braune Hose und hinterließ dunkle Flecken. Er hatte Angst, rührte sich nicht. Seine Sinne waren in höchster Alarmbereitschaft.

„Hast du deine Machete dabei?", fragte plötzlich der Fahrer seinen Freund.

„Nein", entgegnete dieser.

„Das kann doch nicht wahr sein! Wenn wir es nicht richtig machen, kaufen sie uns die Teile nicht ab, ich kenne einen, der weiß, wie man es macht. Er wohnt nicht weit weg, ich hole ihn hierher."

„Aber dann müssen wir das Geld doch durch drei teilen!"

„Es bleibt uns jetzt keine andere Wahl!"

Auf Nuru zeigend gab er noch den Befehl: „Du bleibst hier und lässt ihn nicht aus den Augen!" Er startete das Motorrad und raste davon.

Es herrschte unheimliche Stille, in der Nähe zirpten einige Zikaden, weit und breit keine Menschenseele.

Der Aufpasser fühlte sich nicht wohl, so allein mit diesem Albino-Kind. Er war sehr abergläubisch, wollte deshalb keinesfalls zu nah an den Zero Zero herankommen. Es reichte schon, dass er ihn auf dem Motorrad hatte festhalten müssen. Also entfernte er sich mehrere Meter, fummelte in der Tasche seines schmutzigen Hemdes nach der Zigarettenschachtel. Zitternd zündete er sich nach all der Aufregung erst einmal eine Zigarette an und inhalierte genüsslich. Mit der rechten Hand stützte er sich ab, setzte sich zwischen dem hohen Savannengras auf die Erde. Plötzlich schrie er auf, ein jäher Schmerz durchzuckte seine Hand.

„Verflucht! Das verdammte Biest hat mich gebissen!" Völlig panisch sprang er auf. Da sah er das Unheil. Nur zwei Meter von ihm entfernt schlängelte sich eine ausgewachsene Puffotter davon, verschwand im Gebüsch.

Ihr Gift war zuverlässig. Schnell breitete es sich im Körper des Mannes aus, schwer atmend sank er zu Boden.

Nuru hörte ihn nach Luft schnappen und hob zaghaft seinen Kopf. Vorsichtig blickte er zu seinem Entführer hinüber, just in diesem Moment kippte der Mann in Zeitlupe zur Seite.

Er blieb regungslos liegen.

Mit äußerster Vorsicht erhob sich Nuru. Das Gesicht des Mannes war nicht zu sehen, denn dieser hatte den Kopf zur anderen Seite verdreht. Ihn mit den Augen fixierend, stand der Junge auf, rückwärts setzte er einen Fuß hinter den anderen und entfernte sich. Sein Herz schlug ihm bis zum Hals. Als er weit genug entfernt war, rannte er, so schnell er konnte, davon.

Zuerst einen Hügel hinunter. Außer Atem blickte er zurück, niemand folgte ihm. Nuru lief weiter, stand plötzlich an einem kleinen See, wollte sich irgendwo verstecken. In der steilen Uferböschung entdeckte er kleine Höhlen. Mit letzter Kraft kletterte er hinauf, schaffte es, ganz hineinzukriechen. Schweißnass, keuchend vor Anstrengung, kauerte er sich zusammen. Eine gefühlte Ewigkeit verharrte er dort, wagte nicht, sich zu rühren.

Stunden vergingen, es wurde dunkel. Bis auf das Sirren der Mücken, deren Bisse bestialisch brannten, kein Geräusch.

In Nurus Kopf hämmerte es höllisch. An seiner Schläfe hatte sich eine Blutkruste gebildet. Sein Mund war trocken. Von Minute zu Minute wurde sein Durst unerträglicher. Er hatte keine Wahl, musste sich aus seinem Refugium hinauswagen, hinunter ans Wasser. Vorsichtig kroch der Junge aus dem Versteck.

Der Mond schien. Nuru folgte dem Geräusch des leisen Gluckerns der naheliegenden Quelle, die unaufhörlich den flachen See speiste. Er wollte seine entzündete Haut im Wasser kühlen, vor allem endlich den quälenden Durst löschen.

Unweit des Ufers zog er mit einer ruhigen Bewegung seine blutbefleckte Hose und sein T-Shirt aus und hockte sich in den kleinen See. Immer wieder schöpfte er mit der Hand Wasser, trank und ließ es über die verkrustete Lehmschicht rinnen. Nach und nach gab diese seine alabasterfarbene Haut frei, das Brennen und Jucken hörte allmählich auf.

In sich versunken entging Nuru vollkommen, dass er beobachtet wurde. Er blickte auf und erschrak: Vor ihm am Ufer stand ein schlanker, großer Mann: ein Riese. Dieser verharrte bewegungslos. Bedrohlich blitzte im Schein des Mondes die Spitze eines Speers. Es herrschte gespenstische Stille.

Seit Stunden suchte der Massai-Krieger nach seiner entlaufenen Kuh. Inzwischen war es Nacht geworden. Kamalu blieb nichts anderes übrig, als zu den anderen Tieren seiner Herde zurückzukehren. Besorgt und in sich gekehrt folgte er dem Pfad in Richtung seines Dorfes.

Der Verlust eines Tiers wog schwer – die Versorgung der Familie hing davon ab. Morgen bei Sonnenaufgang würde er sich noch einmal auf die Suche machen. Inständig hoffte er, die Kuh doch noch irgendwo lebend zu finden. Seine scharfen Augen durchdrangen suchend die Nacht.

Kamalu lief an dem kleinen See entlang, der als Tränke für Tiere diente. Abrupt blieb er stehen. Etwas bewegte sich im hellen Mondlicht im Wasser des kleinen Sees. Erschrocken trat er vom Ufer zurück. War dies ein Wassergeist? Die kleine Gestalt schien selbstvergessen, hatte ihn nicht bemerkt, ähnelte einer weißen Elfenbeinstatue, die sich zaghaft in dem dunklen Wasser bewegte. Der Massai hielt seinen Speer fest in der Hand.

Plötzlich hob der Junge den Kopf und erstarrte vor Schreck beim Anblick des Fremden. Aus seiner Perspektive wirkte der Mann unheimlich. Schlagartig kam Bewegung in ihn. Er sprang auf. Vollkommen nackt rannte er zurück, wollte in sein Versteck in der lehmigen Uferböschung klettern. Mit seinen nassen Füßen rutschte der Junge jedoch auf dem glatten Untergrund ab und blieb reglos liegen.

Vorsichtig näherte sich der Massai dem Jungen. Aus einigen Metern Entfernung erkannte er, dass es kein Wassergeist war, sondern tatsächlich ein weißes Kind. Es lag in einer kleinen Erdkuhle, ganz so, als ob es nur schliefe.

Mit der Spitze seines Speers stupste Kamalu sachte den Arm des Kindes an. Keine Reaktion. Die anmutige Schönheit des hellen Jungen faszinierte ihn. Er kniete ehrfürchtig nieder, strich dem Kind über die Hand, diese war kalt wie Stein. Jetzt erst bemerkte er die verletzte Stelle am Kopf des Kindes. Vorsichtig berührte er die nackte Schulter, auch sie war sehr kühl. Das Kind atmete flach, es war ohnmächtig. Ohne zu zögern, ergriff der Massai sein rotes Schultertuch, breitete es auf dem Boden aus und wickelte das Kind ein. Mit dem Buben auf dem Rücken kehrte er zurück in sein Dorf.

Spät in der Nacht kam er mit dem noch immer bewusstlosen Jungen vor der Hütte des Dorfältesten an. Der alte Mann rappelte sich von seiner Matte auf.

Sie legten das Kind auf eines der zahlreichen Rinderfelle. Leise erklärte Kamalu, wo er das weiße Kind gefunden hatte.

Das Geschehen blieb nicht unbemerkt. Familienangehörige wachten auf und betrachteten das Albino-Kind.

„Hole sofort Mama Malou", flüsterte der Dorfälteste seinem Sohn zu.

Der Junge rannte los. Kurz darauf kehrte er mit der Heilerin des Dorfes zurück.

Mama Malou war eine Institution. Trotz ihrer zierlichen, fast zerbrechlichen Statur genoss die weise Frau Autorität in der Männerwelt der Massai. Sie hatte nie eine Schule besucht; ihr breites Wissen über die Natur, Tiere, Kräuter und Krankheiten war ihr von ihrer Großmutter weitergegeben worden. Die hatte es wiederum von ihrer Großmutter übernommen. Die Gabe des Heilens vererbte sich über viele Generationen in ihrer Familie.

Alle Medizin, die sie Kranken verabreichte, bereitete sie selbst zu. In einem abgegriffenen ledernen Beutel trug sie ihre Utensilien immer bei sich, auch wenn sie in ein anderes Dorf gerufen wurde.

Vorsichtig hob Mama Malou den Oberkörper des Kindes an und befahl einer Frau, den Jungen in dieser Position zu halten. Aus einem kleinen Behältnis tropfte sie eine grüne Flüssigkeit auf einen Holzlöffel. Mit ruhiger Hand träufelte sie den Saft in den leicht geöffneten Mund des Kindes. Nuru öffnete plötzlich die Augen, hustete, spuckte.

Das Erste, was der Junge im schwachen Schein der Kerzen wahrnahm, war der kahlgeschorene Kopf der Schamanin. Die großen langen Ohrringe, die sich hin und her bewegten, die unzähligen Perlenketten um ihren Hals. Nun erst registrierte er die anderen Erwachsenen. Ängstlich schloss er die Augen.

Die Heilerin tastete seine Stirn ab. „Der Junge hat hohes Fieber", murmelte sie.

Die wohltuende Berührung ihrer Hände erinnerte Nuru an Malaika. Vorsichtig wagte er, seine Augen wieder zu öffnen. Die alte Frau lächelte ihn liebevoll an.

„Ich will zu Malaika", kam es kaum hörbar über die Lippen des Jungen, er begann zu weinen.

„Nicht weinen, ich bin Mama Malou." Ihre tiefe Stimme klang warm, aber ihre ganze Erscheinung war ihm unheimlich.

Kurz darauf schrie Nuru erschrocken auf. Mama Malou hatte nasse Tücher um seine Beine gelegt, um dem Fieber entgegenzuwirken.

„Bitte nicht!", rief er und zog dabei schnell die dünnen Beinchen hoch, schob die Hand der Frau energisch von sich. „Bitte nicht schneiden!"

„Hab keine Angst, dir geschieht nichts Böses!" Die Heilerin gab ihm noch einen Löffel von der Medizin, die er diesmal hinunterschluckte. Erschöpft und schwach lag er da, nach wenigen Minuten schlief er ein.

Am nächsten Morgen, bevor die Sonne aufging, hatte sich die Nachricht von dem fremden Kind schon im Dorf herumgesprochen. Einige Dorfbewohner standen bereits neugierig vor der Hütte. Jeder wollte einen Blick auf das vermeintlich tote Albino-Kind erhaschen. Der Dorfälteste hatte den Buben jedoch unter seine Obhut gestellt. Keine Chance, in die Nähe des Jungen zu kommen.

Zwei Polizisten drehten den Körper des Toten auf den Rücken. Ein Hirte hatte ihn auf dem Heimweg entdeckt.

„Er trägt nichts bei sich. Sichtbare Verletzungen hat er auch nicht", stellte einer der beiden sachlich fest, nachdem er die Kleidung des Leichnams durchsucht hatte.

„Er wurde von einer Schlange gebissen!", rief der Hirte aufgeregt aus.

Sofort fragte er sich, ob er nicht besser den Mund hätte halten sollen. Manche Polizisten mochten es nicht, wenn jemand wie er vor ihnen etwas aussagte, schon gar nicht ungefragt.

„Woher willst du das wissen, bist du etwa ein Doktor?", fragte der größere Polizist arrogant.

Sein Kollege konnte gerade noch ein Lachen unterdrücken.

Der Hirte fasste all seinen Mut zusammen: „Da, die Schlange hat in seinen Finger gebissen." Er deutete auf die rote, geschwollene Stelle am rechten Zeigefinger.

Die zwei Uniformierten warfen sich einen überraschten Blick zu. „Kannst du auch sagen, wo diese Schlange sich jetzt befindet?", wollte der Kleinere von ihm wissen.

Der andere lachte laut, beugte sich jedoch über die Hand des Toten, ohne diese zu berühren. „Es sieht wirklich ganz danach aus", bemerkte er anerkennend.

Sichtlich erleichtert trat der Hirte einen Schritt zurück. Er kannte den Kriminellen, war keineswegs traurig, dass dieser so sein Ende gefunden hatte. Es war wohl Schicksal, dass ausgerechnet eine Schlange ihn erwischt hatte. Aber warum lag er ganz allein in dieser gottverlassenen Gegend?

Er beschloss, den Polizisten nicht zu sagen, dass er den Toten und dessen Freund, der ein Motorrad fuhr, sehr wohl kannte. Unannehmlichkeiten hasste er. Nur nichts riskieren. Nicht für sich selbst und auch nicht für seine Angehörigen. Solche Kriminellen waren bereit, alles zu tun, sie schraken vor nichts zurück.

Als Barron Smith ihn alarmierte, war Mazar auf dem Weg zu einer Besprechung. Der Offizier teilte ihm in knappen Sätzen mit, dass ein Albino-Kind aus dem Kinderheim entführt worden war.

„Wir fahren sofort ins Waisenhaus!", wies der Polizeichef seinen Fahrer an.

Aufgelöst saß Malaika im Hof, sie sprang auf, lief Mazar entgegen: „Sie haben Nuru entführt!"

Beruhigend legte der Polizeichef seine Hand auf ihre Schulter. „Die Soldaten suchen ihn bereits und wir werden mit der Polizei die Suche unterstützen. Wir finden ihn!"

Er ließ sich den Vorgang genau erklären, erteilte den Befehl, die Gegend nach dem Kind zu durchsuchen und allen Hinweisen zu folgen.

Mazar kehrte ins Büro zurück, kurz darauf trafen zwei seiner Polizisten mit einer unbekannten männlichen Leiche im Revier ein.

Mazar ließ die Polizisten zu sich kommen.

„Ein Hirte hat ihn gefunden. Merkwürdig ist, dass der Tote weit draußen ganz allein war. Er trug auch keine Papiere bei sich", erklärte der eine.

Stolz fügte sein Kollege hinzu: „Die Todesursache ist wohl ein Schlangenbiss, das ist deutlich zu erkennen."

Mazar schien überrascht. „Sind Sie sicher?"

Sie wollten nicht erwähnen, dass sie durch den Hirten darauf aufmerksam gemacht worden waren.

„Sind Sie sicher, keine Fremdeinwirkung?", hakte ihr Chef nach.

Der Erste rückte nun doch mit Details heraus: „Der Hirte hat uns die Bissstelle am Finger gezeigt, er wurde offensichtlich von einer Puffotter ge…"

Mazar unterbrach mit einer schroffen Handbewegung die Erzählung.

„Von dem entführten Albino-Kind keine Spur? Oder Reifenspuren eines Motorrads?"

„Nein", antworteten beide Polizisten gleichzeitig.

„Und wo ist der Hirte jetzt?"

Die Uniformierten blickten sich schuldbewusst an.

„Sagen Sie nicht, dass Sie den Hirten haben laufen lassen?" Mazar schüttelte ungläubig den Kopf. „Er könnte wichtige Hinweise geben!"

Die überheblichen Polizisten schwiegen betreten.

Als der Hirte an diesem Abend mit seinen Tieren im Dorf ankam, wurde ihm berichtet, dass Polizisten am Nachmittag ins Dorf gekommen waren, weil ein Kind entführt wurde. Daraufhin machte sich der Mann Gedanken: Wenn nun doch diese Kriminellen mit der Entführung des Albino-Kindes etwas zu tun haben? Von einem Kind allerdings hatte er nichts gesehen.

Er fasste den Entschluss, gleich am Morgen zur Polizei zu gehen.

Bevor die Sonne die ersten Strahlen auf das Dorf warf, war der Hirte schon auf dem Weg in die Stadt.

„Ich will nur mit dem Polizeichef Mazar reden", erklärte er dem Sekretär, „persönlich."

Der Sekretär gab keine Antwort. Lediglich deutete er auf einen Stuhl. Von seinem Platz aus beobachtete er ihn. Ließ ihn absichtlich warten. Der Hirte saß ruhig, wirkte nicht so, als ob er bald wieder gehen würde.

Es blieb dem Sekretär nichts anderes übrig, als seinen Vorgesetzten zu informieren. Unwillig nahm er den Hörer, Mazar war sofort in der Leitung.

„Verzeihen Sie bitte, wenn ich Sie störe, hier ist ein Hirte, der unbedingt mit Ihnen sprechen will."

„Und worauf warten Sie dann noch?", fuhr ihn Mazar mit lauter Stimme recht ungehalten an.

Mazar hatte mehrmals feststellen müssen, wie abwertend einige seiner direkten Mitarbeiter sich gegenüber den – in ihren Augen einfachen – Menschen aus den Dörfern verhielten.

Der Hirte war nervös und unsicher, wusste nicht, wie er Mazar ansprechen sollte. Nachdem er ins Büro gebeten worden war, begrüßte der Polizeichef ihn freundlich und bat ihn, Platz zu nehmen. „Wie heißt du und woher stammst du?"

Der Hirte nannte seinen Namen und gab seinen Geburtsort an. Er wirkte sehr sympathisch auf Mazar.

„Ich kenne dieses Dorf, war bereits persönlich dort. Und was führt dich heute hierher?"

Mazars angenehme Stimme erinnerte den Hirten an die Stimme seines verstorbenen Vaters.

„Ich habe gestern den Toten gefunden, ich kannte ihn."

Mazar blieb ruhig, notierte sich alles.

Der Hirte fuhr fort: „Außerdem kenne ich seinen Freund, die beiden waren ständig mit dem Motorrad gemeinsam unterwegs."

Er machte noch genaue Angaben, wo dieser zu finden wäre.

Mazar schaute ihn anerkennend an. „Du hast uns wirklich sehr geholfen, danke, dass du hier warst."

Demonstrativ verabschiedete der Polizeichef den jungen Hirten freundlich, bewusst in Sichtweite des Sekretärs.

Mazar leitete persönlich die Suche nach dem flüchtigen Kriminellen. Noch am selben Tag wurde der Verdächtige aufgespürt und in Untersuchungshaft gebracht. Das Motorrad, welches die Entführer benutzt hatten, wurde ebenfalls gefunden und sichergestellt. Bei der Vernehmung verriet der Täter auch noch den Namen ihres Hintermannes.

Es war der 8. August, das Nane-Nane-Fest. In Tansania wurde der Tag der Bauern gefeiert. Für die Massai war dies ein ganz besonderes Fest. Lange im Voraus wurde mit den Vorbereitungen begonnen.

Die Mädchen und Frauen trugen ihre schönsten Kleider in allen Farben, dazu aus Glasperlen geometrisch kunstvoll gefertigten Kopf- und Halsschmuck. Dieser glitzerte und zeigte den Reichtum der Frau. Die Männer legten ihre traditionelle Kleidung an. Es wurde um das Feuer getanzt, gesprungen, gegessen und bis spät in die Nacht gesungen.

In diesem Jahr war allerdings alles anders als sonst. Nachdenklich stand der Dorfälteste auf dem Platz. Das kranke Kind, das noch immer mit Fieber in seiner Hütte lag, bereitete ihm Sorgen.

Früh am Morgen kam ein junger Massai aus der Stadt zurück und berichtete ihm, dass ein weißer Junge aus einem Waisenhaus entführt worden war.

„Es könnte sich um das Kind handeln, das hier ist." Aufgeregt fuhr er fort: „Die Polizei und viele Soldaten sind auf der Suche nach diesem Albino-Kind."

Der Dorfälteste ließ einige Männer zu sich kommen, erzählte ihnen von der Entführung. Sie beschlossen, den kleinen Patienten so schnell wie möglich zurückzubringen. Dem alten Mann lag viel daran, Mazar persönlich zu erklären, wie das Kind zu ihnen gekommen war.

Seitdem „ihr" Mazar den Posten des Polizeichefs hatte, genossen die Massai hohes Ansehen in der Regierung. Wenn sie Probleme bekamen, konnten sie sich an Mazar wenden. Der resolute Polizeichef half unkonventionell, wo er konnte. Sie wollten ihn keinesfalls enttäuschen.

Mama Malou widersprach heftig, doch musste sie die Entscheidung des Dorfältesten akzeptieren. Es gab keine Diskussion. Damit das

Kind für alle Fälle gut versorgt war, musste auch sie mit. Ihre Proteste verstummten, mit dieser Lösung konnte sie leben. Darüber hinaus war die Aussicht, in die Stadt zu kommen, überaus verlockend.

Behutsam wurde Nuru auf eine Trage gelegt. Angeführt von Kamalu machte sich die Gruppe von Massai auf den Weg nach Dodoma. Der Dorfälteste ließ es sich nicht nehmen, dabei zu sein. Da er nur auf einen Stock gestützt laufen konnte, bewegte sich die kleine Karawane gemächlich.

„Schnell, kommt nach draußen!" Erina war so aufgeregt, dass sich ihre Stimme fast überschlug.

Malaika und die anderen Mitarbeiterinnen, die gerade das Mittagessen vorbereiteten, rannten aus der Küche.

Welch ein Anblick! Vor dem Tor ihres Heims stand eine Abordnung der Massai in ihren auffälligen traditionellen Gewändern. Sogar ihre Speere hatten sie dabei.

Ein Mann überragte alle anderen – er bückte sich und hob sachte ein in Tücher gewickeltes Kind von der vor ihm abgesetzten Trage auf. Fürsorglich brachte er den kranken Jungen bis ins Haus. Sie hatten Nuru in ihre schönsten Stoffe gewickelt.

Der Dorfälteste trat vor. Sein Gesicht strahlte Würde und Ruhe aus. Mit seiner warmen Stimme sprach er: „Der Junge war unser Gast, leider ist er krank. Gerne hätten wir ihn in einem besseren Zustand hierhergebracht."

In diesem Moment entdeckte Malaika in dem rotbunten Stoffbündel eine helle Haarsträhne. Was meinte der alte Mann mit krank? Hatte Nuru noch seine Hände und Füße?, schoss es ihr in den Kopf.

Mama Malou bemerkte ihre Angst und brummelte: „Ihm ist nichts weiter geschehen, er ist nur schwach, es wird schon wieder. Das Fieber muss sinken."

Der Massai, der immer noch das Kind hielt, folgte Malaika ins Innere des Hauses.

„Nuru, Nuru, wo warst du nur?" Tränen der Erleichterung liefen über Malaikas Wangen.

Nuru hörte in weiter Ferne ihre Stimme, es gelang ihm, kurz die Augen zu öffnen. Schwach streckte er eine Hand aus der Umwicklung, sie ergriff diese sanft.

Malaika bat den Massai, ihr mit dem Kind in das Zimmer zu folgen. Behutsam legte der starke Mann den Jungen auf die ausgebreitete Matte.

„Nuru, du bist wieder daheim."

Die Massai wurden in den Hof gebeten. Ihnen brachten die Mitarbeiter Tee und Gebäck. Bald darauf hielt Mazars Auto vor dem Haus. Freudig lächelten die Massai, als sie ihren berühmten Stammesbruder persönlich erblickten.

Zuerst begrüßte Mazar den alten Mann und Mama Malou, danach alle seine Begleiter. Nachdem er sich zu ihnen gesetzt hatte, gab der Dorfälteste Kamalu ein Zeichen.

„Kamalu, erkläre unserem Mazar, wie du das Kind gefunden hast."

Kamalu erzählte, dass seine Kuh weggelaufen war, die fand er bei der Suche leider nicht, dafür aber das Kind.

„Es sollte wohl so sein", bemerkte er glücklich. Er wusste allerdings auch nicht, wie der kleine Junge bis zu dem See gekommen war.

Dieses Detail war völlig unwichtig, alle waren erleichtert, dass Nuru noch am Leben war. Und unversehrt.

Mit dem Versprechen, darauf zu achten, dass diese besonderen Kinder, wie dies bereits in ihrem Volk geschieht, geschützt würden, verabschiedeten sich die Massai und traten den Heimweg an.

Mazar ließ den Dorfältesten und Mama Malou von seinem Chauffeur zurückbringen.

Das Nane-Nane-Fest im Dorf wurde bis spät in die Nacht gefeiert.

Nurus Gesundheitszustand gefiel John ganz und gar nicht. Er machte sich Sorgen.

Malaika saß neben dem Kleinen auf der Matte, hielt die fiebernde Hand. „Jo, was denkst du, wird er bald wieder gesund werden?"

„Wir müssen Geduld haben. Der Stress, die Angst, all das hat seinem Körper viel Energie geraubt." Der Arzt setzte sich neben sie. „Außerdem wissen wir nicht, was mit ihm geschehen ist. Wo war er, bevor der Massai ihn gefunden hat? Ich habe ihm eine Spritze gegen Fieber und zur Stabilisierung seines Kreislaufs gegeben. Uns bleibt nun nichts, als ihm Ruhe zu gönnen und abzuwarten."

Malaika war besorgt: Wusste John mehr und wollte ihr nicht alles sagen?

Während John in die Kaserne zurückkehrte, legte Malaika sich erschöpft neben dem kranken Jungen auf den Boden. Würde sie auch Nuru verlieren? Wie Gift kroch die Angst durch ihre Adern. Ihr Herz schlug schneller.

Endlich ging es los. Vor einigen Stunden wurde Barron ein Telegramm übermittelt, das nun vor ihm auf dem Tisch lag: „Alle ausgewählten Kinder heute Nacht zum Abholen bereithalten. Die Militärmaschine fliegt sie nach UK." Er war sicher, dass die Kinder ein besseres Leben haben würden und der Wunsch vieler Ehepaare nach einem eigenen Kind in Erfüllung ginge.

Es klopfte an seiner Tür, John trat ein. Barron sah sofort, dass er Sorgen hatte. „Wie geht es dem Jungen?", fragte er. Die Geschichte von seiner Rettung war bis zu ihm durchgedrungen.

„Schlecht", antwortet der Arzt knapp.

„Das tut mir leid, was können wir tun?" Er sah, dass er besorgt war. Der Arzt zuckte mit den Schultern. „Abwarten."

Mit Blick auf das Telegramm: „John, heute Nacht ist es so weit, die Kinder werden mit der Militärmaschine nach London geflogen."

John war müde, wollte sich nur noch hinlegen. „Wenn es so weit ist, ruf mich, ich werde mitgehen und nochmal nach dem Jungen schauen."

Barron zeigte auf das Telefon: „Ich muss in der Nähe bleiben, wir sehen uns später."

„Aufstehen, wir müssen los!" Barron klopfte gegen die Tür von Johns Stube.

Alles war genau geplant. Die beiden sprangen auf den Jeep, der mit laufendem Motor bereits auf sie wartete. Kaum hatten sie Platz genommen, fuhr der Fahrer los, vermied routiniert die vielfältigen Schlaglöcher.

Die beiden Militär-Lkws, welche zum Transport der vielen Kinder angefordert waren, standen bereits vor dem Hoftor des Kinderheims.

Die Kinder schliefen. Behutsam wurden sie von den Soldaten der Sanitätsstaffel aus dem Zimmer getragen und auf die Ladefläche der Lkws, die behelfsmäßig zum Schlafen hergerichtet waren, gelegt. Malaika blieb währenddessen in ihrem Zimmer bei Nuru. Erina kümmerte sich draußen um den Ablauf.

An Nurus kritischem Zustand hatte sich nichts geändert. Irgendwann stand John vor der Tür. Leise kam er herein und setzte sich neben Malaika. „Wie geht es ihm?"

„Er hat immer noch hohes Fieber, es geht nicht runter."

John berührte Nurus Stirn. „Vielleicht hat er eine Sepsis", sagte er leise. „Eine Blutvergiftung, aber das kann ich hier nicht feststellen."

Malaika sprang auf und eilte nach draußen zu dem Soldaten, der die Liste mit den Namen in der Hand hielt.

„Ich muss noch schnell etwas prüfen, ich bringe Ihnen die Liste gleich zurück."

Sie ging ins Büro und überschrieb dort Naimas Name mit dem von Nuru, vorsichtig änderte sie auch die Geburtsdaten. Zitternd bewegte sie den Stift. Zuletzt zog sie noch eine dünne Akte mit Nurus Daten aus dem Schrank. Die manipulierte Liste gab sie dem Soldaten zurück. Danach legte sie Nurus Papiere zu den Unterlagen der anderen Kinder.

Schnell richtete sie für Nuru noch ein Bändchen mit seinem Namen und Geburtstag und steckte es in die Tasche ihres Kleides. Angespannt und aufgeregt kehrte sie zu John ins Zimmer zurück.

„Jo, bitte hilf mir, Nuru anzuziehen. Er muss hier weg!"

John blickte irritiert auf. „Was hast du vor?"

„Es ist seine einzige Chance. Bitte hilf mir, ihn mit den Kindern nach England zu schicken."

„Aber ..."

Malaika war nicht zu bremsen. Nuru wurde angezogen und in eine Decke gewickelt. Der Arzt trug ihn aus dem Zimmer.

„Warte kurz", rief Malaika. Sie band dem Jungen schnell das Namensschild um das Handgelenk und holte die kleine Giraffe von Kovu hervor, schrieb „Nuru" auf den Hals des Stofftiers und schob es unter seine Decke.


Nurus Name wurde leise gerufen.

„Diesen Jungen bringe ich gerade!", rief John mit Nuru auf dem Arm.

Eine Krankenschwester und ein Soldat, die auf dem Lkw standen, nahmen das kranke Kind entgegen. In der Eile und Dunkelheit fiel nicht auf, dass er weiß war.


Der für die Betreuung und Überführung der Kinder zuständige Kinderarzt aus London begrüßte John kollegial.

John wollte sicher sein, dass Nuru mitgenommen wurde. „Wenn es Ihnen nichts ausmacht, begleite ich die Kinder bis zum Flieger. Immerhin sind sie meine kleinen Patienten."

Der Doktor berührte Johns Arm. „Das geht klar! Jetzt müssen wir aber schleunigst los, sonst fliegt der Flieger ohne uns. Der Kollege kommt mit", lautete die knappe Order des Kinderarztes an den Soldaten.

John kletterte auf die Ladefläche. Die Kinder lagen in Decken gewickelt nebeneinander. Einige waren wach geworden, manche weinten. John entdeckte Nuru an der seitlichen Lkw-Plane. Er atmete schwer. John setzte sich neben den Jungen und hielt ihn fest, er wollte die Erschütterungen der unebenen Straße etwas mildern.

Am Flugplatz angekommen, wurden die Kinder im Eiltempo in das Flugzeug gebracht. Es war unangenehm kalt. John trug Nuru persönlich hinein. Die begleitende Krankenschwester zeigte dem Militärarzt freundlich, wo er das Kind hinlegen konnte. Etwas verwundert sah die Krankenschwester ihn an, als sie erkannte, dass es ein weißes Kind war.

„Das ist schon in Ordnung, er gehört dazu!"

Bevor John ausstieg, drehte er sich zu der jungen Frau um: „Wie ist Ihr Name?"

Zögernd antwortete sie überrascht: „Catherine."

„Ein schöner Name, so hieß meine Großmutter."

Ihre braunen Augen strahlten in der schwach beleuchteten Maschine. „Catherine, bitte kümmern Sie sich um das Kind, es geht ihm nicht gut."

Sie lächelte. „Mach ich."

John wartete auf dem Rollfeld, bis der Flieger in die dunkle Nacht abhob. Erst gegen Morgen kehrte er mit anderen Soldaten in die Kaserne zurück. Ohne seine Kleidung abzulegen, schlief er auf der schmalen Liege in seinem Zimmer ein. Beim Aufwachen dachte er sofort an Malaika. Die letzten Stunden liefen wie ein Film vor seinen

Augen ab. Er sprang auf, nahm nicht einmal einen Tee, fuhr sofort zum Heim.

Malaika stand in der Küche, als John ihren Namen rief. Sie drehte sich zu ihm um.

„Jo, wie ging es?" Ihre Augen füllten sich mit Tränen.

„Es ist alles gut gegangen." Er nahm sie in den Arm, strich über ihr weiches Haar. „Mach dir keine Sorgen, ich bin überzeugt, dass er es schaffen wird."

Malaika wischte sich die Tränen von den Wangen. „Ich bete inständig, dass er überlebt. Was dieses Kind in den letzten zwei Tagen alles durchgemacht hat." Leise fuhr sie fort: „Wenn nicht, dann stirbt er wenigstens nicht hier in diesem Land, das für ihn kein sicherer Platz war." Sie lächelte John zaghaft an.

John küsste sie auf die Stirn. „Es wird alles gut gehen." Müde verließ er das Heim.

Catherine war eine erfahrene Krankenschwester. Sie liebte Kinder über alles. Als entschieden wurde, wer den Transport der Kinder von Tansania nach London begleiten sollte, fiel die Wahl auf sie. Ihre Erfahrung mit kleinen Kindern war ihren Vorgesetzten aufgefallen. Eine wichtige Aufgabe lag vor ihr. Sie war sich der Verantwortung bewusst.

Gleich nach dem Start des Flugzeugs, als die Militärmaschine ihre Flughöhe erreicht hatte, begab sich Catherine zu dem kranken Jungen. Ihr war nicht entgangen, wie besorgt und herzlich der Militärarzt, Dr. John Brown, sich von dem weißen Kind verabschiedet hatte. Sie berührte Nurus Stirn, erschrak, als sie fühlte, dass er hohes Fieber hatte.

Der Kinderarzt hatte sich, wie bereits auf dem Flug von London nach Tansania, im Cockpit installiert, dort ließ er sich von dem Piloten die Technik erklären, die er bewunderte. Seine Tasche mit den Medikamenten lag auf einem der vorderen Sitze. Vorsichtig gab sie dem kleinen Kranken eine Injektion zur Stabilisierung des Kreislaufs. An seinem Handgelenk hing, liebevoll festgebunden, ein Schild: „Nuru" und sein Geburtsdatum waren darauf gekritzelt.

„Hey, kleiner Mann, du hattest vor zwei Tagen Geburtstag, nachträglich herzlichen Glückwunsch, vor allem gute Besserung", flüsterte sie ihm ins Ohr.

Plötzlich machte Nuru seine Augen auf, rief „Malaika". Als er die fremde Frau sah, schluchzte er und verlangte nach Malaika. Beruhigend streichelte die Schwester seine weiße, dünne Hand. „Du kannst nicht zu ihr, wir sind in einem Flugzeug."

Catherine hob seinen heißen Kopf an, hielt ihm einen Becher mit Wasser an die Lippen. Er trank ihn in kleinen Schlucken fast leer. Einige Minuten darauf zeigte die Medizin ihre Wirkung. Nuru schlief erschöpft ein. Nach einer Stunde sah Catherine noch einmal nach dem Patienten. Das Fieber hatte nachgelassen. Der Junge schlief jetzt ruhig.

Nach der Landung transportierte man die Kinder sofort aus dem Flugzeug. Sie wurden vom britischen Roten Kreuz übernommen. Catherine brachte es nicht übers Herz, den schlafenden Nuru zu wecken. In eine Decke gewickelt trug sie seinen schwachen Körper in das Gebäude. Sie legte den Jungen sachte auf eine Liege und informierte die verantwortliche Leiterin, Ms. Adela White, dass es dem Jungen nicht gut gehe.

Ms. White zuckte zusammen, als sie den schlafenden, schneeweißen Jungen erblickte, hatte sie doch nur schwarze Kinder erwartet.

„Was ist das für ein Kind?", rief sie erschrocken.

„Er heißt Nuru, er ist krank!"

„Was, krank ist er auch? Das hat mir gerade noch gefehlt, bestimmt hat er die anderen Kinder angesteckt. Er muss schnellstens von hier fortgebracht werden!" Ihre Hand rauschte durch die Luft, als wenn sie das Kind von der Liege wegwischen wollte.

Andere Mitarbeiter traten hinzu, auch der Kinderarzt.

„Herr Doktor, können Sie mir erklären, wieso ein krankes Kind mitgenommen wurde, noch dazu ein weißes, wo kommt das denn her?" Ms. White holte tief Luft.

Etwas irritiert schaute der Arzt Catherine an. „Seit wann ist er krank?" Dabei näherte er sich Nuru und tastete seine heiße Stirn ab. Er konnte nicht zugeben, dass er von diesem Albino-Kind aus Tansania keine Ahnung hatte.

Catherine zog ihre Schultern hoch. „Ich weiß auch nicht mehr als Sie. Vielleicht ist der Junge erst während des Flugs erkrankt?"

Sie verschwieg bewusst, dass sie ihm bereits im Flugzeug eine Injektion gegeben hatte, um seinen Kreislauf zu stabilisieren.

Ms. Adele Whites Stimmlage ließ keinen Zweifel, dass sie aufgebracht war. „Er ist kein Afrikaner, können Sie mir erklären …!"

Bevor sie den Satz zu Ende sprechen konnte, fiel ihr der Kinderarzt ins Wort: „Dieses Kind ist sehr wohl ein Afrikaner – es handelt sich um einen Albino."

Die Leiterin schwieg perplex. Nachdem der Kinderarzt Nuru kurz untersucht hatte, wies er die Leiterin an, ihm etwas gegen das Fieber zu geben. Ohne einen Gruß drehte sich der mittlerweile recht müde Doktor zur Tür und verließ den Raum.

„Wie stellen Sie sich das vor, morgen kommen schon die ersten Paare!"

Der Arzt hörte ihre Frage nicht mehr – er verschwand durch die offene Tür und stieg in ein bereits wartendes Fahrzeug. Fassungslos blieb Ms. White zurück.

„Und was machen wir jetzt?", wandte sie sich fragend an Catherine.

„Sie haben doch gehört, was der Arzt angeordnet hat – geben Sie dem Kind etwas gegen das Fieber, das reicht fürs Erste." Catherine strich zum Abschied sanft über Nurus Kopf. „Werde bald gesund, kleiner Mann." An Ms. White gerichtet: „Ich bin nun seit zwei Tagen auf den Beinen, zum Umfallen müde", erklärte sie kurz und hob ihre Hand zum Gruß, bevor sie eilig den Raum verließ.

Die rigorose Rot-Kreuz-Mitarbeiterin gab Anweisung, das kranke Kind sofort in ein anderes Zimmer zu bringen.

„Unter gar keinen Umständen darf er mit den anderen Kindern zusammenkommen. Sind noch mehr von diesen Al…", der Begriff fiel ihr nicht mehr ein, „von diesen weißen Kindern mitgekommen?"

Ihre Assistentin verneinte mit ernster Miene.

„Das ist schon mal gut!"

Insgeheim ärgerte sich Ms. White, weil sie noch nichts über diese hellhäutigen Afrikaner, die man Albino nannte, wusste. Sie nahm sich fest vor, sich gleich heute Abend darüber zu informieren.

„Ms. White, wir haben kein leeres Zimmer mehr", flüsterte ihr die Mitarbeiterin mit Blick auf den kranken Jungen zu.

Ms. Adela White ging noch einmal die Liste der Paare durch. Es musste auf alle Fälle vermieden werden, dass die Besucher das kranke Albino-Kind zu Gesicht bekamen. Zum Glück waren die anderen Neuankömmlinge gesund. Kurzentschlossen entschied die Leiterin, den kranken Jungen, der nur noch am Phantasieren war, heimlich in die Putzkammer zu schieben. Nuru nahm nicht Notiz davon, das Einzige, was er manchmal leise hervorbrachte, hörte sich an wie „Malaika".

Auch ohne den Jungen zu berühren, hatte Ms. White erkannt, dass er hohes Fieber hatte. Wurde ihnen nicht erst neulich ein neues Mittel – es hieß wohl Paracetamol – für ihre Hausapotheke geliefert?

Es war noch nicht oft eingesetzt worden. Eltern trauten sich bisher nicht, ihren Kindern dieses fiebersenkende Medikament zu geben. Die Argumentation war, es wurde noch nicht ausreichend an Kindern getestet.

Ms. White löste eine Tablette von dem neuen Wundermittel in Wasser auf, nicht ohne ihre Maske und Handschuhe anzuziehen. Sie ging zu Nuru, stützte das Kind, damit es trinken konnte. Er leerte das ganze Glas und sank erschöpft zurück auf sein Kissen. Sie deckte den Jungen zu, schaltete das Licht aus und schloss leise die Tür hinter sich.

Alle Kinder wurden noch am selben Abend gebadet und mit neuer Kleidung versorgt. Die ganz Kleinen hatten sie gefüttert, die etwas Größeren konnten nicht genug von dem Reis mit Fleischsoße bekommen.

Ms. White spürte nach dem arbeitsreichen Tag die Müdigkeit und wollte nur noch nach Hause. Bevor sie das Heim verließ, warf sie noch einen Blick in die Besenkammer. Der Junge lag genauso da, wie sie ihn zurückgelassen hatte. Er schlief fest, atmete schwer, aber regelmäßig. Ob er noch Fieber hat?, fragte sie sich. Ohne Handschuhe wollte sie ihn jedoch nicht berühren, zu groß war ihre Furcht.

Mehrere Paare hatten sich für das Treffen mit den Kindern, die zur Adoption standen, angemeldet. Herr Mross Kumar und seine Frau Emma waren die Ersten, die für den frühen Morgen im Terminkalender eingetragen waren.

Es war einer dieser wolkenverhangenen und regnerischen Morgen – typisch für London – gewohnte Normalität. Mross las die Zeitung, zumindest gab er dies vor. In Wirklichkeit beobachtete er seine Frau. Sie kratzte sich seit einigen Minuten zwanghaft an ihren Armen. An mehreren Stellen erschien auf der Haut bereits Blut. Den Anblick konnte er nicht ertragen.

„Emma, höre bitte damit auf, das ist nicht gut! Und wir sollten langsam gehen, damit wir rechtzeitig beim Roten Kreuz eintreffen – mach dich fertig."

Eilig erhob sie sich und ging ins Badezimmer.

Auf der Fahrt zum Roten Kreuz kamen Mross doch noch letzte Bedenken: Würde mit einem Kind alles gut werden?

„Emma, wir müssen nicht unbedingt ein Kind adoptieren, bitte überlege es dir noch mal. Ich bin auch ohne Kind mit dir glücklich."

Sie schwieg, sah aus dem Fenster.

Das Taxi stoppte direkt vor dem Tor des Roten Kreuzes. Mross ergriff ihre Hand, sie war kalt, er konnte das leichte Zittern ihres Körpers spüren.

Freundlich bat die Frau am Empfang die beiden, hinten im Flur Platz zu nehmen.

„Ms. White wird gleich für Sie da sein."

Kinderstimmen klangen durch die halboffenen Türen.

Mit Schwung wurde die Eingangstür aufgerissen.

„Bitte verzeihen Sie mir, ausgerechnet heute habe ich die Straßenbahn verpasst!" Ms. White war pitschnass, das Wasser tropfte aus ihrem Regenmantel und Schirm, um sie herum bildete sich eine Wasserlache. „Es tut mir aufrichtig leid, dass Sie warten mussten!"

Mross und Emma standen auf, streckten ihr die Hand entgegen.

Mross beruhigte sie: „Wir sind auch noch nicht lange hier."

Erleichtert lächelte die Leiterin. „Bitte folgen Sie mir, wir gehen in mein Büro."


Ms. White bat sie, Platz zu nehmen. Auf ihrem Schreibtisch lagen die Unterlagen bereit. Vorsichtig öffnete sie die Mappe, las einige Zeilen, hob ihren Kopf: „Mr. und Ms. Kumar, wie Ihnen bereits mitgeteilt wurde, ist in Ihrem Fall alles in Ordnung." Mit Blick auf Emma: „Bedauerlicherweise haben wir keine Babys, ich meine, nicht so ein ganz kleines, wie Sie es sich gewünscht haben."

Nachdem Mross seine Frau prüfend angesehen hatte, fragte er erstaunt: „Wie meinen Sie das, Ms. White, Sie haben keine Babys?"

Die Leiterin lehnte sich zurück. „Ich sehe hier gerade, dass das jüngste Kind über zwei Jahre alt ist – Sie wollten doch ein ganz kleines Baby?"

Mross berührte Emmas Hand. „Wir haben uns mit dem Alter des Kindes nicht wirklich festgelegt, nicht wahr, mein Liebes?"

Ms. White lächelte. „Das ist gut."

Sie blätterte weiter in ihren Unterlagen. „Ich sehe, dass für Sie das Geschlecht des Kindes keine Rolle spielen würde, ist das richtig?"

Obwohl Emma wusste, dass Mross gerne einen Jungen hätte, antwortete sie ruhig: „Ja, es stimmt, für uns ist es nicht wichtig."

„Prima, dann lassen Sie uns zu den Kindern gehen, wir wollen sehen, welches vielleicht zu Ihnen passt. Lassen Sie sich Zeit!"

Emma war aufgeregt, ihr Juckreiz meldete sich hartnäckig, sie musste sich beherrschen, die Finger still zu halten.

„Darf ich bitte vorher noch das WC benutzen?"

„Ja, selbstverständlich, wenn Sie hinausgehen, finden Sie es am Ende des Korridors, die linke Tür."

Niemand war zu sehen. Bereits im Gehen begann Emma, ihre höllisch brennenden Arme zu kratzen. Am Ende des Flurs war eine Tür links und eine Tür rechts, sie erinnerte sich nicht mehr, welche nun diejenige zum WC war. Emma öffnete rasch die rechte, schaltete das Licht an. Offensichtlich eine Abstellkammer – ihr Blick fiel auf Eimer, Leitern, Regale. Gerade wollte sie das Licht wieder löschen, als ein leises Wimmern an ihr Ohr drang. Sie blieb irritiert stehen, horchte.

Ganz eindeutig weinte da ein Kind! Vorsichtig ging die junge Frau zwei Schritte ins Innere des engen Raums. Zuerst sah sie nur ein Bett. Beim Näherkommen entdeckte sie, dass darin ein Kind lag. Es hörte sofort auf zu weinen und blickte mit großen Augen Emma an, streckte ihr seine weißen kleinen Hände entgegen „Wasser, bitte!"

Sie eilte zurück in Ms. Whites Büro: „Kommen Sie, da liegt ein Kind in der Besenkammer, es hat Durst!"

Mross sprang auf, um Emma zu folgen, die bereits wieder die Besenkammer ansteuerte.

Jesses Gott, das Kind! Ms. White fiel schlagartig der kranke Junge wieder ein. Mit weichen Knien lief sie hinter dem Paar her.

Emmas lautes Rufen hatte dazu geführt, dass auch andere Mitarbeiterinnen herbeikamen.

„Bitte bringen Sie sofort ein Glas Wasser!", befahl Ms. White einer jungen Ordensschwester, die gerade in der Tür stand.

Im Halbdunkel des Abstellraums erkannte die Leiterin zu ihrer Überraschung, dass es dem Jungen deutlich besser ging, er hatte den Kopf gehoben. Sie legte eine Hand auf seine Stirn, offensichtlich hatte er auch kein Fieber mehr. Jedoch war er zu schwach, sich selbst aufzurichten. Sie atmete erleichtert auf.

Mross half dem Buben dabei, stopfte ihm ein Kissen in den Rücken. Nuru lehnte nun an den Gitterstäben am Kopfende. Ms. White streckte ihm das Glas entgegen, mit zittrigen Händen versuchte er, es zu halten. Spontan nahm Mross den Becher und führte ihn an die ausgetrockneten Lippen des Jungen. In großen Schlucken trank das Kind den Inhalt leer.

Seine Augen waren gerötet, sein Haar völlig zerzaust, seine Kleidung verschwitzt. Die Leiterin schob umständlich das Bett hinaus in den Korridor, eine Schwester wurde angehalten, sich sofort um den Jungen zu kümmern.

Ms. White stand unter Erklärungsdruck – erst am Schreibtisch ihres Büros wirkte sie gefasst.

Mross und Emma nahmen wieder Platz. Emma versuchte, ruhig zu bleiben, konnte aber nicht einordnen, was sie gerade gesehen hatte. Ein Kind, ganz allein in der dunklen Kammer? Was, wenn sie nicht versehentlich oder zufällig diese Tür geöffnet hätte? Seit wann lag dieses Kind bereits allein dort? Fragen über Fragen – das Jucken ihrer Haut wurde noch heftiger.

Sichtlich nervös kramte die Leiterin in ihrem Papierstapel. Allem Anschein nach konnte sie nicht finden, was sie suchte. Sie vermied den Blickkontakt mit ihnen.

Als Anwältin wusste Emma, wann der Moment opportun für Fragen war: „Ms. White, können Sie uns bitte erklären, was für ein Kind dies ist und aus welchem Grund es allein in der Besenkammer lag?" Sie formulierte ganz ruhig, routinemäßig, wie sie bei einer Zeugenbefragung im Gerichtssaal vorgehen würde.

Mit dem Kugelschreiber in der Hand lehnte sich Frau White etwas zurück: „Gestern bei der Ankunft war der Junge krank. Niemand konnte uns erklären, was er hatte. Wir erhielten auch keine Information darüber, wieso dieses weiße Kind, Sie haben es ja gesehen, als einziges unter all den Kindern mit schwarzer Hautfarbe bei diesem Transport dabei war." Ms. White hatte sich noch direkt in der Nacht über Albinismus informiert, so konnte sie selbstbewusst fortfahren: „Er ist ein Albino, in manchen afrikanischen Ländern, vor allem in Tansania, werden sie geächtet, verfolgt, noch schlimmer: getötet."

Emma schwieg, fasste sich dann: „Offensichtlich werden sie auch hier, mitten in London, geächtet!" Ihre Stimme klang erregt. „Dass er eine weiße Hautfarbe hat und krank ist, gibt Ihnen noch lange nicht das Recht, ihn wie einen Aussätzigen zu behandeln und in einer Besenkammer wegzusperren. Ohne Licht – im Dunkeln. Das arme Kind!" Ihr Blick wanderte zu ihrem Mann, er war nachdenklich.

Die Leiterin holte tief Luft. „Ms. Kumar, es war kein Raum mehr frei und wir wussten nicht, ob der Junge eine ansteckende Krankheit hat. Daher mussten wir diese Vorsichtsmaßnahme ergreifen, auch, um die anderen Kinder zu schützen." Sie ließ tunlichst unerwähnt, dass es allein ihre Entscheidung war, den Jungen zu isolieren, sprach auch nicht davon, dass sie an diesem Kind das neue Medikament eingesetzt und ihn in der Besenkammer vergessen hatte. Diesem Mittel mit dem wohlklingenden Namen Paracetamol war ganz offensichtlich die Heilung des Jungen zu verdanken.

Ms. White bat ihre Sekretärin, Tee zu bringen. Nach wenigen Minuten kam die junge Frau mit einem Tablett herein und goss den Besuchern jeweils eine Tasse ein.

„Ich schaue kurz nach, wann Sie die Kinder sehen können, komme dann gleich zurück." Mit diesen Worten verließ die Leiterin erleichtert den Raum und ließ die beiden allein.

Mross hatte sich bis dahin mit keinem Wort geäußert.

„Sag doch du auch einmal was!", forderte Emma ihren Mann auf.

„Ms. Whites Erklärung klingt plausibel. Sie konnte nicht einschätzen, was für eine Krankheit das Kind hat." Mross freute sich, dass Emma sich endlich aus ihrer depressiven Lethargie löste – ihre Wangen glühten, sie schien kampfbereit wie eine wütende Löwin.

Emma hatte keine Ruhe. Im kleinen Büro hin- und hergehend, dachte sie nach. Abrupt blieb sie vor ihrem Mann stehen. „Mross, ich hab's: Wir adoptieren einfach dieses Kind!"

Ihr Mann stellte gerade vorsichtig seine Tasse auf den kleinen Unterteller. „Wolltest du nicht ein Baby?"

Emma überlegte kurz, so, als ob sie es vergessen hätte. „Das stimmt, aber jetzt spüre ich, dass dieses Kind uns braucht!"

Mross liebte an seiner Frau diese Eigenschaften besonders: ihre schnelle Wahrnehmung und treffsicheren Entscheidungen.

„Wie alt mag er sein?"

Ihr Mann dachte kurz nach. „Ich weiß nicht, sechs, sieben?"

Wegen des zierlichen und abgemagerten Körpers des Jungen war es schwierig, sein wahres Alter zu schätzen.

„An seinem Handgelenk konnte ich den Namen ‚Nuru' lesen, als ich ihm das Wasser gab", fuhr Mross fort. „Soviel ich weiß, bedeutet Nuru ‚Licht', oder?"

„Umso besser, er wird Licht in unser Leben bringen!"

„Daran mangelt es in England oft genug", bemerkte Mross, nicht ohne Sarkasmus. „Und er ist ein Junge", fügte er lächelnd hinzu.

In diesem Moment öffnete Frau White die Tür, schnurstracks eilte sie in die sichere Zone hinter ihrem Schreibtisch und ließ sich auf ihrem altmodischen Bürostuhl nieder.

„Frau White, wir haben eine Entscheidung getroffen."

Bevor Mross weitersprechen konnte, unterbrach ihn die resolute Leiterin: „Lassen Sie mich raten, Sie möchten nun doch von der Adoption absehen?"

„Nein, ganz und gar nicht, wir wollen ein bestimmtes Kind adoptieren."

Ms. White zog kritisch die Augenbrauen hoch – auf ihrer Stirn bildeten sich tiefe Falten.

Mross ergriff Emmas Hand. „Wir wollen diesen Jungen, den aus der Besenkammer."

Die Leiterin traute ihren Ohren nicht. „Aber …"

Emma war voll und ganz in ihrem juristischen Element. „Wir haben uns soeben entschlossen, dieses Kind oder keines!"

Frau White hob abwehrend die Hände. „Ist ja schon gut, ich bin nur etwas irritiert, wollten Sie nicht bisher unbedingt ein Baby?"

„Das stimmt, aber dieses Kind hat unser Herz berührt. Wir sehen es als ein gutes Omen, dass meine Frau ihn heute Morgen auf so eine besondere Weise gefunden hat", erklärte Mross.

Diese Inder, immer denken sie an ihre Götter und Omen, ging es Ms. White spontan durch den Kopf. Sie konnte damit nichts anfangen. Überhaupt, sie glaubte nicht an Gott, an keine Art von Religion.

„Wie Sie wollen", beendete sie knapp die Diskussion. Die Leiterin holte einen Ordner unten aus dem Regal hervor: „Nuru ist sein Name, vor Kurzem ist er acht Jahre alt geworden", las sie aus der Akte vor. „Sein Gesundheitszustand hat sich seit gestern wesentlich gebessert. Heute Nachmittag kommt ein Kinderarzt, er wird ihn gründlich untersuchen. Wenn er sein Okay gibt, können Sie ihn jederzeit mitnehmen."

„Prima, Ms. White, dann erwarten wir Ihre entsprechende Nachricht. Könnten wir das Kind vielleicht noch einmal kurz sehen?", fragte Mross auf seine charmante Art.

„Ja, selbstverständlich." Die Leiterin notierte noch schnell etwas in ihren Dokumenten, dann erhob sie sich und begleitete das Ehepaar in den Raum, wohin die Mitarbeiterinnen ihn gebracht hatten.

Der Junge saß ganz ruhig im Bett, hielt die Stoffgiraffe fest in der Hand, als Ms. White in Begleitung von Emma und Mross das Zimmer betrat. Nurus Augen blickten auf Emma.

Er sah jetzt ganz anders aus, gewaschen und in frischer Kleidung. Welch eine Persönlichkeit, dachte Emma impulsiv. Sein Kopf mit dem goldglänzenden Haar, im Hintergrund die karge mattweiße Wand – ein leuchtender Kontrast zum grauen Dunkel dieses regnerischen Tags. Die weißen Wimpern an seinen wasserblauen Augen ähnelten einem zarten Schleier – es erfüllte Emma eine große Leichtigkeit. Sie spürte beim Anblick des Jungen eine unerklärliche Anziehung. Es fühlte sich gut an, so, als hätte sie immer auf diesen Augenblick gewartet. Alles Belastende fiel in diesem Moment von ihr ab.

Sie trat vorsichtig an das Bett des Kindes. Deutlich erkannte sie einige Hautrötungen auf seiner Kopfhaut, die Lippen waren aufgesprungen.

„Nuru, ich bin Emma." Sie zeigte auf ihren Mann. „Und das ist Mross."

Ihre Stimme klang liebevoll. Sie streckte ihm die Hand entgegen. Der Junge blieb ohne Reaktion, blickte nur auf seine Giraffe.

„Wie heißt sie?", fragte Emma.

Er gab keine Antwort.

Ms. White trat einen Schritt vor. „Du bist jetzt hier bei uns, in England."

„Ich will wieder nach Hause." Er drückte das Stofftier fest an sich. Stille erfüllte den Raum.

Emma berührte sachte seine Schultern. „Nuru, wir gehen jetzt, aber kommen bald wieder."

Ganz langsam wendete er sich zu ihr, musterte die fremde Frau. „Bis bald, ja?"

Er schwieg. Als sie das Zimmer verließen, blickte er ihnen nach.

Auch wenn noch nicht entschieden war, ob der Junge zu ihnen kommen konnte, fing Emma damit an, den Raum neben ihrem Schlafzimmer frei zu machen. Sie war voller Tatendrang. Das Telefon in Sichtweite, erwartete das Paar ungeduldig die Nachricht der Leiterin. Endlich, gegen zwanzig Uhr, kam der ersehnte Anruf.

„Mr. Mross, ich habe gute Nachrichten, bitte kommen Sie morgen früh zur selben Zeit wie heute zu mir ins Büro." Die Stimme von Ms. White klang förmlich. „Ich hoffe, dass dieses Mal die Straßenbahn pünktlich sein wird", fügte sie emotionslos hinzu.

Emma und Mross fanden in dieser Nacht vor Aufregung keinen Schlaf. Sie schmiedeten tausend Pläne, überlegten, was sie mit dem Jungen alles unternehmen könnten. Um drei Uhr standen sie daher einfach wieder auf. In der Küche erstellten sie eine Liste mit allem, was sie für Nuru nach seiner Ankunft einkaufen würden.

Etwas übernächtigt, aber gespannt warteten sie am nächsten Morgen im Roten Kreuz auf Ms. White. Nicht, weil sich diese wieder verspätet hatte, sondern weil Emma und Mross viel zu früh aufgebrochen waren.

Endlich kam die Leiterin, bat sie ins Büro. Ms. White war an diesem Morgen ganz in Weiß gekleidet.

Emma konnte sich nicht zurückhalten: „Ms. White, Sie sehen einfach bezaubernd aus."

Diese lächelte etwas verlegen, es war lange her, dass ihr jemand Komplimente gemacht hatte. Dazu von einer so schönen Frau. Mit rotem Kopf bedankte sie sich. Sie studierte ein blaues Dossier:

„Ms. Kumar, Mr. Kumar, es geht in Ordnung, Sie können den Jungen adoptieren. Der Arzt hat ihn gründlich untersucht, Nuru ist kerngesund. Er sei zwar noch etwas schwach, aber das wäre nach so einer Reise und in der fremden Umgebung völlig normal, meinte der Arzt." Sie legte dem Ehepaar die entsprechenden Formulare zur Durchsicht vor. „Nehmen Sie sich Zeit und prüfen Sie die Unterlagen, bevor Sie diese unterschreiben. Ich schau derweil nach, ob der Junge schon abholbereit ist."

In den Formularen war nirgends zu sehen, aus welcher Gegend, aus welchem Dorf der Junge stammte. Keine Adresse, keine Nachnamen, nichts. Lediglich „Halbengländer, aus Tansania" war unter seinem Namen vermerkt.

Das Administrative war schnell und unkompliziert abgeschlossen. Nuru stand mit einer Krankenschwester im Zimmer. In seiner dunklen Hose, dem blauen T-Shirt, dunkler Jacke und weißen Turnschuhen glich er einem Touristenjungen.

172

Er wirkte verängstigt. Als die Erwachsenen eintraten, schaute er nur Emma an. Am liebsten hätte sie ihn umarmt, aber sie wollte ihn nicht erschrecken.

Ms. White sprach ihn liebevoll an: „Schau, Nuru, gestern hast du Ms. und Mr. Kumar bereits kennengelernt. Ich habe dir schon erzählt, dass du ab heute bei ihnen leben darfst."

Sie wartete auf eine Reaktion des Jungen. Doch er blieb stumm, fixierte seine Turnschuhe.

Ms. White fuhr fort: „Sie freuen sich auf dich."

Da war die Beherrschung dahin, das Kind begann zu schluchzen: „Ich will aber nicht mit, ich will nach Hause!"

„Nuru, dein neues Zuhause wird jetzt bei Ms. und Mr. Kumar sein. Sicher findest du schnell neue Freunde, darfst dann auch bald in die Schule gehen."

Bei dem Wort „Schule" horchte Nuru kurz auf. „Aber ich will nach Hause, zu Ma…"

Sie verstanden ihn nicht.

„Wo ist seine Giraffe?", unterbrach Emma, sie konnte das Stofftier nirgends entdecken. Alle schauten sich um, auch Nuru. Die Krankenschwester fand sie in seinem Bett, unter der Decke. Bevor sie ihm das Stofftier gab, schäkerte sie mit ihm: „Ich glaube, deine Giraffe will bei uns bleiben."

Auf lustige Weise sagte sie: „Liebe Giraffe, du musst mit Nuru gehen, du bist doch seine Freundin, oder?" Sie hielt das Tierchen an ihr Ohr, nahm es wieder herunter. „Sie sagt, dass sie mit Nuru mitgehen will, sie hat nur verschlafen, weil sie sooo müde war."

Alle lachten über diese heitere Vorführung der Krankenschwester, auch Nuru lächelte. Das Eis war gebrochen.

Emma streckte ihm die Hand entgegen: „Komm, Nuru, wir gehen."

Mit gesenktem Kopf legte er seine Hand in ihre.

Für Mross und Emma war es ein komisches Gefühl, dennoch unbeschreiblich schön. Am frühen Morgen hatten sie das Haus zu zweit verlassen, nun kamen sie zu dritt zurück. Das Schicksal hatte drei Menschen, die nicht unterschiedlicher sein konnten, zusammengeführt.

Vom ersten Moment an entwickelte sich zwischen Nuru und Emma eine innige Beziehung. Wenn er etwas wollte, wandte er sich meistens an sie.

In der ersten Zeit hatte er Angst, allein in seinem Zimmer zu schlafen. Nur wenn Emma sich zu ihm ans Bett setzte, blieb er ruhig, zitterte nicht. Im Schlaf sprach er Worte, die sie nicht verstand. Nuru hielt oft ihre Hand, bis er tief schlief.

Manchmal fiel es ihr schwer, ruhig sitzen zu bleiben, weil ihre Haut zu jucken begann. Aber es gelang ihr immer besser, sich zu beherrschen.

Eines Abends, Mross war geschäftlich unterwegs, erhob sich Emma vorsichtig und holte im Bad ihre weiche Haarbürste. Auf Zehenspitzen schlich sie sich zurück in Nurus Zimmer und setzte sich in den kleinen bequemen Sessel am Fenster. Gedankenverloren begann sie, die blonden Locken zu bürsten. Ihr Blick haftete auf dem schlafenden Knaben. Plötzlich rutschte ihr die Bürste aus der Hand und fiel auf den Boden. Der Knall hörte sich wie damals an und brachte die Erinnerung zurück.

Emma war gerade zehn Jahre alt geworden. Mit der neuen Haarbürste in der Hand, die sie zum Geburtstag bekommen hatte, stand sie wie an jedem Morgen vor dem Bett ihrer Mutter. Es war ein heiliges Ritual zwischen den beiden: Ihre Mutter, die gerne ausschlief, kämmte vorsichtig das lange blonde Haar ihrer Tochter und flocht es zu einem dicken Zopf.

An jenem Morgen lag ihre Mutter seitlich im Bett. Die rechte Hand ragte etwas über die Bettkante. Blut tropfte unablässig auf den Boden. Unter dem anderen Handgelenk hatte sich auf dem schneeweißen Betttuch ein großer dunkelroter Fleck gebildet. Emma erschrak zutiefst. Die Haarbürste entglitt ihrer Hand, fiel laut zu Boden.

„Mama!" Ihr durchdringender Schrei alarmierte ihren Vater in der Küche, der gerade am Lesen der Zeitung war. Zwei Stufen auf einmal nehmend rannte er die Treppe hoch zu den Schlafräumen. Seine Tochter starrte ihm fassungslos entgegen, deutete mit dem Finger auf ihre Mutter, stammelte: „Papa – die Mama!"

Sie schluchzte laut, bedeckte ihre Augen mit den Händen – von dem schrecklichen Anblick völlig überfordert.

Von einer Sekunde zur anderen geriet an diesem Morgen Emmas heile Welt komplett aus den Fugen. Als die Leiche ihrer Mutter aus dem Haus getragen wurde, versiegten Emmas Tränen. Nach diesem unglückseligen Tag weinte sie nie wieder.

Alles begann in der folgenden Nacht. Emma lag im Bett, unfähig, in den Schlaf zu finden. Plötzlich juckte ihre Haut. Zuerst an den Armen, danach an den Beinen, zuletzt im Gesicht. Es fühlte sich an, als hätte sie sich an diesen Stellen verbrannt. Sie kratzte ihre Haut so lange, bis an mehreren Stellen Blut austrat. Das quälende Jucken blieb, wurde jeden Tag schlimmer. Ein Arzt bezeichnete dieses Phänomen als Neurodermitis. Ironisch fügte er hinzu: „Weinende Haut."

Emmas Mutter stammte aus einer Industriellenfamilie. Sie war die einzige Tochter. Als sie sich in Emmas Vater verliebte, war ihre Familie strikt dagegen.

„Er ist ein Taugenichts", lautete das unbegründete Urteil ihrer Eltern.

Rose ließ sich davon nicht abhalten und heiratete ihren geliebten Antony auch ohne die elterliche Absolution. Von diesem Tag an brachen ihre Eltern den Kontakt zu ihr ab.

Auch als Emma, ihr einziges Enkelkind, geboren wurde, änderten sie diese borniere Haltung nicht.

Die ersten Ehejahre waren die schönsten in ihrem Leben. Antony arbeitete vorerst als Staatsanwalt, danach wurde er zum Richter ernannt. Ganz entgegen den Befürchtungen ihrer Eltern erwies er sich als würdiger Ehemann.

Mit der Geburt der kleinen Emma war das Familienglück perfekt. Sie wünschten sich noch ein weiteres Kind, Rose erlitt jedoch zwei Fehlgeburten.

Sie lebten in einem luxuriösen Haus am Stadtrand. Rose wurde im Haushalt von Angestellten unterstützt. Alles ging seinen gewohnten Gang. Bis Antony sich in die neue Sekretärin verliebte.

Jaana war das Gegenteil der ruhigen Rose. Dynamisch, ehrgeizig, voller Temperament, welches sie wohl von ihrer ungarischen Großmutter geerbt hatte. Vor allem wusste sie ganz genau, was sie wollte. Antony erlag schnell dem berechnenden Charme der jungen Frau.

Rose kam bald dahinter, dass ihr Mann ein Verhältnis hatte. Immer öfter standen Dienstreisen an. Nach einigen Monaten stellte sie ihn zur Rede. Er gestand ihr seine Beziehung zu Jaana.

Für Rose brach die Welt zusammen. Sie verlor Antony, für den sie alles andere aufgegeben hatte.

Zuerst hoffte sie noch, dass diese Liebelei irgendwann verfliegen würde. Aber es trat genau das Gegenteil ein. An einem Sonntagmorgen teilte Antony ihr mit, dass er bald mit seiner neuen Freundin leben möchte.

„Rose, Jaana bekommt ein Kind!"

Er wollte sich so schnell wie möglich von ihr scheiden lassen. Die Ankündigung kam ihm so leicht über die Lippen, als teile er ihr mit, dass er bei Freunden zu einem Essen eingeladen wäre. Sie war geschockt. Tränen schossen aus ihren Augen.

Rose fühlte sich entsetzlich einsam. In ihrer Verzweiflung wählte sie die Nummer ihrer Eltern, ihr Vater war am Telefon.

„Hallo Papa!"

Einige Sekunden lang Stille.

„Was willst du?" Die vertraute Stimme ihres Vaters, die sie so gerne gehört hatte, klang kalt und emotionslos.

Rose zögerte, überlegte kurz, ob sie den Hörer auflegen sollte. Plötzlich sprudelte es einfach aus ihr heraus: „Antony möchte sich von mir scheiden lassen!"

Er unterbrach sie barsch: „Das war ja nicht anders zu erwarten, wir haben dich gewarnt!", hörte sie ihn sagen.

„Kann ich bitte mit Mama reden?"

Als er den Hörer aufgelegt hatte, hallte sein lautes „Nein" noch lange in ihrem Ohr nach.


Von alldem ahnte Emma nichts, konnte sich aber gut an den letzten Abend mit ihrer Mutter erinnern. Sie lag im Bett, las gerade aus ihrem Lieblingsbuch „A Popular Schoolgirl" von Angela Brazil. Ganz vertieft in die Geschichte bemerkte sie nicht, dass ihre Mutter leise in ihr Zimmer trat. Rose setzte sich auf die Bettkante, strich ihrer Tochter liebevoll über den Arm.

Wie lange ihre Mutter in ihrem Zimmer geblieben war, wusste Emma nicht mehr. Das Einzige, woran sie sich erinnern konnte, waren die letzten Worte der Mutter: „Gute Nacht, mein Engel, schlaf gut!" An der Tür drehte sie sich nochmal um, winkte ihrer Tochter mit einem Lächeln zu: „Pass auf dich auf!"

Ohne ihren Blick vom Buch zu nehmen, hob Emma die Hand, winkte kurz zurück. „Gute Nacht, Mama."

Ihre Mutter schloss leise die Tür hinter sich. Danach war es im Haus ganz still.

Noch immer tat es Emma in der Seele weh, wenn sie an diesen Abend dachte – warum nur hatte sie ihr damals keine Aufmerksamkeit geschenkt?

Nach dem Tod der Mutter stand die Frage im Raum: Was wird jetzt aus Emma? Plötzlich wollten die Großeltern, die keinerlei Bezug zu dem Kind hatten, sie zu sich nehmen. Der Großvater kämpfte um das Enkelkind. Antony war als Vater die rechtmäßige Bezugsperson. Dem Ansinnen der Großeltern wurde nicht stattgegeben.

Antony arbeitete viel, reiste oft in Begleitung seiner neuen Frau. Sie hatte einen Sohn geboren. Alles drehte sich nur noch um das Baby. Emma fühlte sich einsam, vermisste ihre Mutter. Von Tag zu Tag wurde ihr Kratzen schlimmer. Morgens war das weiße Bettlaken von ihrem Blut wie marmoriert. An manchen Tagen wollte sie nicht aufstehen, nicht in die Schule gehen. Sie schloss sich dann in ihrem Zimmer ein, kratzte sich so lange, bis sie vor Erschöpfung einschlief. Nur im Schlaf spürte sie den grausamen Juckreiz nicht.

An einem Abend nach dem Essen auf dem Weg zu ihrem Zimmer hörte sie, wie Jaana mit ihrem Vater sprach: „Antony, ich ertrage das Verhalten deiner Tochter nicht mehr – wir müssen unbedingt für sie eine andere Lösung finden!"

Emma blieb auf der Treppe stehen und lauschte dem Gespräch – leider verstand sie nicht mehr, worum es ging. Später kam ihr Vater in ihr Zimmer.

„Emma, was hältst du davon, in ein Internat zu gehen?"

„Ich weiß nicht", gab sie ihm knapp zu Antwort und drehte sich um.

„Schau mich gefälligst an, wenn ich mit dir spreche."

Sie schaute ihn lange an, flüsterte: „Ja, ich möchte ins Internat gehen."

Nur wenige Wochen danach packte Emma ihren Koffer für das an der Ostküste von Schottland gelegene Internat, die St. Leonard School. Antony fuhr sie hin, es ging alles schnell. Plötzlich fand sich das junge Mädchen hinter den dicken Mauern des Hauses wieder.

Im Internat teilte Emma ihr Zimmer mit einem Mädchen. Samira war zwei Jahre älter. Auf Anhieb waren sie sich sympathisch. Zum ersten Mal seit dem Tod der Mutter fühlte sich Emma jemandem so nah. Ihre äußeren Erscheinungen konnten gegenteiliger nicht sein: Samiras dunkle Haut schimmerte, sobald Licht darauf fiel. Ihr pechschwarzes, langes Haar glänzte in der Sonne wie Seide. Schon bald stellte sich heraus, dass sie ein ähnliches Schicksal hatten. Schnell bemerkte Emma, dass auch Samira Probleme mit der Haut hatte. Sie ritzte heimlich ihre Arme und die Haut ihrer Oberschenkel mit einer Rasierklinge so lange, bis aus den feinen Schnitten das Blut wie ein dünner Faden herauslief.

Samira war in London geboren, ihre Eltern stammten jedoch aus Indien. Als sie acht und ihr kleiner Bruder Mross sechs Jahre alt war, ließen sich die Eltern scheiden. Mross war in einem weit entfernten Internat für Jungen untergebracht, dadurch kamen die Geschwister nur noch selten zusammen. Zu ihrem Vater, der sich bald darauf erneut verheiratete, und zu ihrer Mutter, die nach Amerika ausgewandert war, hatte sie keinen Kontakt mehr. Dafür liebte sie ihre Großeltern, die in Delhi lebten. Jedes Jahr in den Sommerferien besuchte sie diese.

Es wurde Wert darauf gelegt, dass sie ihre Muttersprache nicht verlernte. Im Gegensatz zu ihr interessierte sich ihr Bruder überhaupt nicht für die Heimat seiner Eltern. Außer seinem indischen Namen, seiner bronzefarbenen Haut und den großen braunen Augen war er durch und durch Engländer. Er liebte es, Cricket und Rugby zu spielen. Sein Hindi war miserabel. Offen gab er zu, dass er diese Sprache nicht mochte.

„Wozu brauche ich Hindi? Ich gehe eh nie in dieses Land."

Diese Haltung ihres Bruders teilte Samira keinesfalls. Das war wohl ein Grund, warum sie kaum von Mross sprach und die Geschwister sich so gut wie nie trafen.

Emma las noch einmal den Brief, den sie zwei Wochen vor den Sommerferien von ihrem Vater erhalten hatte:

„Mein Liebes, dieses Jahr fahren wir zu Jaanas Eltern, sie wollen ihr Enkelkind sehen. Ich denke nicht, dass du uns begleiten willst –

gibt es vielleicht ein Ziel, wo du gerne deine Ferien verbringen möchtest?"

Den Rest des Briefs wollte sie nicht mehr lesen.

Seine Zeilen trafen ihr Herz wie Nadelstiche – ihre Haut reagierte sofort. Ihr war, als ob ihr Vater sie aus seinem Leben heraushalten wollte.

Emma wusste keine andere Alternative, als in den Sommerferien mit den wenigen Mädchen, die auch keinen Platz hatten, wo sie die Ferien verbringen konnten, im Internat zu bleiben. Sie schämte sich, Samira und den anderen Mädchen gegenüber eingestehen zu müssen, dass sie nicht abgeholt wird.

Ohne Samira waren die Sommerwochen öde in dem Haus mit den dicken Mauern. Emma war traurig. Die Ferien schienen nicht enden zu wollen.

Als Samira bei ihrer Rückkehr erfuhr, dass Emma die ganze Zeit im Internat verbracht hatte, war sie entsetzt.

„Nächstes Jahr kommst du einfach mit nach Delhi, ich lasse dich nicht mehr allein hier", entschied sie.

Ihre Freundin hielt ihr Versprechen, von nun an reiste Emma in allen Sommerferien mit Samira nach Indien. Die indischen Großeltern waren gütig und sehr freundlich. Emma war herzlich willkommen. Die Gastfreundlichkeit der Menschen berührte sie so sehr, dass sie beschloss, deren Sprache zu lernen. Samira unterstützte sie begeistert. Bald fiel es Emma leicht, sich in Hindi zu unterhalten.

In dem Jahr, als Emmas zwanzigster Geburtstag ausgerechnet in diese Zeit fiel, plante Samira mit ihren Verwandten, das blonde Mädchen aus England zu überraschen. Sie organisierten heimlich ein rauschendes Fest. Die Großmutter bat die Enkelin, auch ihren Bruder einzuladen.

Zu Samiras Überraschung sagte Mross zu, nicht ganz ohne Hintergedanken – er wollte gerne diese Emma treffen, die seit Jahren mit seiner Schwester die Sommerferien in Indien verbrachte und jetzt sogar Hindi sprach. Ohnehin langweilte er sich auf der Insel, da er wegen einer Sportverletzung eine längere Auszeit nehmen musste. Die Einladung schien eine willkommene Abwechslung, er buchte den nächstmöglichen Flug.

Mross traf um einige Stunden verspätet ein. Die Geburtstagsfeier war in vollem Gange, als er in seinem hellen Leinenanzug den Raum betrat. Zwischen all den traditionell gekleideten Menschen wirkte er wie ein Fremdkörper. Auf Großmutters Zeichen unterbrach die Band ihr Spiel. Es wurde mucksmäuschenstill. Mit ausgebreiteten Armen lief sie ihrem Enkelsohn, den sie schon eine Ewigkeit nicht mehr zu Gesicht bekommen hatte, entgegen und umarmte ihn.

„Welch ein glücklicher und gesegneter Tag für mich und meine Familie!" Ungeschickt wischte sie sich ihre Freudentränen aus dem Gesicht. „So lange war Mross nicht hier, die Götter haben ihm den Weg zu uns erhellt, damit er das Land seiner Ahnen finden kann."

Nachdem Mross auch vom Großvater und den übrigen Familienmitgliedern herzlich begrüßt wurde, nahm die alte Dame ihn an die Hand und stellte ihn Emma vor.

„Schau, Mross, das ist unsere Emma, sie gehört mittlerweile zur Familie." Mit den Worten: „Ich besorge dir einen Dhoti", legte sie Emmas weiße Hand in seine und entfernte sich.

Zu später Stunde entdeckte sie ihren Enkel in der traditionellen Kleidung seiner Ahnen neben Emma stehen. Diese sah in ihrem kornblumenblauen Sari mit gelben Ornamenten ganz bezaubernd aus. Sie waren in ein Gespräch vertieft. Ihre Augen strahlten. Intuitiv spürte die alte Frau zwischen den beiden so etwas wie „Liebe auf den ersten Blick".

Zurück in England trafen sich Emma und Mross bei jeder Gelegenheit. Samira hatte sich auch in einen jungen Mann aus der Heimat verliebt. Die jungen Leute verbrachten ihre Freizeit meist zusammen, gingen gern aus.

An einem schönen Samstag im Frühling – Samira war verreist – wollte Mross Emma überraschen. Beim letzten Treffen hatte er sie gefragt, ob sie sich vorstellen könnte, nur mit ihm allein zwei Tage zu verbringen.

Spontan entgegnete sie: „Dir folge ich überallhin auf dieser Welt."

Ein wenig schämte sie sich schon für ihre Unverblümtheit, das war sonst so gar nicht ihre Art.

Weit weg vom Stadtrummel hatte Mross in einem pittoresken Hotel am Meer ein Zimmer gebucht. Die Anreise war voller Überraschungen. Der Himmel meinte es gut mit den beiden, die Sonne schien den ganzen Tag. Emma trug wie immer ein Kleid mit langen Ärmeln. Unablässig musste sie daran denken, wie sie ihre weinende Haut vor Mross verbergen könnte.

Beim romantischen Abendessen mit Kerzenschein tranken beide zu viel Pale-Bier. Emma, die eigentlich keinen Alkohol vertrug, war überrascht, wie gut sie sich plötzlich fühlte. Ihre innere Anspannung ließ nach. Sie dachte nicht mehr an ihre Haut, heute hatte sie nicht wie sonst gebrannt.

Mross erzählte Anekdoten aus seinem Alltag, Emma amüsierte sich köstlich.

Auf dem Weg zu ihrem Quartier legten sie noch Station ein in einer kleinen Bar. Dort tranken sie einen landestypischen Gin. Emma konnte sich nicht erinnern, jemals so heiter und locker gewesen zu sein. Sie unterhielt sich mit Mross auf Hindi, er war überrascht, dass sie als Engländerin seine Muttersprache besser beherrschte als er selbst. Vor dem Hotel nahm er sie in den Arm und strich über ihr Haar, flüsterte auf Hindi „Emma, ich liebe dich" in ihr Ohr. Seine Augen suchten am Nachthimmel die Sterne. „Schau, so wie dieser Stern, der am hellsten leuchtet, so bist du für mich!" Sanft küsste er ihre Stirn, ihre Augen, ihre Lippen. Seine Stimme klang angenehm weich. Er schloss die Zimmertür auf, ließ sie eintreten.

Noch nie zuvor war Emma mit einem Mann allein gewesen, schon gar nicht über Nacht. Sie verschwand schnell im Badezimmer. Mross ging auf die kleine Terrasse, zündete sich eine Zigarette an. Er verfolgte mit den Augen die Wellen, die auf die Küste zustürmten und dort laut tosend brachen.

Mit einem geschickten Handgriff zog Emma im Badezimmer ihr rotes Sommerkleid aus. Der große Spiegel zeigte ihr rücksichtslos ihren zerkratzten Körper. Schlagartig war sie nüchtern. Panik ergriff sie. Wie auf ein heimliches Kommando hin begann ihre Haut zu jucken. Sie setzte sich auf den Rand der Badewanne, die Fingernägel bereit. „Nicht kratzen" hörte sie plötzlich die Stimme ihrer Mutter. Erschrocken schaute sie sich um.

Eindeutig, es war die Stimme der Mutter, die sie so lange nicht mehr gehört hatte.

Besorgt klopfte Mross nach einer Weile an die Tür.

„Ist denn alles in Ordnung?"

Keine Antwort.

Langsam öffnete Emma die Tür, das rote Kleid mit beiden Händen schützend an sich gepresst. Nur noch in BH und Slip stand sie vor ihm. „Liebes, was ist los?"

„Mross, ich ..." Sie hörte mitten im Satz auf zu reden.

Er holte einen Bademantel, legte ihn über ihre Schulter. Liebevoll führte er sie zum Sofa in der Ecke des Raums und nahm neben ihr Platz. Sein Blick fiel auf ihre Oberschenkel.

„Mross, ich kann nicht." Sie brachte kein Wort mehr über die Lippen.

„Wie meinst du das, Emma?" Dabei zog er sie zu sich, sie zitterte.

Bei Licht konnte er sehen, dass ihre Haut zerkratzt war, an manchen Stellen hatten sich wässrige Bläschen gebildet. Mit ruhiger Stimme hakte er nach. Sie schilderte ihm zögerlich ihr Problem, sprach von ihrem Schmerz und Leid. Mross hörte ihr zu, stellte ab und zu eine Zwischenfrage. Zum ersten Mal in ihrem Leben gewährte sie einem Menschen Einblick in die Tiefe ihrer Seele.

Nach diesem Wochenende, an dem sie ausführliche Gespräche führten, änderte sich Emmas Gesundheitszustand schlagartig. Ihre Haut brannte und juckte nicht mehr. War es die Mahnung ihrer Mutter, das Kratzen zu unterlassen, oder lag es an der Liebe zu ihrem verständnisvollen Freund?

Mross besorgte ihr eine schmerzlindernde Creme, rieb vorsichtig die Salbe auf ihre geschundene Haut. Es fühlte sich gut an. Von nun an verbrachten sie jede freie Minute gemeinsam. Emmas Seele fand Ruhe, ihre Haut Heilung. Mross mischte Kräuter und stellte für sie Salben her, erkundigte sich bei seinen Kollegen aus dem Bereich Dermatologie nach besonderen Therapien.

Auch Samira hatte aufgehört, sich selbst zu verletzen – das Ritzen ihrer Haut mit Rasierklingen war Vergangenheit. Emma war froh, dass sie Mross von Samiras Problemen nichts erzählt hatte, das wäre zu viel für ihn gewesen.

Dank der Liebe der Männer fanden die beiden jungen Frauen zurück in ein freies Leben.

Emma entschloss sich, in dem für Frauen zugänglichen Girton College Jura zu studieren. Die zwei Jahre ältere Samira besuchte diese Universität bereits im vierten Semester. Mross sah seine Zukunft in der Medizin, sein besonderes Interesse galt der Forschung.

Samira heiratete ihren Verlobten kurz nach dem erfolgreichen Abschluss ihres Studiums. Ein Jahr später entschlossen sich Mross und Emma auch zu diesem Schritt. Beide Hochzeiten wurden in Delhi gefeiert, tagelang, wie es der Tradition entsprach. Die von allen sehr geschätzte Großmutter hatte darauf bestanden.

Einen Wermutstropfen musste die alte Dame verkraften: Keiner ihrer Enkel lud die jeweiligen Eltern zur Hochzeit ein. Emma lud ihren Vater ebenfalls nicht ein.

Samira wurde kurz darauf schwanger, innerhalb von drei Jahren schenkte sie zwei gesunden Kindern das Leben. Emmas und Mross' Kinderwunsch blieb unerfüllt.

Sieben Jahre waren sie bereits verheiratet, als Emmas Gynäkologe ihnen nach einer Konsultation mitteilte, dass sie unfruchtbar sei. „Störungen Ihres Hormonhaushalts sind wohl der Grund", erklärte er mit aufrichtigem Bedauern in der Stimme.

Nach einigen Untersuchungen und Behandlungen gaben sie schlussendlich auf. Emma konzertierte sich nur noch auf ihre Arbeit als Anwältin. Vorzugsweise nahm sie Fälle an, bei denen es um Familien und Kinder ging.

Nach der niederschmetternden Diagnose ihres Frauenarztes meldete sich nach all den Jahren Emmas Haut-Dilemma zurück. Sie wusste nicht mehr genau, wann es wieder anfing. Wie Gift drang der Juckreiz durch die winzigen Poren – kontinuierlich, schleichend. Der Ablauf wiederholte sich. Es war genau wie damals: zuerst nur nachts, wenn sie versuchte, zu schlafen. Von Tag zu Tag nahm der Zwang an Intensität zu. Mross war in großer Sorge.

Eines Morgens begegnete Mross wie aus heiterem Himmel auf dem Weg zur Arbeit Noah, einem Mitschüler aus dem Internat. Sie hatten in einer Mannschaft Rugby gespielt. Später studierte Noah Politik und Wissenschaft. Aus den Zeitungen wusste Mross, dass Noah ein hohes Amt in der Regierung bekleidete. Die Freude über ihr zufälliges Wiedersehen war groß. Sie nahmen sich eine kleine Auszeit und sprachen in einem Bistro über die Geschehnisse seit der damaligen Zeit. Der Politiker, selbst stolzer Vater zweier Söhne, wollte von Mross wissen, ob auch er schon Kinder habe.

„Leider nicht, meine Frau kann keine Kinder bekommen."

„Habt ihr über eine Adoption nachgedacht?"

„Nein, noch nicht!"

Noah berichtete enthusiastisch von der Möglichkeit, Kinder aus Tansania zu adoptieren.

„Ist das nicht schwierig?"

„Nein, denn es handelt sich bei diesen Kindern um Halbengländer." „Warum ausgerechnet aus Tansania?"

„Sie stammen aus Beziehungen unserer in Tansania stationierten Soldaten mit einheimischen Frauen und sind dort im Land nicht erwünscht. Nach meinem Wissen war dies der Grund, der die Regierung dazu veranlasst hat, diese Kinder nach England zu holen und sie hier zur Adoption freizugeben."

In Mross' Kopf schossen die Gedanken umher, seine Augen strahlten.

„Von wem bekomme ich relevante Informationen?" Er war sichtlich aufgeregt.

„Ich werde mich persönlich dafür einsetzen, dass du die Unterlagen umgehend erhältst!"

Sie tauschten noch ihre Visitenkarten aus und verabschiedeten sich mit dem Versprechen, sich in Zukunft öfters zu treffen.

Mross konnte es kaum erwarten, Emma von dem Vorhaben der Regierung zu berichten. Gleich nachdem er zuhause den Mantel an die Garderobe gehängt hatte, fragte er Emma, ob sie sich wohl vorstellen könnte, ein Kind zu adoptieren. Sie überlegte nur kurz, ihre Augen strahlten.

„Ja, das wäre schön, warum bin ich nicht selbst bereits auf diese Idee gekommen?"

Mross lächelte. „Ich habe ja auch nicht daran gedacht."

Es dauerte nicht einmal eine Woche, da lag bereits ein dicker wattierter Umschlag im Briefkasten. Emma und Mross füllten sorgfältig alle Formulare aus, die beigefügt waren. Ungeduldig warteten sie auf den nächsten Schritt. Die positive Antwort der Regierung beendete all ihre Bedenken. Da sie beide finanziell in gesicherten Verhältnissen lebten, stünde einer Adoption nichts im Wege. Wenn es der Wunsch des Paares wäre, könnten sie sogar zwei Kinder adoptieren.

Sie entschieden sich vorerst für ein Kind. Wenn möglich ein Baby, nicht älter als ein Jahr. Postwendend erhielten sie die Mitteilung, dass sie benachrichtigt würden, sobald die Kinder in London einträfen.

Einige Monaten verstrichen – auch von Noah konnte Mross keine Information zu dieser „Funkstille" in Erfahrung bringen. Emmas Hautleiden wurde jeden Tag schlimmer.

Dann ging es Schlag auf Schlag: An einem Mittwochabend schrillte das Telefon durchs Haus: „Wir erwarten Sie übermorgen früh um 9:30 Uhr bei uns im Büro!" Kurz und knapp informierte sie eine Frauenstimme.

Emma wurde jäh aus ihren Gedanken gerissen – laut schlug die Haustüre zu, Mross war wieder zu Hause.

Vierzehn Tage, nachdem Nuru zu ihnen gekommen war, meldeten sie ihn in einer Schule an, die ganz in der Nähe von Emmas Büro lag. Sie brachte ihn jeden Morgen hin, nachmittags war sie die Erste, die ungeduldig vor der Schule darauf wartete, dass er in der Menge der Gleichaltrigen auftauchte. Gemächlich liefen sie nach Hause.

Nuru freute sich, wenn die Sonne hinter den grauen Wolken versteckt blieb, was in seiner neuen Heimat oft der Fall war. Das englische Wetter war optimal für seine empfindliche Haut. Hier musste er nur selten die ungeliebte Mütze tragen.

Dass der Junge Fußball mochte, fiel Mross schon bald auf. Immer, wenn sie an einem Fußballplatz vorbeifuhren, folgten seine Augen den Spielern auf dem Rasen.

Eines Abends kam Mross mit einem Lederfußball nach Hause. Vorsichtig nahm er ihn aus der Tüte. „Schau, Nuru, was ich dir mitgebracht habe!"

Irritiert blickte der Junge zuerst Mross und dann Emma an, stieß unvermittelt die Hand seines Adoptivvaters mit dem Ball von sich. Der Ball glich zum Verwechseln jenem, den er von Malaika und John zu seinem Geburtstag bekommen hatte.

„Nein, ich will keinen Ball!", schrie Nuru zornig auf und kauerte sich hinter das Sofa.

„Was hast du denn? Ich dachte, du magst Fußball", versuchte Mross, ihn zu beruhigen.

Das Kind zwängte sich noch tiefer zwischen die Wand und das Sofa. Emma näherte sich ihm, berührte sanft seinen Arm. „Nuru, jetzt komm doch raus und sag uns, was los ist!"

„Böse Männer kommen, mit Motorrad", presste er mühsam und mit Panik in der Stimme hervor.

„Aber hier sind doch keine bösen Männer."

Emma gelang es, Nuru zu beruhigen. Ängstlich um sich schauend verließ er nach einer Weile sein unbequemes Refugium. Emma nahm den Jungen in den Arm und setzte sich mit ihm auf die Couch, versuchte, mit ihm zu sprechen, aber der Junge schwieg beharrlich. Er klammerte sich fest an Emma, irgendwann schlief er erschöpft ein.

Mross fragte den Jungen zwei Tage später, ob er den Ball nicht im Garten ausprobieren wolle. Nuru nickte, bestand aber darauf, dass zuvor das Gartentor sicher verschlossen wurde. Zögerlich und ängstlich umherblickend spielte er mit Mross. Dem fiel auf, wie talentiert der Junge mit dem Ball umging. Er meldete ihn in einem Fußballklub an. Bald war Nuru einer der besten Spieler auf dem Platz. Er weigerte sich jedoch strikt, den Ball zu holen, wenn dieser aus dem Spielfeld flog.

Eines Nachmittags, als Emma ihn von seinem Fußballtraining abholte, wollte er zu ihrer Überraschung wissen, ob er zu ihr und Mross auch Mama und Papa sagen dürfe, denn: „Alle Kinder haben doch eine Mama und einen Papa?"

Emma war einen Moment lang sprachlos, wusste nicht, was sie antworten sollte. „Ja, natürlich darfst du uns so nennen! Heute Abend sagen wir es auch Mross, er wird sich sicher darüber freuen."

An diesem Abend deckte Emma den Tisch besonders festlich.

Mross war überrascht und fragte lachend: „Habe ich etwas vergessen, ist heute ein besonderer Tag?"

Seine Frau gab ihm einen Kuss. „Nein, Mross, du hast nichts vergessen."

Nach dem Abendessen erklärte ihm Emma, dass Nuru eine wichtige Frage hat.

„Auf jede Frage gibt es eine Antwort", scherzte Mross lächelnd.

„Komm, Nuru", forderte Emma den Jungen auf, „sag Mross noch einmal, was du vorhin von mir wissen wolltest."

„Alle meine Freunde haben Eltern, darf ich zu euch auch Mama und Papa sagen?"

Mross blickte Emma mit offenem Mund an. Sie konnte die Rührung in seinen Augen sehen. Ihr Mann überlegte kurz, bevor er antwortete: „Nuru, wir sind aber nicht deine leiblichen Eltern."

Die Enttäuschung stand Nuru ins Gesicht geschrieben. „Ich habe doch außer euch niemanden!" Seine Stimme klang traurig.

„Aber wir sind jetzt deine Eltern!" Mross stand auf, ging vor Nurus Stuhl in die Hocke und ergriff liebevoll dessen Hand. „Es würde uns sehr freuen, wenn du zu uns Mama und Papa sagst."

Nurus Augen strahlten. Glücklich ging er dazu über, ihnen von seinem Fußballnachmittag zu erzählen. Für Emma und Mross blieb dieser Abend einer der unvergesslichsten Momente ihrer Beziehung. Von nun an nannte Nuru sie mit einer vertrauten Selbstverständlichkeit Mama und Papa.


Nuru ging gern zur Schule. Seine absolute Leidenschaft aber galt dem Fußballspielen. Es kristallisierte sich immer mehr heraus, dass er ein exzellenter Außenverteidiger war, dass er ungewöhnliche Stärke und Ausdauer besaß.

Völlig unerwartet prasselte an diesem Morgen der Regen. Nachdem seit Monaten kein Wassertropfen vom Himmel gefallen war, hatten jetzt schwere Niederschläge eingesetzt – für diese Jahreszeit zu früh. In Windeseile türmten sich schwarze Wolkenberge auf, und in der Ferne grollte der Donner. Er kam immer näher.

Die Kinder erwachten davon, die ganz Kleinen fingen an, zu weinen. Die Natur war in Schockstarre – kein Tier ließ sich sehen. Sogar die sonst so neugierigen Hühner wagten sich nicht aus ihrem Verschlag. Alle Ziegen drängten sich um einen großen Baum, schmiegten sich ängstlich aneinander.

Es stand der wöchentliche Waschtag auf dem Plan. Malaika und Erina warteten tatendurstig unter der Eingangstür auf ein Ende des Regens. Der Himmel hatte alle Schleusen geöffnet, dicke Tropfen platschten vor ihnen auf den lehmigen Boden, in kürzester Zeit formten sich im Hof unzählige Wasserlachen. Plötzlich durchdrang ein Motorgeräusch das monotone Rauschen. Ein Jeep hielt direkt vor dem Tor.

„Wer kommt denn bei diesem Unwetter zu uns?", wunderte sich Erina.

Abrupt wurde die Tür geöffnet. Ein Mann rannte mitten durch die Pfützen direkt auf ihren Hauseingang zu. Als er den tief ins Gesicht gezogenen Hut zum Gruß abnahm, erkannten sie ihn.

„Jo, wo kommst du denn her?", rief Malaika völlig überrascht aus.

Das konnte ja fast nicht wahr sein! John antwortete nicht, sondern nahm sie in den Arm, küsste ihre Stirn, vergrub seine Nase in ihrem weichen Haar, flüsterte: „Wie sehr ich diesen Duft vermisst habe."

Erst jetzt schien er Erina wahrzunehmen und grüßte sie herzlich. Auch sie freute sich, John zu sehen.

„Das ist typisch für Sie, sich mit Blitz und Donner anzukündigen", bemerkte sie auf ihre lustige Art.

„Es ist so schön, euch wiederzusehen. Ist bei euch alles in Ordnung?", wollte John wissen.

Nahezu zwei Jahre waren vergangen, seit John mit seiner Truppe Tansania verlassen hatte. Seine damaligen Versuche, Malaika zu überreden, mit ihm nach England zu gehen, waren erfolglos geblieben. Nachdem alle Soldaten abgezogen waren, gab es schlussendlich für ihn keinen triftigen Grund mehr, noch im Land zu bleiben. Als einer der Letzten flog er mit der Militärmaschine nach England zurück.

Kaum in London, sehnte er sich nach Malaika. Nach dem afrikanischen Land, das er so liebte. Vorerst sah er jedoch keine Möglichkeit, wieder nach Tansania zurückzukehren. Weder im Rahmen einer militärischen Verwendung noch rein privat, eventuell als Arzt. Viele bürokratische Hürden musste er überwinden, bis ihm erlaubt wurde, als Arzt in das Land seines Herzens zu reisen. Jetzt hatte er es geschafft!

Schlagartig schlossen sich die Wolkenschleusen. Die Sonne strahlte auf die Pfützen, ringsum glänzte alles, Wasser tropfte von den Blättern, zart bildete sich eine dünne Dampfwolke über dem lehmigen Boden. Die Luft war rein und frei von Staub, es roch nach Erde. Die Vögel trillerten sich schier ihre Stimmbänder aus der Kehle. Gackernd starteten die Hühner ihre Hofrunde. Die Ziegen wurden auf der Suche nach Fressbarem wieder zu Konkurrenten.

Malaika hatte es sich mit John draußen an dem wackeligen kleinen Holztischchen bequem gemacht. Erina brachte ihnen einen Pfefferminztee. Rücksichtsvoll ließ sie beide allein.

John atmete die reine Luft tief ein. „Malaika, du kannst dir nicht vorstellen, wie sehr ich diesen Geruch, der nach einem Tropenregen über dem Land liegt, vermisst habe!" Er nahm ihre Hand, strich zärtlich über die schlanken Finger und küsste die Handfläche.

„Und du kannst dir nicht vorstellen, wie sehr wir alle dich hier vermisst haben, nicht nur als Arzt", gab sie lächelnd zur Antwort. „Aber jetzt bist du ja wieder da."

„Und ich bleibe, versprochen."

„Wie lange kannst du bleiben?", fragte sie ängstlich.

„Für immer. Ich habe mich entschlossen, für immer in Tansania zu leben."

Sie traute ihren Ohren nicht.

Mit den Händen zeichnete er einen Kreis in die Luft, so als ob er die Erde umarmen wolle: „Mit dir, mit euch allen!" John stand auf, schaute sich neugierig um: „Alles ist so wie vor zwei Jahren, nichts hat sich geändert, sogar Marys wackeliger Tisch steht nach wie vor da. Und du bist noch viel schöner als in meiner Erinnerung." Er beugte sich zu ihr hinunter, küsste ihre vollen Lippen.

„Warum hast du mir nicht geschrieben, dass du kommst?"

„Ich wollte dich überraschen."

Der Tag verging im Nu. Nach dem Abendessen, als alle Kinder im Bett lagen und Erina sich zurückgezogen hatte, wagte Malaika vorsichtig, die Frage zu stellen, die ihr so schwer auf dem Herzen lag:

„Jo, hast du noch einmal etwas von Nuru erfahren?"

„Nein, Malaika, wirklich nichts. Es darf auch nichts herauskommen. Eine Adoption steht unter strengsten Auflagen."

„Aber es ist sicher, dass er lebend in England angekommen ist, oder?" „Ich habe den Piloten gefragt, er hat mir versichert, dass auf der Reise nach London kein Kind gestorben ist. Er wusste es deshalb so genau, weil der Kinderarzt während des ganzen Flugs bei ihm im Cockpit gesessen hatte."

Plötzlich erinnerte John sich wieder an die nette Kinderkrankenschwester. Sicher hatte sie auf Nuru aufgepasst.

„Er versicherte mir auch noch, dass die Kinderkrankenschwester die ganze Zeit bei den Kleinen war. Auch nach der Landung, als alle Kinder aus dem Flieger herausgeholt wurden, ist ihm nichts aufgefallen. Er hätte es erfahren, wenn ein Kind auf dem Flug verstorben wäre."

Johns Stimme hinterließ Hoffnung und Zuversicht.

„Wie es ihm wohl jetzt geht?", fragte Malaika nachdenklich.

„Er hat im Leben oft Glück gehabt, es wird ihm gut gehen", beruhigte John.

„Naima vermisst ihn noch immer sehr und ich habe ihr Unrecht getan", sagte Malaika traurig. „Ihr gegenüber habe ich ein schlechtes Gewissen."

John rutschte etwas näher, ergriff ihre Hand. „Malaika, du hast das Richtige getan, sicherlich haben wir Nurus Leben gerettet!"

Sie lächelte erleichtert. „Das hoffe ich sehr, er ist doch ein so besonderes Kind."

In den nächsten Wochen und Monaten war John damit beschäftigt, für Malaika und sich eine geeignete Bleibe zu finden. Sie wollte jedoch partout in der Nähe der Kinder sein. Nach langem Hin und Her fiel daher die Entscheidung, an das Waisenhaus eine Wohnung anzubauen. Von Johns Idee, zwischen dem Heim und ihren eigenen vier Wänden eine Verbindungstür anzubringen, war sie hellauf begeistert.

Immer mehr Kinder wurden ins Heim gebracht, auch viele Albinos. Es hatte sich rumgesprochen, dass diese in den Waisenhäusern geschützt werden. Manche Kinder wurden in der letzten Zeit sogar von ihren Vätern zu ihnen gebracht, das hatte es zuvor nie gegeben. Die Väter argumentierten, dass sie zu den Familienmitgliedern und der Dorfgemeinschaft kein Vertrauen mehr hätten. Erst vor einer Woche gab ein Vater sein Albino-Kind mit den Worten ab: „Ich glaube nicht mehr an die überlieferte Geschichte, dass die weißen Kinder Geister seien."

Für afrikanische Verhältnisse kam der Bau des Eigenheims zügig voran. Nicht zuletzt, weil die Bevölkerung die Aussicht hatte, einen Arzt in der Nähe zu haben. Nachdem John auch unter schwierigen Bedingungen in einer notdürftig erstellten Baracke mit der Behandlung der Kranken startete, bekam er Hilfe von den Menschen aus der Umgebung.

Oft wurden die Patienten von kräftigen Frauen oder Männern begleitet. Sie wollten sich nützlich machen und beim Hausbau helfen. Am Morgen schon bildete sich eine Schlange Wartender vor der Baustelle. Das beherzte Helfen verkürzte zudem die lange Wartezeit. Viele Angehörige brachten auch Waren wie Eier, Hühner, manchmal sogar eine lebende Ziege als Zahlungsmittel mit. Da viele von ihnen kein Geld für die Behandlung aufbrachten, wollten sie dem gütigen Arzt auf diese Weise Tribut zollen – was John durchaus recht war.

Auch aus England traf ein regelrechter Geldsegen für die Waisenhäuser ein: Viele der englischen Paare, die eines oder mehrere Kinder adoptiert hatten, erfuhren, in welcher Armut die Kinder dort leben mussten. Große finanzielle Unterstützung kam auch von den in ihre Heimat zurückgekehrten Soldaten – vielleicht, weil der eine oder andere dadurch sein schlechtes Gewissen erleichtern wollte.

John investierte ebenfalls eigenes Geld in das Herzensprojekt: Sein Vater war vor einem Jahr plötzlich verstorben. Noch in England zahlte ihm seine Mutter einen Teil seines Erbes aus. Das Geld erleichterte nicht nur seine derzeitige finanzielle Lage erheblich, es machte ihm auch den Weg für die Zukunft frei.

Am Tag seines Abflugs kam seine Mutter mit einem wunderschönen Rubinring zu ihm. Der Stein erinnerte an einen Blutstropfen.

„John, falls wir uns je nicht mehr sehen sollten, schenke bitte diesen Ring deiner zukünftigen Frau. Ich habe ihn zu deiner Geburt von Daddy bekommen. Die rote Farbe ist die Farbe der Liebe."

Tränen standen in ihren Augen. Sie schwieg einen Moment.

„Ich habe keinen Menschen mehr geliebt als dich. Du bist nicht nur mein Kind, du bist mein Leben!" Sie fasste an ihren Kopf, als müsste sie nachdenken. „Ich wollte es dir nie sagen, denn es gleicht einem Vorwurf. Nur deinetwegen bin ich bei deinem Vater geblieben. Ich dachte, du bräuchtest einen Vater. Im Nachhinein glaube ich, du hättest keinen gebraucht." Ihre Augen schweiften über den gepflegten Garten in die Ferne. „Und bis vor Kurzem konnte ich mir nicht verzeihen, dass ich dich bei deinem Wunsch, Theologie zu studieren, nicht noch mehr unterstützt habe: Heute bin ich fest davon überzeugt, dass es so kommen sollte. Es ist deine Berufung, Arzt zu sein. Erst über Umwege bist du zu diesem Beruf gelangt. Ich bin unendlich stolz auf dich." Tränen liefen ihr über die Wangen.

„Mum, wie du sagtest, es sollte so kommen. Wie in dem Bibelzitat: Gottes Wege sind unergründlich!" John nahm sie in den Arm. „Bitte mach dir keine Vorwürfe, es ist doch alles gut gegangen, heute bin ich genau dort, wo ich sein wollte." Er warf einen Blick auf seine Uhr und lächelte. „Wenn ich mich nicht beeile, verpasse ich noch den Flieger und komme nicht an mein Ziel!"

Auch seine Mutter lächelte nun erleichtert. Der Abschied tat beiden weh.

„Mum, vergiss dein Versprechen nicht, mich bald zu besuchen. Ich bin sicher, du wirst Tansania in dein Herz schließen." Er nahm sie noch ein letztes Mal in den Arm. „Und Malaika wirst du mögen."

John konnte nicht ahnen, dass seine Mutter ihr größtes Geheimnis vor ihm bewahrte. Von den starken Kopfschmerzen, die sie seit Monaten fast zum Wahnsinn trieben, erzählte sie nichts. Sie starb im

Krankenhaus, vier Monate, nachdem er England verlassen hatte. Später erfuhr er, dass ein aggressiver Hirntumor schon lange im Kopf seiner Mutter wucherte.

Endlich war es so weit: Zum ersten Mal feierte John mit Malaika Weihnachten im eigenen Haus. An diesem Heiligabend dachte er an seine Kindheit, seine Eltern. Er war glücklich darüber, dass er nach dem Tod des strengen Vaters so viel Zeit mit seiner Mutter verbringen konnte. In ihrem letzten Brief hatte sie gefragt, ob der Ring seinen Zweck erfüllt hätte. Plötzlich kam ihm der Ring in den Sinn.

„Malaika, ich habe noch ein Geschenk für dich." Aus der Tiefe seines Arztkoffers zog John einen kleinen Stoffbeutel, vorsichtig nahm er den Ring heraus. „Meine Mutter gab mir diesen Ring beim Abschied mit den Worten: ‚Schenke ihn deiner Frau.' Möchtest du diesen Ring als meine zukünftige Frau tragen?"

Malaika blickte ihn an, ihr Hals war wie zugeschnürt. Mit großen Augen stand sie auf, umarmte ihn.

Jedes Wort war in diesem Augenblick überflüssig.

Ein Jahr nach der Hochzeit brachte Malaika einen gesunden Jungen zur Welt. Auf einen Namen für ihr erstes Kind konnten sie sich zuerst nicht einigen. Irgendwann beschlossen sie, ihn Barron zu nennen. Sein Freund, der noch immer beim Militär war, sollte auch der Taufpate sein.

Der kleine Barron entwickelte sich prächtig. Seine Eltern konnte er nicht verleugnen – von seinem Vater hatte er die roten Haare, von Malaika wohlgeformte Gesichtszüge und volle Lippen. Die größte

Freude hatte Naima an ihm. Sie band sich den Jungen nach afrikanischem Brauch bei jeder Gelegenheit auf den Rücken. John bemerkte dazu lächelnd: „Wenn sie ihn weiter so trägt, wird er niemals laufen lernen."

Nurus 16. Geburtstag fiel auf einen Samstag. Er hatte alle seine Freunde eingeladen. Emma und Mross registrierten mit Freude die Beliebtheit ihres Jungen.

Nachdem die letzten Geburtstagsgäste aufgebrochen waren, saßen Emma, Mross und Nuru auf der Terrasse. Sie sprachen über Belangloses.

Unvermittelt wurde Nuru ernst: „Aus welcher Stadt in Tansania komme ich eigentlich?"

Diese unerwartete Frage überraschte die Eltern.

„Das wissen wir leider auch nicht", antwortete Mross.

Emma ergänzte: „Sie haben es uns nicht gesagt beziehungsweise durften es uns nicht sagen."

Nuru schwieg, schien nachdenklich.

„Warum fragst du?", unterbrach Mross seine Gedanken.

„Ach, nur so. Wir hatten heute Geografie, es ging um Tansania. Der Lehrer hat mich gefragt, aus welcher Stadt ich stamme, ich konnte ihm nichts Konkretes dazu sagen."


Emma und Mross nahmen sich nun vor, einige Informationen über die Herkunft des Jungen in Erfahrung zu bringen. Doch wo immer sie sich erkundigten, erhielten sie keine Auskunft.

„Hat dein Freund auch nichts herausbekommen?", fragte Emma ihren Mann nach seinem Treffen mit Noah.

„Allem Anschein nach wird die Adoption der Kinder aus Tansania streng geheim gehalten. Es sieht für mich so aus, als ob auf allen Unterlagen ‚Top Secret' stehen würde."

„So wird es wohl auch sein", meinte seine Frau.

Es blieb ihnen nichts anderes übrig, als die Suche, zumindest vorerst, auf Eis zu legen.

Die Frage des Lehrers hatte in Nuru etwas ausgelöst. Er besorgte sich Bücher über Tansania, studierte die Geschichte des Landes. Je mehr er sich damit befasste, umso mehr fühlte er sich zu diesem Land hingezogen. An manche Einzelheiten aus seiner Kindheit, die er in all den Jahren verdrängt hatte, konnte er sich plötzlich wieder haargenau erinnern. An Malaika, die er so liebte. An Naima, das kleine Mädchen, das immer bei ihm sein wollte. An den lieben Doktor Jo, der mit ihm schimpfte, wenn er seine Mütze nicht trug. An das Mädchen ohne Beine. An die vielen anderen Kinder. Die Erinnerungen kamen nacheinander zurück. Zum Schluss konnte er sich an die zwei Männer erinnern, die ihn an seinem Geburtstag auf dem Motorrad entführt hatten. An die schreckliche Frage des einen: „Hast du eine Machete dabei?" Nuru konnte sich genau vorstellen, welche Gräueltat sie damit geplant hatten.

In der Nacht verfolgten ihn diese einschneidenden Erlebnisse. Oft wachte er mit Herzklopfen nassgeschwitzt auf. Danach konnte er nicht mehr schlafen. Meist stand er auf und lernte so lange, bis sein Kopf in Zeitlupe auf den Schreibtisch sank. In dieser unbequemen Position fand Emma oder Mross ihn manchmal am Morgen.

Nuru begann, sich über Albinismus zu informieren. Am meisten erschütterten ihn Horrorgeschichten in einem Buch, das ein Soldat während seiner Stationierung in Tansania verfasst hatte.

In einer Art Tagebuch beschrieb er präzise die barbarischen Taten, die die Kriminellen hauptsächlich an kleinen Albino-Kindern verübten. Die Geschehnisse, die Nuru in dem Buch las, holten seine Erlebnisse ins Gedächtnis zurück. Wie ein Spinnennetz verschlossen sie seine Psyche. Er beschloss, wenn es möglich wäre, den Autor des Buchs persönlich zu treffen.

Durch ihre Tätigkeit als Anwältin gelang es seiner Mutter, den ehemaligen Soldaten ausfindig zu machen.

An einem Nachmittag saß Nuru ihm dann gegenüber. Der Soldat war nicht sehr gesprächig, aber er bestätigte die grausamen Taten und erzählte flüchtig noch von weiteren Verbrechen, die der Verlag nicht publik machen wollte.

Niedergeschlagen verließ Nuru die kleine Wohnung des Soldaten. Als er endlich zu Hause eintraf, ging er direkt in sein Zimmer. Die Geschichten, die der Soldat ihm erzählt hatte, gingen ihm nicht mehr aus dem Kopf. Plötzlich fasste er einen Entschluss: Als Albino, als Betroffener, wollte er gegen diese Barbarei etwas tun, seinen Beitrag leisten. Wie eine Eingebung kam ihm in den Sinn, später einmal Jura zu studieren, um eines Tages als Vertreter des Gesetzes diesen Menschen beizustehen. Vielleicht sollte er aus diesem Grund nach London kommen? Wer kannte schon die Wege des Schicksals?

Es überraschte seine Eltern, dass er in diesem relativ jungen Alter schon den Entschluss fasste, einmal Jura zu studieren. Emma dachte, es sei ihretwegen, und unterstützte ihn.

Nuru legte sein A-Level ab, einen der höchsten Schulabschlüsse in Großbritannien. Seine Eltern waren mächtig stolz auf ihn. Schon Monate zuvor hatte er sich an der berühmten Universität „London School of Economics" eingeschrieben.

An seinem ersten Tag stand er ehrfürchtig vor dem imposanten Gebäude. Sein Blick wanderte von unten nach oben über die vielen Fenster, die an diesem Morgen die Strahlen der Sonne reflektierten. Er war geblendet. Plötzlich stieß er mit einem alten Mann zusammen. Schuldbewusst entschuldigte er sich höflich bei dem Fremden. Dieser lächelte nur. Merkwürdig! Nuru könnte schwören, dass der Mann vorher nicht da gestanden hatte.

„Es ist Ihr erster Tag, nicht wahr?", fragte der Mann.

„Oh, ja, Sir, und ich bin ganz schön nervös, wie Sie sicher schon bemerkt haben."

„Sie brauchen nicht nervös zu sein, alles wird gut gehen!"

„Das hoffe ich auch."

Nuru näherte sich dem Eingang des Gebäudes. Die Stimme des alten Herrn hatte seltsam geklungen, irgendwie fremdartig. Als er sich nochmal nach ihm umdrehte, war er nicht mehr da, wie vom Boden verschluckt, nirgendwo mehr zu sehen.

Im Inneren des Gebäudes fiel die ganze Nervosität, die er seit Tagen mit sich trug, von ihm ab. Leichtigkeit erfüllte ihn.

Der alte Mann sollte mit seiner Aussage Recht behalten. Noch Jahre danach, wenn Nuru sich auf dem Weg zur Universität befand, dachte er an die seltsame Begegnung mit dem fremden Mann, den er nie wieder gesehen hatte.

Freundlich begrüßte Salvatore, der aus Apulien stammende Wirt, zwei Gäste – der eine, Anwalt Stephen Lammy, war ihm wohlbekannt. Heute kam er in Gesellschaft eines Unbekannten.

Er geleitete die beiden Herren zu einem Tisch, der in der Ecke des Restaurants stand – jahrelange Erfahrung hatte ihn gelehrt, was seine berühmten Gäste wünschten: Diskretion und Ruhe. Als die Männer sich gesetzt hatten, öffnete Salvatore, ohne eine entsprechende Bestellung der beiden Gäste entgegenzunehmen, eine wohltemperierte Rotweinflasche, einen Primitivo di Manduria. Vor Jahren hatte der Gastronom die Anweisung von Signore Avocato Lammy erhalten, ihm immer nur diesen Wein einzuschenken. Selten lehnten seine Begleiter den edlen Tropfen ab. Salvatore freute sich. Aus Preisgründen wurde der Rotwein, den er von seinem Heimatort direkt geliefert bekam, nur von einigen Gästen bestellt – den meisten war er schlichtweg zu teuer.

Salvatore, von Natur aus neugierig, hätte zu gerne gewusst, was der bekannte Jurist Stephen Lammy mit seinem Gast zu besprechen hatte. Im Zeitlupentempo ließ er den roten Wein in die geschwungenen Gläser gleiten, hoffend, bei dieser Gelegenheit irgendetwas aufzuschnappen – leider vergeblich, die Herren warteten geduldig, bis er sich entfernt hatte, bevor sie ins Gespräch kamen.

Stephen Lammy und sein Gegenüber kannten sich seit ihrer Studienzeit. Francis Breul war Rektor der berühmten London School of Economics. Er empfahl Lammy stets die besten Absolventen des Jurastudiengangs. Stephen Lammy revanchierte sich auf seine Art. Bei der dritten und letzten Scheidung Breuls, von einer jungen Studentin, mit der er nur zwei Jahre verheiratet war, ersparte ihm Stephen viele Unannehmlichkeiten. Der Anwalt wollte kein Honorar für seinen Einsatz. Die beiden profitierten von dieser Übereinkunft.

Es war ja auch zum Vorteil der jungen, motivierten Juristen – die Kanzlei Lammy & B. genoss mit ihren erfahrenen Topanwälten einen hervorragenden Ruf. Lammy gewährte seinen Mitarbeitern größtmöglichen Handlungsspielraum. „Glückliche Anwälte, glückliche Klienten" sowie „Leben und leben lassen" waren seine Devisen.

„Aus welchem Grund wolltest du mich heute treffen, Francis?", fragte der Anwalt, nachdem sie das Essen bestellt und einen Schluck von dem rubinroten Wein getrunken hatten.

„Einer unserer Studenten wird demnächst sein Studium abschließen. Noch nie zuvor hatte ich einen jungen Mann von diesem Format, er ist absolut außergewöhnlich."

Der Anwalt fixierte interessiert seinen langjährigen Freund. „Was genau meinst du damit?"

„Wenn ich dir sage, dass er das komplette Gesetzbuch fast auswendig kennt, ist dies nicht übertrieben."

Der Anwalt prostete Breul zu: „Dann lass uns auf das erstaunliche Gedächtnis dieses jungen Mannes trinken."

Nie gelang es dem Rektor, zu unterscheiden, wann der Staranwalt ironisch und wann er ernst sprach.

„Stephen, dieser Mann ist besonders, er wäre sicher ein Gewinn für eure Kanzlei." Nach einigen Sekunden des Schweigens fügte Breul hinzu: „Rate mal, wer seine Mutter ist!"

Der Anwalt zuckte mit den Schultern.

„Frau Emma Kumar."

Jetzt sah Stephen interessiert auf. Er war der Anwältin einige Male im Gerichtssaal begegnet. Sie war ehrlich, kämpfte mit viel Herz und Enthusiasmus für die Rechte ihrer Klientel. Meist vertrat sie die Anliegen von Frauen und Kindern.

„Warum arbeitet er denn nicht in der Kanzlei seiner Mutter?"

„Exakt diese Frage habe ich ihm auch gestellt. Er entgegnete, dass er in einem anderen Bereich arbeiten möchte. Ich habe Erkundigungen über ihn eingeholt, ursprünglich stammt er aus Tansania, ist ein Albino. Als achtjähriges Kind wurde er von Frau Kumar und ihrem Mann adoptiert. Es ist gut möglich, dass du anderweitig bereits von ihm gehört hast – er spielt exzellent Fußball, sein Name ist Nuru Kumar."

Da Stephen Lammy mit Fußball so gar nichts anfangen konnte, sagte ihm dies nichts. Aber sein berufliches Interesse war geweckt.

„Na, dieses Allroundtalent möchte ich dann unbedingt kennenlernen."

Salvatore servierte derweil den Hauptgang, ein Risotto. Bedacht streifte der Wirt Handschuhe über und hobelte gekonnt den weißen Trüffel über das Gericht. Der Duft der wertvollen Pilzknolle verbreitete sich sofort.

Bereits eine Woche später saß Nuru aufgeregt in dem imposanten Büro des bekannten Anwalts. Die Sekretärin servierte ihm Tee. Irritiert blickte sie den jungen Mann beim Einschenken an, nicht darauf achtend, dass die Teetasse bereits überlief. Sie stammelte eine Entschuldigung und verließ mit schnellen Schritten und rotem Kopf den Raum. An der Tür stieß sie fast mit ihrem Chef zusammen.

„Verzeihen Sie mir bitte, Herr Kumar, dass ich Sie so lange warten ließ. Das Telefonat dauerte doch etwas länger."

Die Freundlichkeit und Höflichkeit des Anwalts klangen ehrlich, Nurus Anspannung wich. Nach einem kurzen Gespräch war sich Stephen Lammy sicher, dass dieser junge Mann der Richtige für seine Kanzlei sein würde.

Nahtlos wechselte Nuru kurz darauf von der Universität zum berühmtesten Verteidiger der Stadt. Die anspruchsvolle Arbeit forderte ihn, er arbeitete sich gründlich ein. Die Kollegen waren nett und sehr zuvorkommend.

Mit der Sekretärin, die den Tee überschwappen ließ, hatte Nuru täglich zu tun. Sie hieß Olivia. Immer, wenn sie ihn sah, errötete sie. Nuru lud sie einmal nach einem arbeitsreichen Tag auf einen Drink ein. Olivia erzählte von ihren Vorfahren in Bolivien.

Nuru lächelte. „Daher stammt wohl dein Name?"

Mit ihrer hellen Haut und den Sommersprossen entsprach sie nicht der Vorstellung von einer typischen Bolivianerin.

„Nicht ganz, nur mein Vater kommt aus Bolivien." Leise sprach sie weiter: „Zu meiner Schande muss ich gestehen, dass ich kein Spanisch spreche und noch nie in Bolivien war."

„Weshalb nicht?", hakte Nuru nach.

„Als ich zwei Jahre alt war, haben sich meine Eltern scheiden lassen. Ich wuchs bei meiner Mutter und meiner Großmutter hier in

London auf." In Olivias Stimme mischte sich eine Traurigkeit, die nicht zu überhören war.

„Du kannst doch immer noch nach Bolivien reisen."

Olivia schwieg.

„Ich komme aus Tansania, war jedoch seit meiner Kindheit nie mehr dort", gab Nuru preis.

Das Thema wurde fallen gelassen – die beiden sprachen über die Arbeit.

Von diesem Tag an gingen sie öfters aus. Nuru blieb Olivia gegenüber höflich und zurückhaltend. Sie vermutete heimlich, dass er auf Männer stand.

Als seine Mutter einmal neugierig fragte, ob er und Olivia ein Paar seien, antwortete Nuru nur knapp: „Nein!"

„Warum eigentlich nicht? Sie ist so ein hübsches Mädchen."

„Ich kann nicht sagen, weshalb."

„Bei Mross wusste ich in den ersten Sekunden schon, dass er der Mann meines Lebens ist. Es war Liebe auf den ersten Blick."

Emma hatte gehofft, dass ihr Sohn mit dem schönen Mädchen zusammen ist. Vor dem Einschlafen sagte sie zu ihrem Mann: „Leider ist zwischen unserem Sohn und Olivia doch nichts Ernstes."

„Wie schade." Mross küsste seine Frau zärtlich. „Nicht jeder Mann hat so wie ich das Glück, auf Anhieb die richtige Frau zu finden."


Nach seinem ersten Jahr im Berufsleben wurde Nuru eines Morgens zu Stephen Lammy gebeten. Ohne Umschweife kam dieser zum Punkt: „Hätten Sie Lust, in die USA zu fliegen, um bei der UN-Generalversammlung dabei zu sein?"

Er wusste, wie sehr Nuru sich für die USA interessierte. Mit dieser Geste wollte sein Chef sich bei ihm indirekt auch für seinen enormen Einsatz und die zahllosen Überstunden in der Kanzlei erkenntlich zeigen.

Nuru traute im ersten Moment seinen Ohren nicht: „Gerne, Sir, wann?"

„Schon bald! Olivia soll für Sie alles organisieren."

Zurück in seinem Büro, auf dem bequemen Stuhl, schloss Nuru die Augen. Es fügt sich vieles zusammen, dachte er bei sich. Seit dem Studium träumte er davon, einmal nach New York zu reisen, und jetzt durfte er sogar an einer UN-Versammlung teilnehmen.

Dezember 1985. Gerade in New York angekommen, stürzte sich Nuru in das Getümmel der weihnachtlich geschmückten Stadt. Die vielen Lichter und bunten Kugeln, auch die überschwänglich dekorierten Schaufenster der großen Kaufhäuser faszinierten ihn. Die hell erleuchteten Straßen glichen einem Märchenland. New York war das krasse Gegenteil zum nüchternen London. Ziellos lief er durch die Stadt, die niemals schlief.

Trotz aller Ablenkung kreisten seine Gedanken um das Meeting, welches am nächsten Morgen stattfinden würde.

Nuru hatte nur wenige Stunden geschlafen und unruhig geträumt. Beim Aufwachen war ein Traum noch präsent: Er befand sich an Bord eines Schiffes mit Ziel Amerika. Plötzlich erschall durch einen Lautsprecher die penetrant wiederholte Ansage: „Achtung, Achtung, alle Passagiere müssen sich sofort an Deck begeben!"

Nuru lief aus seiner Kabine, wusste nicht, in welcher Richtung der Aufgang zum Deck lag. Knietief waren die Gänge bereits mit Wasser überflutet – es stieg bedrohlich an. Ein schwarzer Mann rannte an ihm vorbei. Schlagartig blieb dieser stehen, drehte sich zu ihm, gestikulierte wild und deutete, er solle ihm folgen.

Nuru zweifelte, ob dies wirklich die Richtung zum Oberdeck war. Was, wenn der Fremde den Weg ebenfalls nicht kannte? Ein ohrenbetäubendes Rauschen – er wurde von Wassermassen erfasst und mitgerissen. Sein Körper schlug hart gegen eine Treppe. Krampfhaft hielt er sich an dem Geländer fest und zog sich hoch, konnte sich trotz des immensen Wasserdrucks aufrichten und die Stufen nach oben laufen. Er hustete, rang nach Luft. Vor ihm eine Tür, es gelang ihm, diese zu öffnen – erleichtert erkannte er, dass er auf dem Oberdeck angekommen war.

Verängstigte Menschen standen frierend im kalten Nachtwind. Manche schrien verzweifelt nach ihren Angehörigen, andere wirkten ganz ruhig, fast apathisch. Einige saßen erschöpft auf dem Boden, von allen Kräften verlassen. Plötzlich sah er ihn im fahlen Licht der Notbeleuchtung wieder: den Unbekannten von vorhin. Er stand inmitten einer Gruppe von Menschen und winkte ihm zu.

Nuru wachte auf, die Szenen der Nacht verschwammen – es blieb nur Leere. Die Realität holte ihn schließlich zurück. Der Blick auf seine Uhr zeigte an, dass es kurz nach fünf Uhr morgens war. Früher als geplant machte er sich auf den Weg zum UN-Gebäude.

Wie ein Wegweiser sah er von Weitem bereits die berühmten Fahnen. Sie bewegten sich an den dafür vorgesehenen, in exakten Abständen angebrachten Masten. Der Wind an diesem Morgen zwang sie alle in dieselbe Richtung. Aufgereiht wie Fahnen an einem Kultplatz in einer tibetischen Hochebene strahlten sie in den Farben und mit den Motiven des jeweiligen Landes Einheit und Harmonie aus. Fast so, als wollten sie den Sinn dessen demonstrieren, wofür sie eigentlich bestimmt waren.

Im Inneren des Gebäudes stellte Nuru fest, dass er nicht der Einzige war, der sich an diesem Tag früh auf den Weg gemacht hatte, viele Menschen waren bereits eingetroffen. Ob die wohl auch einen schlechten Traum hatten, fragte er sich insgeheim. Dafür, dass sich der Saal nach und nach mit Menschen füllte, lief alles sehr ruhig und diszipliniert ab.


Nuru hielt Ausschau nach einem geeigneten Platz, der ihm einen guten Überblick gewähren würde. Vor ihm stand eine Gruppe Männer, ihrem Äußeren nach Afrikaner. Sie liefen genau in die Sitzreihe, die auch Nuru gerade ansteuerte. Unerwartet drehte sich der Letzte aus der Gruppe um, winkte ihm einladend zu – er möge ihnen folgen. Nuru hatte ein Déjà-vu: Da war er wieder, der Mann aus seinem Traum. Intuitiv folgte er ihm und setzte sich an die Seite des vertrauten Unbekannten.

Das Erste, was Nuru auffiel: Alle Männer trugen an ihrem Revers einen Anstecker – die kenianische Flagge. Sie erinnert die Kenianer an die schlimme Zeit der Kolonialherrschaft und der Versklavung.

Die gekreuzten Speere mit dem traditionellen Schild der Massai als Zeichen ihres Freiheitswillens. Der schwarze Streifen steht für die Hautfarbe des Volkes. Der rote Streifen für das vergossene Blut. Der grüne Streifen repräsentiert die Felder und Wälder des Landes. Die weißen Linien symbolisieren den Frieden zwischen den Völkern. Nuru kannte und mochte die Bedeutungen dieser Flagge.

Der Unbekannte grüßte Nuru mit Handschlag. Seine Begleiter lächelten freundlich.

„Ich sehe, Sie stammen aus Kenia?"

„Wie kommen Sie darauf?", fragte der Mann überrascht.

Nuru deutete auf das Revers des Kenianers.

„Ach ja – da tragen wir unsere Flagge wie ein Namensschild auf der Brust und wundern uns, wieso die Menschen sofort wissen, welches unser Heimatland ist!"

Alle lachten.

„Und Sie?", fragten zwei gleichzeitig.

„Ich komme aus London, aber ursprünglich stamme ich aus Tansania."

Die Männer schienen verwundert. Es blieb keine Zeit, Nurus Herkunft zu vertiefen – der peruanische UN-Generalsekretär, Javier Pérez de Cuéllar, wurde angekündigt.

Im Saal herrschte Stille.


In den nächsten drei Tagen verbrachte Nuru viel Zeit mit der Delegation aus Kenia. Sie kamen im Auftrag der Regierung, hatten Verbindungen zu wichtigen Institutionen und tauschten sich mit anderen afrikanischen Abgesandten aus.

Nuru fühlte sich zugehörig. Besonders Elyas, sein neuer kenianischer Bekannter, behandelte ihn wie einen von ihnen. Sie wohnten in einem luxuriösen Hotel, ganz in der Nähe des Hilton. Dort hatte Nuru eingecheckt.

Am Vorabend des Rückflugs nach Kenia verabschiedeten sich die Mitglieder der Delegation gleich nach dem gemeinsamen Abendessen herzlich von Nuru.

Elyas und der junge Anwalt steuerten die Hotelbar an. Bei einem Whisky erzählte Nuru von seiner Kindheit in einem Waisenhaus irgendwo in Tansania. Von der Adoption, dem Studium, seinem Job bei Lammy & B. Er gestand ihm sogar seinen Herzenswunsch, das Waisenhaus wiederzufinden, in dem er die ersten acht Jahre seines Lebens verbracht hatte. Nur bruchstückhaft konnte er sich an seine Zeit dort erinnern, nun wollte er das Puzzle seines Lebens zusammensetzen. Er sprach von Malaika. Von einem Dr. Jo. Von den dort lebenden Waisenkindern. Elyas notierte einige Daten in seinem Notizbuch. Sie tauschten ihre Adressen aus. Mit dem Versprechen „Sie hören bald von mir" verabschiedete sich der sympathische Kenianer von Nuru.

Auf dem Rückweg in sein Hotel wurde Nuru die besondere Fügung des Schicksals bewusst: Ausgerechnet Kenianer hatten ihn willkommen geheißen.

Glücklich schlief er ein – so gut wie schon lange nicht mehr. Beinahe hätte er seinen Flieger verpasst. Der Zimmerservice weckte ihn gerade noch rechtzeitig durch lautes Klopfen an der Tür.

Exakt drei Wochen später erhielt Nuru einen Anruf aus Kenia, er erkannte sofort die Stimme von Elyas. Freudig teilte der ihm mit, dass er dieses Heim gefunden hatte, und schlug vor, sich bald in Dodoma zu treffen.

Vor über zwanzig Jahren hatte Nuru – damals unfreiwillig, als krankes Kind – Tansania verlassen. Nun, als erwachsener Mann, saß er in einer Maschine der British Airways und flog in umgekehrter Richtung nach Dodoma.

Die Maschine durchbrach die Wolkendecke und erreichte schnell ihre endgültige Flughöhe. In Nurus Gedächtnis stiegen Bilder auf. Jo, mit dem Ball in der Hand. Die Kuhle in der Steilwand, wo er sich voller Angst versteckt hatte. Das Bild eines großen Mannes mit Speer war plötzlich da. Ein unerklärliches Unbehagen überkam ihn. Er sah Malaika vor sich. Spürte die Kühle ihrer Hand auf seiner heißen Stirn. Die kleine Naima an seiner Seite. Ja, Naima! Er rechnete ihr Alter nach, sie musste jetzt ungefähr fünfundzwanzig oder sechsundzwanzig Jahre alt sein. Vielleicht war sie verheiratet, hatte Kinder?

Es war, als hätte in all den Jahren ein dichter Nebel seine Erinnerungen zugedeckt – jetzt, in tausenden Metern Höhe, löste er sich auf. Nurus Gedanken wirbelten umher wie ein trockenes Blatt im Herbstwind.

Nach mehr als zwanzig Stunden und zwei Zwischenstopps landete der Flieger sicher in Dodoma. Eine angenehm warme Brise strich über Nurus Gesicht, als er an der offenen Tür der Maschine stand. Der erdige Geruch seiner Heimat schlug ihm entgegen. Er atmete tief durch.

Wie vereinbart erwartete ihn Elyas in der Empfangshalle des Flughafens.

Die zwei Männer begrüßten und umarmten sich wie alte Freunde. Ein offizieller Wagen mit Chauffeur stand bereit.

Elyas nahm neben Nuru im Fond Platz.

„Es ist schon spät, ich schlage vor, du ruhst dich erst einmal aus. Morgen früh werden wir abgeholt und direkt zum Heim gebracht."

Nuru fühlte nun auch die Müdigkeit, er war nicht in der Lage, einen klaren Gedanken zu fassen.

„Elyas, wie hast du dieses Heim gefunden?", wollte Nuru später beim Abendessen wissen.

„Das war nicht schwierig. Der Schlüssel zur Lösung kam durch die Suche nach dem damaligen Militärarzt. Von dir hatte ich erfahren, dass er Jo hieß. Über unsere Militärverwaltung habe ich herausgefunden, dass in Dodoma bis zum Ende der Kolonialherrschaft das englische Militär stationiert war. Ein gewisser John Brown, kurz Jo genannt, arbeitete hier in der Krankenstation der Army. Das Kinderheim, welches sie damals unterstützten, existiert noch heute. Dann kam eines zum anderen – es war ganz leicht." Elyas lächelte geheimnisvoll. Der Kenianer verriet mit keiner Silbe, dass genau dieser John heute noch dort lebte.

„Wurde das Kinderheim über meinen Besuch informiert?", wollte Nuru wissen.

„Nein, es soll doch eine Überraschung sein."

„Ich bin wirklich aufgeregt. Ich weiß nicht, wie ich dir danken kann."

„Schon gut, Nuru, der Ngai wollte, dass sich unsere Wege kreuzen."

Elyas blickte gedankenverloren auf die Naturlandschaft, durch die der große Wagen glitt. Er erinnerte sich an seine Eltern. An die wenigen Jahre seiner Kindheit, die er in Mombasa verbracht hatte.

Seine Mutter war eine Massai. Nach dem Tod des Vaters kehrte sie mit ihrem einzigen Sohn zu ihren Eltern zurück. Kurz darauf starb auch sie.

Er wuchs bei seinen Großeltern auf. Der Großvater war ein berühmter ‚Arathi'. In seinem Volk bedeutet dies Seher. Diese Propheten geben die Botschaften Ngais – des Gottes der Massai – an das Volk weiter. Der Großvater hatte einen starken Einfluss auf seinen Enkel.

Nach der Grundschule wurde Elyas Schreiner. Um Arbeit zu finden, reiste er nach Nairobi, begann zunächst als Verkäufer. In der Freizeit besuchte er die christliche Abendschule.

Politik interessierte ihn besonders und er schloss sich der Partei KANU an.

Obwohl ihm ein höherer Posten angetragen wurde, bevorzugte er es, im Hintergrund zu bleiben. Nach seiner Überzeugung würde er mit Politik aus der zweiten Reihe eher das erreichen, wofür sein Herz schlug.

Als die Kollegen verstanden, dass ihm mehr an den politischen Inhalten als an Prestige lag, waren sie ihm gegenüber viel offener. Sogar der Präsident schätzte ihn, bei wichtigen Entscheidungen zog er ihn gerne hinzu.

Hauptsächlich setzte Elyas sich für Themen ein, die ihm am Herzen lagen – für die Reduzierung der Steuern, die Landrückgabe an die Bauern, die Abschaffung der weiblichen Beschneidung und gegen die vorsätzliche Tötung von Albinos.

Mit der Zeit wurde Elyas inoffizieller Berater des Justizministers. Er stand dem Minister in Personalfragen zur Seite, besonders wenn es darum ging, wichtige Ämter neu zu besetzen. Nur Menschen mit einer qualifizierten Ausbildung konnten die heiklen Aufgaben im Präsidium übernehmen.

Kenia etablierte nach und nach gute Beziehungen zu den Nachbarländern, besonders zu Tansania. Es verband sie unter anderem ihre Vergangenheit unter der Kolonialherrschaft. Die wirtschaftliche und politische Zusammenarbeit zeigte erste Wirkung in den über viele Jahre ausgebeuteten Ländern. Die Politiker trafen sich regelmäßig. Oft begleitete Elyas die Delegation seines Landes.

Im Fokus der Verbrechensbekämpfung stand ein besonders brutales Geschäft – der Handel mit den Körperteilen der Albinos. Die wachsende Vernetzung dieser Verbrecher war beängstigend. Es ging um viel Geld, somit verführten sie immer mehr Menschen dazu, bei dem schändlichen Tun mitzuwirken. Vorreiter des grausamen Geschehens war Tansania. Von dort aus schwappte dieses Unheil auf die Nachbarländer über. Es war fast unmöglich, diese Verbrechen zu verhindern.

Den neuen Justizminister von Tansania, der sich offen über die desaströsen Strukturen und die hohe Kriminalität seines Landes äußerte, kannte Elyas persönlich und auch dessen Wunsch, gemeinsam mit anderen Ländern dagegen vorzugehen.

„Warum ist das so?", fragte Elyas den Minister während seines letzten Besuchs in Tansania.

„Zum einen, weil es im Geheimen geschieht – meist in abgelegenen, dörflichen Regionen. Dazu kommt noch ein diffuser Aspekt, der den Bemühungen um Aufklärung in der Bevölkerung entgegensteht, der verbreitete Aberglaube."

Der neu berufene Justizminister aus Tansania machte keinen Hehl daraus, wie sehr er diesen Voodoo-Kult verurteilte. Das wiederum brachte ihm jede Menge Feinde.

Seit der Begegnung mit Nuru war Elyas überzeugt davon, dass sein Gott – Ngai – ihm diesen Albino geschickt hatte. Er freute sich sehr darauf, ihn bald dem Minister vorzustellen.


Der Wagen stoppte vor dem Waisenhaus. Nuru stieg aufgeregt aus. Obwohl der Morgen recht warm war, fror er in seinem hellblauen Anzug und dem weißen Hemd. Er nahm die Sonnenbrille ab, den Hut behielt er als Sonnenschutz auf.

Kinderstimmen drangen an sein Ohr.

Elyas ließ ihm den Vortritt.

Nuru staunte: Alles war noch so wie in seiner Erinnerung. Er klopfte gegen die einfache Blechtür, es dauerte eine Weile, bis sie geöffnet wurde. Er erkannte sie sofort: Erina stand vor ihm.

„Guten Tag, Erina."

„Ja?", fragte sie mit Unsicherheit in der Stimme.

„Ich bin es, Nuru!"

Erina hob erstaunt die Augenbrauen, voller Erstaunen musterte sie den eleganten jungen Mann. Hinter ihr standen aufgeregte Kinder, neugierig, alle wollten die Fremden sehen. Wortlos drehte sie sich um, bahnte sich einen Weg durch die Kindermenge, lief laut rufend über den Hof.

„Nuru ist da, Nuruuuuu ist daaaa!"

Alle anderen, die die Ankunft der Männer nicht bemerkt hatten, blieben wie angewurzelt stehen. Sie verstanden nicht, warum Erina plötzlich diesen Namen rief. Einige von ihnen rannten ängstlich weg, beobachteten die zwei fremden Männer an der Tür aus sicherer Distanz.

John operierte gerade den verletzten Fuß eines Mannes, der von weither gekommen war. Aufgeschreckt durch Erinas Rufen übergab er das Skalpell seinem assistierenden Sohn Barron, verließ den OP-Raum und eilte in den Hof. Erina stand aufgeregt vor ihm, zeigte auf die Männer: „Da, da ist Nuru!"

Sie drehte sich zum Haus, um sofort Malaika zu benachrichtigen. Fast prallten die Frauen aufeinander, Malaika hatte die Rufe gehört und voller Sorge die Küche verlassen.

„Malaika, Nuru ist da!"

John lief zu Nuru, der ihm mit schnellen Schritten entgegenkam. „Nuru, du hier?"

Er konnte es nicht fassen. Die beiden umarmten sich. Über Johns Schultern hinweg sah Nuru sie wieder. Die Frau, die seit Jahren einen Platz in der Tiefe seines Herzens hatte. Sein Rettungsanker in schwierigen Momenten. Die Oase seiner Erinnerungen. Nuru nahm den Hut ab. Malaika blieb vor ihm stehen, starrte ihn fassungslos sekundenlang an, bevor sie sich in die Arme fielen.

„Nuru, wo kommst du denn her?" Sie trat einen Schritt zurück. „Du bist es wirklich!"

„Es tut mir leid, dass ich euch erst jetzt wiedergefunden habe."

Nuru drehte sich zur Seite und zeigte auf Elyas: „Diesem Mann verdanke ich, dass ich euch überhaupt gefunden habe!"

Elyas stand unweit von ihnen im Schatten der Mauer. Alle drehten sich zu dem großgewachsenen, kräftigen Mann im hellgrauen Anzug um, der nun mit einem Lächeln auf die Gruppe zukam.


Noch immer schmückte er majestätisch den Hof – der große Baum, Nurus Lieblingsplatz, in dessen Schatten er als Kind Schutz vor den sengenden Strahlen der Sonne fand. Hier tranken sie ihren Tee, erzählten sich die Ereignisse der vergangenen Jahre. Alle brannten darauf, Nurus Geschichte zu hören. Was mit ihm passiert war, nachdem er krank in London ankam.

„Ich hatte großes Glück, liebenswerte Eltern adoptierten mich."

Als Nuru von ihnen sprach, leuchteten seine Augen.

„Gerne wären sie heute bereits mitgekommen. Wie geht es eigentlich Naima?", erkundigte sich Nuru.

„Sie arbeitet als Hebamme in Dodoma, an den Wochenenden kommt sie hierher, es ist nach wie vor ihr Zuhause", klärte ihn Malaika auf.

Erina sah ihn an: „Sie wird sich sehr freuen, wenn sie dich hier sieht. Es war schlimm für sie, als du plötzlich nicht mehr da warst. Seit du weg bist, will sie dich in Johns Heimatland suchen gehen."

Nuru sollte am nächsten Morgen wieder zu ihnen kommen und bis zu seiner Abreise bleiben. Auf der Fahrt zum Hotel dachte Nuru an Naima. Noch zwei Tage bis Freitag – das war nicht mehr allzu lang. Vorfreude erfüllte ihn.

Bereits am nächsten Morgen reiste Elyas zurück nach Kenia. Mit dem Versprechen, sich bald wieder in Tansania zu treffen, verabschiedeten sie sich nach dem Frühstück im Hotel.

Auf dem Weg zum Heim ließ Nuru das Taxi vor einem Einkaufsladen stoppen. Für die Heimkinder besorgte er Süßigkeiten, von denen er als Kind nur träumen konnte.

Das Hoftor stand offen, Malaika und John erwarteten ihn bereits ungeduldig. Sie hatten ihm in ihrem privaten Haus ein Zimmer hergerichtet. Nach dem Mittagessen saßen sie wie bereits am Vortag im Schatten des alten Baums. Kinder plapperten und spielten im Hof. Nuru fiel erst jetzt auf, dass mehrere Albino-Kinder unter ihnen waren.

„Früher waren Albinos eher die Ausnahme – hat sich die Situation geändert?"

„Es hat sich vieles zum Guten gewendet. Stell dir vor, sogar die Väter oder Großeltern bringen in der Zwischenzeit ihre weißen Kinder zu uns, hier wissen sie diese in Sicherheit." John blickte dabei nachdenklich auf die unbeschwert spielenden Kinder.

Malaika fügte traurig hinzu: „Leider kommen dennoch weiterhin Übergriffe vor, immer wieder erfahren wir, dass Albinos umgebracht werden."

Der junge Barron trat aus dem Haus und setzte sich zu ihnen. Nuru mochte ihn auf Anhieb. Er war sympathisch, selbstbewusst – ganz der Sohn seiner Eltern. Er studierte Medizin, assistierte in der Freizeit seinem Vater in dem kleinen OP-Saal.

Am Abend herrschte große Aufregung unter den Kindern. Alle rannten zur Hoftür. Die Größeren unter ihnen riefen: „Naima, Naima kommt!"

Jedes Kind wollte als Erstes von ihr umarmt werden.

Erina war aufgeregt. „Jetzt ist es aber genug!", fuhr sie die Kinderhorde an, scheuchte sie weg. Dann ergriff sie zielstrebig Naimas Hand und zog die junge Frau hinter sich her.

„Wir haben einen Gast, niemals wirst du erraten, wen!"

Nuru erhob sich, kam auf sie zu.

„Nuru!" Kein Zweifel, Naima erkannte ihn sofort wieder. „Du hier? Wo warst du bloß die ganzen Jahre?"

Nuru ergriff sie bei den Händen. „Naima, ich bin so froh, dass ich euch wiedergefunden habe!"

Aus der kleinen Naima war eine wunderschöne Frau geworden. Ein schlichtes apfelgrünes Kleid mit tänzelnden weißen Blüten umspielte die schlanke, muskulöse Figur. Beim Lächeln zeigten sich ihre schneeweißen Zähne. Das Einzige, an was sich Nuru zweifelsfrei erinnern konnte, waren ihre bernsteinfarbenen Augen. Sie strahlten Güte und Wärme aus.

Später in der Nacht schrieb Nuru an seine Mutter: „Jetzt weiß ich, was du mit der ‚Liebe auf den ersten Blick' gemeint hast!"

Nuru und Naima verbrachten viel Zeit miteinander. Einmal beobachtete Malaika, wie Nuru seinen Arm schützend um Naimas Schulter legte. Sie dachte zurück an jenen Morgen, als sie die beiden in der Reihe bei der Essensausgabe stehen sah. Die Zuneigung, die sie jetzt immer noch füreinander empfanden, erfreute Malaika. Sie hatte richtig entschieden, Nuru nach England fliegen zu lassen. Noch etwas Seltsames schwang mit, wenn Nuru sie ansah. Er erinnerte sie an ihren eigenen Sohn, an Kovu. Sie empfand keinen Schmerz mehr, konnte ohne Trauer an ihn denken.

Die Tage vergingen, schon musste Nuru zurück. Am Abflugtag begleiteten ihn Malaika, John und Naima zum Flughafen.

„Hast du denn deine kleine Giraffe noch?", erkundigte sich Malaika.

„Ja, tatsächlich, ich habe sie aufbewahrt." Nuru lächelte bei der Erinnerung. „Lange durfte sie nicht gewaschen werden, der Geruch war mir so vertraut. Nächstes Mal bringe ich sie mit", versprach er.

Besonders Naima fiel der Abschied schwer. Die kleine Gruppe der Zurückgebliebenen folgte dem Flugzeug mit den Augen, als es in den blauen Himmel aufstieg. Es glänzte in der Sonne wie ein Spielzeug, wurde kleiner, bis der glitzernde Punkt vollends verschwand.

Im Büro des Justizministers in Tansania wurde Elyas überschwänglich empfangen.

Der sympathische, gebildete Justizminister war einer der wenigen Politiker, die Wert auf Pünktlichkeit legten. Elyas schätzte Idris Flye sehr. Er hielt sein Wort und sein Wort hatte Gewicht.

„Verehrter Minister", begann Elyas in seiner ruhigen Art zu sprechen, „bereits am Telefon habe ich Ihnen berichtet, dass dieser junge Mann sicherlich in Ihrem Land viel Gutes auf den Weg bringen könnte."

Fragend sah ihn der Angesprochene an, wollte jedoch nicht unterbrechen. Idris Flye war ein guter Zuhörer. Elyas berichtete von seiner Begegnung mit Nuru und darüber, was er über ihn in Erfahrung gebracht hatte.

„Es klingt sehr interessant, in der Tat bräuchte ich hier Unterstützung, einen Mitarbeiter, auf den ich mich verlassen kann." Er beugte sich zu Elyas, fügte leise hinzu: „Vor allem einen, dem ich vertrauen kann."

„Auf diesen Mann können Sie sich verlassen – er ist Albino."

Idris blickte seinen Gast erstaunt an. Elyas erklärte kurz den Zusammenhang: „Vor vielen Jahren organisierten die Engländer eine Adoptionsaktion – er war nicht auf der Liste, wurde aber anstelle eines anderen Kindes in den Flieger gesetzt. So nahm sein Schicksal einen unerwarteten Verlauf. Er ist ein exzellenter Jurist, arbeitet in einer der bekanntesten Kanzleien Londons. Wiederholt hat er mir versichert, wie gerne er nach Tansania zurückkommen möchte."

Ein Lächeln huschte über das sonst so ernste Gesicht des Ministers: „Bitte veranlassen Sie so schnell wie möglich ein persönliches Treffen mit diesem jungen Anwalt. Ich möchte ihn kennenlernen."

Bald saß Nuru wieder im Flugzeug Richtung Dodoma. Emma und Mross waren stolz darauf, ihren Sohn dieses Mal zu begleiten. Er war direkt vom Justizministerium eingeladen worden.

Nuru freute sich auf das Wiedersehen mit seinen afrikanischen Freunden, vor allem aber auf Naima. Seit ihrem Wiedersehen schrieben sie sich täglich und telefonierten. Noch nie empfand Nuru für eine Frau diese Zuneigung.

Nuru nahm ein Buch aus seiner Tasche – da rutschte die Giraffe hervor.

Emma entging nicht, wie nachdenklich er die kleine abgegriffene Giraffe in der Hand hielt. Sie lächelte. „Jetzt kehrt sie in die Heimat zurück."

„Ja, es hat lange gedauert!"

Ungeduldig erwartet wurden sie im Flughafen herzlich begrüßt. Bald unterhielten sich alle und lachten miteinander. Malaika und John mochten Nurus Eltern. Er war glücklich.

Zwei Tage später wurde Nuru mit einer großen Limousine abgeholt.

Der Sekretär führte den jungen Mann in das Büro des Ministers. Überrascht erkannte Nuru, dass Elyas ihn hier erwartete. Der Kenianer streckte ihm lachend seine Hand entgegen.

„Herzlich willkommen in der Heimat!"

Der Justizminister stand auf und begrüßte Nuru. Sein Händedruck war fest, er blickte ihm direkt in die Augen.

„Ja, auch ich heiße Sie willkommen!"

Das Treffen dauerte mehrere Stunden. Sie unterhielten sich über wichtige Themen. Der Minister stellte auch Fragen, welche die englische Justiz betrafen. Nuru antwortete qualifiziert und souverän.

Das schrille Klingeln des Telefons unterbrach die angeregte Unterhaltung im Waisenhaus. Erina nahm ab. Der Sekretär des Ministers wollte Herrn Nuru Kumar sprechen. Sie reichte den Telefonhörer an Nuru weiter.

In wenigen Worten wurde Nuru mitgeteilt, dass er am darauffolgenden Tag um neun Uhr abgeholt werde. Mit einem zufriedenen Lächeln legte Nuru den Hörer auf.

„Dass Nuru bereits am nächsten Morgen wieder zu einem Termin ins Präsidium kommen soll, ist ein gutes Zeichen", kommentierte John die Neuigkeit auf seine trockene englische Art.

Emma und Mross' Gefühle waren gespalten – bei einer Zusage würde ihr Sohn in Tansania arbeiten und sie würden ihn nur noch selten sehen.

Wie sehr Justizminister Idris Flye Wert auf Pünktlichkeit legte, wurde offensichtlich, als der Fahrer am nächsten Morgen auf die Minute genau vor dem Tor stand. Kaum hatte Nuru im großen Wagen Platz genommen, fuhr der Chauffeur los. Nuru ließ das Autofenster einen Spalt herunter, genoss die morgendliche Frische, den Geruch der Gräser und Blüten. Er grübelte: Falls er tatsächlich die Anstellung im Ministerium bekommen würde, musste er sein bisheriges Leben in London aufgeben. Dieser Gedanke machte ihn etwas traurig. Dennoch stand sein Entschluss bereits fest.

Im Präsidium angekommen, wurde er direkt in das Büro des Ministers geleitet. Zu Nurus Überraschung war auch der Präsident Joseph Lazaro anwesend. Beide Herren standen auf und reichten ihm höflich die Hand.

Insgeheim hätte der Präsident gerne diese wichtige Position mit seinem Neffen, dem Sohn seiner älteren Schwester, besetzt. Es galt allerdings die Regel, dass niemand einem Verwandten eine Tätigkeit im Ministerium vermitteln durfte. Diese interne Abmachung hatte er mit allen Ministern bei der Bildung der Regierung getroffen. Keinerlei Bevorzugung der Clanmitglieder. Nur qualifizierte Mitarbeiter seien einzustellen. Die neue Regierung sollte sich von der vorherigen abheben. Zum ersten Mal in der Geschichte des Landes wurde der Jugendarbeit und der Bildung Priorität eingeräumt. Während und nach der Unabhängigkeit vom Vereinigten Königreich waren diese Bereiche stiefmütterlich behandelt worden. Die Strukturen der Kolonialherrschaft und der danach installierten Übergangsregierung durften keinesfalls weiter bestehen. Die neue Regierung wollte das Land demokratisch und unabhängig, ohne jegliche Korruption, regieren. Sie hatte sich auf die Fahne geschrieben, Vorreiter in den afrikanischen Ländern zu sein und den Beweis zu erbringen, ihr Land frei und eigenständig zu führen.

Der Präsident erkannte schnell, dass der junge Anwalt, auch wenn er ein Albino war und dadurch eventuell die eine oder andere Ablehnung erfahren würde, alle Voraussetzungen erfüllte. Das ausgezeichnete Studium in London sowie die guten Referenzen des aktuellen Arbeitgebers bewiesen den starken Willen und seine Kompetenz. Sicher war er bei Weitem qualifizierter als sein ewig studierender Neffe, der bevorzugt in den Vergnügungsstätten Dodomas die Nächte zu Tagen machte.

Ein handgeschriebener Brief von dem von allen geschätzten Elyas beseitigte jeden Zweifel: Dieser Mann war derjenige, den sie brauchten!

Mit einem kurzen Blick auf die Bewerbungsmappe ergriff der Justizminister das Wort: „Herr Kumar, der verehrte Präsident und ich sind uns einig: Sie wären der Richtige für einige unserer wichtigen und heiklen Aufgaben. Sie würden die Leitung der Strafrechtssektionen im Ministerium übernehmen. Zu Ihren Befugnissen gehört unter anderem die Kontrolle der lokalen Staatsanwälte. Ihrem Bereich unterstünde auch die zentrale Ermittlungsstelle zur Verfolgung von Wirtschaftsdelikten, Korruption und Kriminalität."

Der Minister sah Nuru direkt an.

„Wenn Sie bereit sind, dieses umfangreiche Amt zu übernehmen, können Sie schon in vier Monaten beginnen."

Ein Strahlen huschte über Nurus Gesicht: „Verehrter Präsident, verehrter Minister, mit Demut und Freude möchte ich diese Aufgabe übernehmen."

Es wurde beschlossen, umgehend die nötigen Papiere für seine zukünftige Aufgabe und den Umzug aus England zu erstellen.

Mittlerweile war es schon Mittagszeit. Alle drei gingen gemeinsam in das hausinterne Restaurant des Präsidiums. Ein französischer Koch war verantwortlich für die Köstlichkeiten, die Nuru noch nie in seinem Leben gegessen hatte. Obwohl jede Menge Personal bereitstand, servierte der Koch persönlich das Essen am Tisch. Detailliert beschrieb er, was er ihnen gerade vorsetzte. Der Präsident unterhielt sich mit dem Koch auf Französisch. Er hatte lange in Frankreich gelebt und in Paris studiert. Der Verdacht lag nahe, dass er den talentierten Gaumenkünstler einst extra aus der Hauptstadt kommen ließ, damit er nicht auf die feine französische Küche verzichten musste.

Nach dem Essen verabschiedete sich Nuru von den Herren.

Freundlich bat er den Fahrer, ihn auf dem Rückweg im Zentrum abzusetzen.

Nuru warf einen kurzen Blick auf seine Armbanduhr: In zwei Stunden hatte seine Naima Feierabend. Er wollte sie überraschen.

Bei einem Spaziergang entschloss er sich, die Stadt zu erkunden, die ja in Zukunft seine Heimat sein würde.

Dodoma war ihm nahezu unbekannt. Nur wenige Schritte, schon stand er im Herzen der Stadt, inmitten geschäftigen Treibens. Frauen erledigten ihre Einkäufe oder boten Waren an – farbenprächtig gekleidete Menschen, wohin sein Auge blickte. Die Männer saßen in Gruppen entspannt in den zahllosen Cafés, von denen viele dieser Bezeichnung allerdings nicht gerecht wurden, meist standen nur einige wackelige Stühle um einen schäbigen schmutzigen Tisch herum. Es war eine wirkliche Herausforderung für sein Selbstbewusstsein: Menschen blieben stehen, starrten Nuru unverhohlen an. Einem erwachsenen Albino in einem englischen Maßanzug waren die Wenigsten bisher begegnet. Aufgrund seines sicheren Auftretens und seines europäischen Kleidungsstils konnten die Einheimischen ihn nicht einordnen.

Nuru bahnte sich seinen Weg durch die Menschenmenge. Vor einem Juweliergeschäft blieb er stehen. Auserlesene Stücke schmückten das Schaufenster. Ein schlichter, klassisch gefasster Diamantring fiel ihm ins Auge. So hatte er sich den Ring vorgestellt. Er tastete die Innentasche seiner Jacke ab, die Brieftasche mit der Scheckkarte hatte er bei sich. Entschlossen betrat er den eleganten Laden. Das Angebot des Verkäufers, den Ring aufwändig als Geschenk einzupacken, lehnte Nuru höflich ab. So beließ er ihn in dem kleinen schwarzen Samtbeutel.

Ungeduldig wartete Nuru später vor dem Haupteingang des Hospitals. Mehrere Frauen strömten durch den Mitarbeitereingang an der Seite des Gebäudes, darunter auch Naima. Sie sah ihn sofort und blieb wie angewurzelt stehen. Erstaunt drehten sich ihre Kolleginnen zu ihr um. Nuru ging mit langsamen Schritten auf sie zu, nahm ihre Hand.

„Ich wusste nicht, dass du kommst", sagte Naima verlegen.

„Wider Erwarten sind wir doch etwas früher fertig geworden, da kam mir der Gedanke, dich abzuholen."

Die Kolleginnen winkten freundlich zum Abschied. Sie blieben aber neugierig stehen und tuschelten.

Nuru hatte vorab einen geeigneten Platz für sein Vorhaben entdeckt. Schräg gegenüber der Klinik lag ein kleiner Park. Mit Naima an der Hand steuerte er zielstrebig einen Würgefeigenbaum an. Bewusst hatte er ihn gewählt. Es war eine Hommage an seinen Freund Elyas. Bei den Kikuyu-Stämmen und dem Volk von Elyas galt der Baum als heilig. Sie glaubten fest daran, dass er Regen bringen könne, wenn sie unter dem Baum ihrem Gott Ngai ein Lamm als Opfer darboten. Er musste daran denken, was sich alles in seinem Leben ereignet hatte, seitdem er Elyas begegnet war. Gerade auch in diesem Augenblick spürte er die Anwesenheit seines afrikanischen Freundes. Dankbarkeit erfüllte ihn. Es gab unerklärliche Phänomene in Afrika, nur ganz wenigen Menschen erschlossen sich diese. Nuru war sich sicher, dass sowohl der gütige Elyas wie auch dessen Großvater zu diesen Menschen gehörten.

Unter dem riesigen Baum stand recht verloren eine verwitterte Bank. Die beiden setzten sich in den Schatten.

„Naima, seit meiner Kindheit hast du in meinem Leben, ohne dass ich mir dessen bewusst war, eine Rolle gespielt." Nuru ergriff behutsam ihre Hände. „Auch wenn wir den größten Teil unseres bisherigen Lebens voneinander getrennt lebten, so warst du stets tief in meinem Herzen. Als ich dich dann wiedersah, war es, als wären wir nie wirklich auseinander gewesen."

Tränen kullerten aus ihren Augen, liefen die Wangen hinunter. „Ich kann mich an einiges in meiner Kindheit erinnern", begann Naima leise, „die schmerzhafteste Erinnerung war das Gefühl der Einsamkeit, als du plötzlich verschwunden warst."

Es war ganz still. Nuru holte den kleinen Samtbeutel aus seiner Tasche. Ungeschickt nestelte er an der kleinen Kordel, zog den Ring hervor. Er sah Naima direkt in die Augen. „Sieh, meine Liebste, nach all den Jahren hat uns das Schicksal wieder zusammengeführt. Möchtest du, dass wir für immer den weiteren Lebensweg gemeinsam gehen?"

Sie brachte kein Wort heraus. Nuru überreichte ihr den Ring.

Naima war sichtlich gerührt. „Ja, natürlich will ich!"

Der Diamant funkelte an Naimas Finger. Ein strahlender Kontrast zu ihrer dunklen Haut.

„Er passt sogar", bemerkte Nuru lächelnd und küsste ihre Lippen.

In einem einfachen Lokal um die Ecke feierten sie nur zu zweit ihre Verlobung. Die Stimmung war gelöst – sie waren glücklich und unbeschwert, fast so wie vor vielen Jahren als Kinder. Bei einem leckeren Essen erzählten sie sich Anekdoten aus ihrer Kindheit. Es waren erstaunlich viele.

Nicht nur freudige Erinnerungen kamen zurück. Naima konnte sich noch im Detail daran erinnern, wie die zwei Männer Nuru mit dem Motorrad entführten. Sie hatte zuerst geglaubt, diese Männer hätten ihn behalten. Wie erleichtert war sie, als John ihr erzählte, dass Nuru gerettet wurde und jetzt in seinem Heimatland lebte.

Die Stunden vergingen wie im Flug. Ein bedeutender Tag ging zu Ende. Für die Heimfahrt nahmen sie ein Taxi.

Am nächsten Morgen erwarteten alle mit Spannung Nurus Bericht. Naima war früh aufgestanden, hatte das Frühstück gerichtet. Nuru kam aus seinem Zimmer und setzte sich an den Tisch.

„Und wie war es?", fragte Emma neugierig.

Seine Eltern richteten die Augen auf ihn.

„Ich habe gleich zwei wichtige Neuigkeiten für euch", erklärte Nuru. „Gestern haben wir beide uns verlobt! Und in vier Monaten darf ich im Ministerium meine neue Stelle antreten." Glückstrahlend legte er einen Arm um Naimas Schulter. „Wir werden bald heiraten!"

Sekundenlang herrschte absolute Stille. Die Eltern von Nuru sowie John und Malaika schauten sich überrascht an. Es kam völlig unerwartet. Emma stand auf, umarmte freudig zuerst Naima, danach ihren Sohn.

Malaika folgte direkt hinter ihr: „Welch eine wunderbare Nachricht, wann wollt ihr denn heiraten?" Es war nicht zu übersehen, dass sie Freudentränen in den Augen hatte.

„So schnell wie möglich – wenn wir die notwendigen Dokumente haben!", antwortete Nuru.

Von allen unbemerkt verließ John den Raum. Kurz darauf trat er mit einer noblen Whiskyflasche in der Hand zurück und stellte sie mit ihrem tiefgolden schimmernden Inhalt mitten auf den Tisch. Aus einem Wandschrank brachte er Gläser. „Diesen besonders edlen Jahrgang hatte ich die ganze Zeit für einen außergewöhnlichen Anlass aufbewahrt. Heute haben wir allen Grund, gebührend zu feiern!"

Lächelnd goss er das bernsteinfarbene Destillat in die schweren Whiskygläser.

Eine Woche war vergangen. Nuru und seine Eltern waren wieder abgereist. An einem Vormittag holte Malaika den Stofflöwen aus seinem Versteck. Seit sie dem schwerkranken Nuru vor einer gefühlten Ewigkeit die Giraffe mitgegeben hatte, lag der Löwe einsam zwischen ihren persönlichen Sachen. Vorsichtig öffnete sie die Naht am Kopf des Stofftiers. Da lag er – der blaue Tansanit. Er strahlte in dem typischen leuchtenden intensiven Blauviolett. Jetzt war der Zeitpunkt gekommen, ihn weiterzugeben. Sie wollte ihn als Anhänger für eine Goldkette fassen lassen. John begleitete sie nach Dodoma zum Juwelier. Mit genauen Anweisungen und voller Vertrauen auf seine Fähigkeiten überließ sie dem Goldschmied den Stein.

Sechs Wochen später traf ein dicker Brief aus England im Heim ein. Nuru hatte ihnen die Flugtickets sowie die Visa für Malaika und Naima gesendet. John als Engländer brauchte natürlich kein Visum.

Zum ersten Mal stiegen Malaika und Naima in ein Flugzeug. Beide waren sehr aufgeregt. Naimas Gedanken drehten sich ständig um die bevorstehende Heirat. Sie freute sich auf ihre Zukunft mit diesem Mann, den sie seit ihrer frühen Jugend geliebt hatte.

Nach vielen Flugstunden landete die Maschine sicher in London auf dem Heathrow-Flughafen. Freudig wurden sie dort von Nuru und seiner Familie empfangen.

Die Trauung war nur im kleinsten Kreis geplant. Am Vorabend der Hochzeit bat Malaika nach dem Essen um Aufmerksamkeit.

„Liebe Naima, lieber Nuru, vor eurer Trauung möchte ich euch etwas Wichtiges gestehen." Mit ruhiger Stimme fuhr sie fort: „An dem

Abend, als die Kinder nach London geholt wurden, war Nuru sehr krank. John und ich befürchteten, dass er die Nacht nicht überleben würde. Ich war verzweifelt, der Gedanke, Nuru zu verlieren, zerriss mein Herz. Wir mussten die Kinder für den Abflug nach England vorbereiten. Ein Offizier händigte mir die Liste mit den entsprechenden Namen aus. Plötzlich sah ich, dass auch Naimas Name darauf stand, sie sollte mit! Kurzentschlossen traf ich eine Entscheidung. Trotz Johns Protest habe ich die Namen ausgetauscht. Ich wollte damit verhindern, dass Nuru in einem Land stirbt, das für ihn und die Seinesgleichen kein guter Ort war." Ihre Stimme schwankte. John strich ihr über die Hand. „Die größte Herausforderung bestand darin, ein halbtotes Albino-Kind unbemerkt in den Flieger zu bekommen. Nuru, du hattest viel Glück. Naima gegenüber verspürte ich von diesem Tag an oft ein schlechtes Gewissen. Es war für mich auch eine große Belastung, nicht zu wissen, ob Nuru am Leben war. Trotz aller Bemühungen konnten wir es nicht herausfinden. Diese Ungewissheit …" Malaikas Stimme versagte, sie schluckte, kämpfte gegen Tränen. Nuru stand auf, legte seinen Arm liebevoll um ihre Schulter.

Malaika fuhr fort: „Ich habe gebetet, dass du am Leben bleibst und dass es dir gut geht. Als ich dich wiedersah, war ich dem Himmel so dankbar!"

Naima stellte sich zu ihnen. Es war nicht zu übersehen, wie sehr diese zwei Frauen sich nahestanden. „Ich bin froh und glücklich darüber, dass du dich damals so entschieden hast", sagte Naima mit einem strahlenden Lächeln. „Außerdem wollte ich ja auch immer bei dir bleiben."

Malaika griff in ihre Tasche, holte das Schmuckkästchen hervor und legte es in Naimas Hand. Diese öffnete es vorsichtig. Der als Anhänger in Gold gefasste Tansanitstein glänzte mit Naimas Augen um die Wette.

„Dieser Stein hat meiner Oma gehört, jetzt gebe ich ihn an dich weiter!"

„Er ist wunderschön, ich danke dir von Herzen, mit Freude werde ich ihn tragen!"

„Nuru, auch für dich habe ich ein Geschenk!" Mit diesen Worten holte Malaika den Stofflöwen hervor. „Deine Giraffe und der Löwe haben meinem Sohn Kovu gehört. Die Giraffe hatte ich dir als Erinnerung an Afrika mitgegeben, den Löwen bei mir aufbewahrt. Jetzt sind sie wieder vereint."

Nuru war sichtlich gerührt. „Malaika, ich kannte keine Mutterliebe, erst durch dich habe ich Nähe und Vertrautheit gespürt. Wo wären all die Kinder im Heim, Naima und ich, wenn es euch nicht gegeben hätte? Ich bin der glücklichste Mensch der Welt." Nuru blickte zu seinen Eltern. „Dank dir und deiner Entscheidung bekam ich die liebsten Eltern, die man sich vorstellen kann." Er nahm Naimas Hand. „Dass wir überhaupt noch am Leben sind, haben wir euch zu verdanken. Ihr habt uns geschützt und beschützt. Nur durch eure Liebe und Güte konnten wir unseren Weg gehen."

Gerührt stand John auf, umarmte Malaika. „Meine Liebe, du hast alles richtig gemacht. Ich bin stolz auf dich. Von meiner Mutter habe ich mir bewahrt, was sie einmal bemerkte: ‚Die Menschen, die zusammengehören, kommen zusammen'. Naima und Nuru, ihr wart einfach füreinander bestimmt, das ist euer Schicksal."

Emma und Mross erzählten nun ihrerseits von der ersten Begegnung mit Nuru. Mross legte seinen Arm um seinen Sohn. „Nuru, in dir ist so vieles, das für viele Menschen unsichtbar bleibt. Du bist besonders!"

Nuru hatte für die Trauung eine altehrwürdige, eher kleine Kirche in der Nähe seines Wohnorts ausgewählt. Das schlichte Gotteshaus besuchte er mit den Eltern früher stets an Weihnachten und zu bestimmten Feiertagen.

An diesem Tag zeigte sich sogar das englische Wetter von seiner besten Seite: Aus einem wolkenlosen blauen Himmel strahlte die Sonne auf London.

Nuru traute seinen Augen nicht: eine Fata Morgana! Er erblickte Elyas. Dieser lehnte lächelnd an der Kirchenwand. Mit schnellen Schritten lief Nuru ihm entgegen. „Elyas! Du hier? Welch eine Überraschung!"

Die zwei Freunde fielen sich in die Arme.

„Woher wusstest du davon?"

„John hat es mir rechtzeitig mitgeteilt." Im Flüsterton fügte Elyas hinzu: „Gott Ngai wollte, dass ich hier bin. Sein Segen sei mit euch!"

Alle nahmen ihre Plätze in der Kirche ein. Nuru wartete am Altar. Sein Herz machte einen Sprung, als Naima in ihrem langen weißen Seidenkleid mit Tüllspitze am Arm von John hereinkam. An ihrem schlanken Hals leuchtete der blaue Tansanitstein. In der Hand, passend zum Kleid, einen weißen Blumenstrauß aus Summersmiles. Sie strahlte mit den Kapmargeriten um die Wette. Nuru reichte ihr seine schneeweiße Hand. Er wollte Naima niemals mehr loslassen.

Nach vier Wochen Aufenthalt in London war die Zeit des Abschieds gekommen. Das junge Brautpaar packte seine Sachen und verließ England mit Destination Tansania.

Nuru fand sich schnell in der neuen ‚alten‘ Heimat zurecht. Sein Arbeitgeber hatte ihm eine angemessene Dienstwohnung unweit des Ministeriums zur Verfügung gestellt. Innerhalb weniger Wochen gelang es Naima, die schmucklosen, fast hostilen Räume in ein gemütliches Zuhause zu verwandeln.

Ihre Stelle im Hospital gab sie auf, half aber nach besten Kräften immer wieder im Kinderheim aus.

Die Arbeit im Ministerium war anspruchsvoll. Schnell wurde Nuru klar, in welch prekärer Situation sich das Land befand. Allgegenwärtige Kriminalität, Armut und hohe Arbeitslosigkeit waren die Hauptursachen. Nichts lief so ab, wie er es gewohnt war. Alle Bereiche der Gesellschaft waren von Korruption durchsetzt. Nuru vermisste das geruhsame, geordnete Leben in England, vor allem aber seine Eltern.

Er arbeitete sich sukzessive durch Berge von Akten, die auf einem Schrank in seinem Büro kunstvoll gestapelt waren – jedes Mal, wenn er sich wieder eine davon herunternahm, fürchtete er einen Papier-Tsunami.

Eines Tages hielt er Akten in der Hand, die von Überfällen auf Albinos handelten. Das „weiße Gold", wie die Körperteile der Albinos genannt wurden, war heiß begehrt. Nuru fand heraus, dass die Strafverfolgung dieser Fälle sehr im Argen lag. Einige Vorgänge waren seit einer Ewigkeit unbearbeitet geblieben. Die relevanten Akten nahm er sich regelmäßig, auch am Wochenende, mit nach Hause, um sie genau zu studieren.

Fakt war, dass diese skrupellosen Verbrecher für ihre barbarischen Taten nur in seltenen Fällen zur Rechenschaft gezogen wurden. Aus Mangel an Beweisen kamen sie oft wieder frei, falls sie überhaupt gefasst wurden. Die Albinos hatten keine Lobby, niemand schützte sie vor dem mutwilligen Töten aus niederen Beweggründen.

Die Nachricht von dem englischen Anwalt, der jetzt in die wichtige Position des stellvertretenden Ministers im Justizministerium berufen worden war, verbreitete sich in Windeseile. Als sich noch dazu herausstellte, dass künftig ausgerechnet ein Albino die juristischen Belange des Landes mitverantworten würde, erregte dies den Argwohn bei denen, die dem Aberglauben noch anhingen. Besonders schockiert waren die kriminellen Gestalten, die bislang ungehindert im Verborgenen handelten. Es wurde schnell bekannt, welche gravierenden Strafen die Schuldigen und ihre Helfershelfer künftig zu erwarten hatten. Sogar die Todesstrafe sollte für diese Verbrechen gelten.

Es blieb nicht aus, dass Nuru anfänglich vermehrt Warnungen erhielt. Bald war klar, von wem diese perfiden Drohungen ausgingen: Eine Gruppe sogenannter Medizinmänner, selbsternannter Wahrsager und Geistheiler beschloss, Nuru zu entführen und zu töten. Dennoch verfolgte er konsequent und unbeirrt die Menschenjäger. Der Ernstfall ließ nicht lange auf sich warten: Nur der Aufmerksamkeit seines jungen Fahrers hatte es Nuru zu verdanken, dass die geplante

Entführung misslang. Als sie in eine fingierte Straßensperre gerieten, erkannte sein Chauffeur die Falle, reagierte intuitiv und manövrierte den Wagen geistesgegenwärtig aus der Gefahrenzone. Über Funk gab der Fahrer den Ort des Anschlags an die Polizei durch – kurz darauf wurden die Attentäter verhaftet, bevor sie sich aus dem Staub machen konnten. Nach diesem Vorfall verhängte die Regierung härtere Maßnahmen: Schon bei Verdacht war eine vorübergehende Festnahme möglich. Für die Sicherheit der Albinos wurde ein neues Gesetz verabschiedet. Zusätzlich startete das Ministerium eine Kampagne. Bis in die abgelegensten Dörfer sollte die Bevölkerung – auch bereits in den Schulen – über das Naturphänomen, welches die Albinos darstellten, aufgeklärt werden.

Nach und nach wurden die Dorfältesten von wissenschaftlich gebildeten Mitarbeitern des Gesundheitsdienstes aufgesucht. Diese erklärten ihnen ausführlich, warum manche Menschen weiße Haut hatten. Nach konsequentem Eingreifen der Regierung und der Zusammenarbeit mit den Nachbarländern wurden tatsächlich einige kleine Erfolge sichtbar. Übergriffe gab es leider nach wie vor.

An einem Montag im Januar wurde er wie jeden Morgen von seinem Fahrer zu dem obligatorischen monatlichen Treffen der Minister gefahren. Der sonst eher schweigsame Chauffeur erzählte ihm aufgeregt, dass am Wochenende in seinem Heimatdorf, unweit von Dodoma, ein vierjähriges Albino-Kind entführt worden war. Die Mutter stellte sich den Verbrechern entgegen, die Täter verletzten sie schwer. Sie flüchteten mit dem Mädchen. Die Frau überlebte nicht. Sie hinterließ drei kleine Kinder. Niemand wusste, wo sich der Vater zu dieser Zeit befand. Bewohner des Dorfes vermuteten, er würde mit den Kriminellen unter einer Decke stecken.

Nuru war erschüttert. Er berichtete bei der an diesem Tag angesetzten Sitzung von diesem aktuellen Fall: „Meine Herren, wieder einmal wurde ein Kind seiner Familie entrissen, seine Mutter getötet. Es ist unerlässlich, bessere Maßnahmen zum Schutz dieser Gruppe auszuarbeiten und gesetzlich zu verankern. Ein wichtiger Punkt ist es meiner Ansicht nach, für die betroffenen Kinder sichere Unterkünfte zu erstellen. Dies ist dringend notwendig und kurzfristig umsetzbar!" Aufmerksam folgten die anwesenden Minister Nurus Ausführungen. „In einem geschützten Umfeld können sie ohne ständige Angst leben und sich frei entwickeln. Das bedeutet im Einzelfall leider, dass wir diese Kinder vor ihrer eigenen Gemeinschaft, teilweise sogar vor ihren Familienmitgliedern, schützen müssen. Anders können wir jedoch ihre Sicherheit nicht gewährleisten." Nuru blickte in die Runde: „Ich spreche aus eigener Erfahrung. Lieber ein Leben hinter Mauern, als ständig in der Gefahr zu leben, verstümmelt oder gar getötet zu werden!"

Bei diesem Treffen wurde vereinbart, über das Land verteilt entsprechende zentral betreute Kinderheime zu errichten.

Sie beschlossen außerdem, einmal im Monat eine Sendung im Fernsehen ausstrahlen zu lassen, um die Bevölkerung zu sensibilisieren und aufzuklären. Man könnte auch um Mithilfe beim Schutz der Albino-Kinder bitten. Dies würde mittel- bis langfristig dazu beitragen, die kriminellen Machenschaften einzudämmen.

Die Mittel dafür sollten im nächsten Etat bereitgestellt werden.

Es gelang, für die Moderation der Sendung Joel Tondi zu gewinnen. Er war in Tansania geboren und aufgewachsen, einer der wenigen Albinos, die das Glück hatten, das Erwachsenenalter zu erreichen. Durch ein Interview, welches eine amerikanische Journalistin mit ihm aufzeichnete, stand er früh im Fokus ausländischer Medien und wurde in den USA und Europa bekannt.

Herr Joel Tondi kam zugute, dass er aus einer für tansanische Verhältnisse wohlhabenden, gebildeten Familie stammte. Er wurde als schneeweißes Baby geboren, man forderte seine Mutter auf, ihn zu töten. Sie war eine der wenigen jungen Frauen, die sich der Forderung mutig entgegenstellte.

Joel erlebte eine behütete Kindheit. Bis zu seinem Biologiestudium in Daressalam blieb er bei seinen Eltern im Dorf, in der Nähe von Dodoma. Bereits als Jugendlicher engagierte er sich dafür, seine Umwelt über Albinismus aufzuklären.

In einer seiner ersten Sendungen erzählte Joel furchtlos von all den negativen Erfahrungen, denen er aufgrund seiner Hautfarbe ausgesetzt war.

„Mein ‚Anderssein' wurde mir richtig bewusst, als ich in die Schule kam. Vom ersten Tag an musste ich in der Klasse von allen Kindern getrennt ganz hinten im Raum sitzen. Niemand wollte mich neben sich haben. Durch meine Kurzsichtigkeit konnte ich nicht erkennen, was auf der Tafel stand. Der Lehrer demütigte mich wiederholt vor der Klasse. Die Kinder lachten mich aus. Als sich meine Eltern für mich einsetzten, änderte sich diese gespannte Situation zum Besseren." Traurig fuhr Joel fort: „Leider sind viele Schulen in unserem Land für Albinos keine guten Orte. Jedoch wäre es gerade dort wichtig, die Kinder aufzuklären, was es mit unserer weißen Haut wirklich auf sich hat!"

Mit Hilfe des Justizministeriums entwickelten Nuru und Joel gemeinsam eine Strategie, die zu einer besseren gesellschaftlichen Akzeptanz und Inklusion für die Menschen mit Albinismus führen sollte.

Zur besten Sendezeit lief die brisante Doku. Nuru war wieder persönlich anwesend. Er brachte es auf den Punkt: „Es geht um nichts anderes als um viel Geld! Darin liegt die eigentliche Ursache für diese Verbrechen. Dies sage ich nicht als Albino, sondern als Mitarbeiter des Justizministeriums. Täglich werde ich mit diesem Problem konfrontiert. Überlieferter Aberglaube sowie die Ahnungslosigkeit der Bevölkerung in den abgelegenen Dörfern machen es den Tätern leicht. Nach wie vor hält sich der Glaube an die Wirksamkeit der sogenannten ‚Wundermittel', für die Albinos abgeschlachtet werden." Er sprach direkt in die Kamera: „Sogar hohe Beamte, Politiker, Mitglieder einer reichen Elite, aber auch Polizisten, Fischer und Bauern sind involviert, erhoffen sich Reichtum, Heilung und Potenz!"
Die Zuschauer sahen und hörten, wie ernsthaft der beliebte Politiker die Fakten darstellte.
„Mit einem Amulett aus Albino-Knochen kann angeblich alles gelingen. Der Fischer nimmt an, dass Albino-Haare in seinen Fischernetzen den Fang erhöhen. Schwerkranke sind felsenfest davon über-

zeugt, wieder zu gesunden, wenn sie nur ein Stück Albino-Derivat erhalten." Sichtlich ergriffen, aber mit gefasster Stimme setzte er abschließend hinzu: „Diese Kriminellen, die dahinterstecken, werden wir früher oder später fassen und hart bestrafen!"

Auf Joels Frage, ob er sich nicht manchmal vor den möglichen Konsequenzen fürchte, entgegnete Nuru sarkastisch: „In meiner Kindheit wurde versucht, mich zu entführen. Ich hatte großes Glück und konnte entkommen! Ich fühle mich verpflichtet, diesen Weg zu gehen. Angst habe ich jedoch keine."

Mit der Zeit verbesserte sich die Situation der Albinos im Land. Einigen Medizinmännern, die nach wie vor den alten Aberglauben verbreiteten, schlugen zunehmend Ablehnung und Argwohn entgegen. In dem Maße, wie die Ursache für die Entstehung der hellen Haut bei einigen Neugeborenen in der Bevölkerung bekannt wurde, verlor der Aberglaube spürbar seine Macht, wich die Angst.

Leider hatte die Aktion auch eine Kehrseite: Nuru und Joel erhielten immer wieder anonyme Drohungen. Besonders Nuru wurde zur Zielscheibe der Kriminellen.

Naima machte sich Sorgen um ihren Mann. An seiner Entschlossenheit, sich für die Sache einzusetzen, änderte dies jedoch nichts.

Eines Abends verließ Nuru das Fernsehstudio, wollte ein kurzes Stück zu Fuß gehen. Per Mobiltelefon verständigte er seinen Fahrer, er solle ihn bitte am gewohnten Ort abholen.

In Gedanken versunken, bemerkte Nuru das ihm langsam folgende Auto nicht. Unweit des vereinbarten Treffpunkts beschleunigte der Wagen und raste auf ihn zu. Nuru wurde hochgeschleudert, flog durch die Luft und schlug hart auf dem Asphalt auf.

Sein Fahrer, der neben dem Dienstwagen eine Zigarette rauchte, hörte plötzlich Autoreifen quietschen, das Aufheulen eines starken Motors. Gefahr! Ein dunkler, großer Jeep raste auf der Hauptstraße davon.

Danach unheilvolle Stille.

Beunruhigt rannte der Fahrer bis zur Straßenkreuzung. Entsetzt erkannte er Nuru, zusammengekrümmt mitten auf der Fahrbahn. Unter seinem Kopf bildete sich eine riesige Blutlache. Die Gliedmaßen waren seltsam verdreht.

Sein hellbrauner Aktenkoffer und ein Schuh lagen wie Requisiten in unmittelbarer Nähe des Körpers. Nuru gab kein Lebenszeichen mehr von sich.

Entsetzt alarmierte der Chauffeur den Krankenwagen und die Polizei.

Jegliche Hilfe kam zu spät: Nuru war tot.

Noch am selben Abend wurden Ermittlungen eingeleitet – leider verliefen diese ohne konkrete Hinweise auf die Täter.


Zutiefst erschüttert folgten Malaika, John, Naima, Emma und Mross dem schlichten Sarg von Nuru zu seiner letzten Ruhestätte. Ihnen schlossen sich unzählige Menschen an, die Nuru dadurch ihre Ehre und Verbundenheit erwiesen.

Der Verlust des Freundes und Weggefährten traf Joel tief. Nach Wochen der Besinnung entschied er, sich trotz der Befürchtungen seiner Familie weiter für den Schutz der Albinos einzusetzen. Die ständige Gefährdung seines Lebens blendete er aus.

*Gewalt gegen Albinos ist abscheulich.*

Jakaya Kikwete (ehemaliger Präsident von Tansania).

## Nachwort

Auch wenn viele Persönlichkeiten in den letzten Jahren zum Schutz der Albinos beigetragen haben, sind sie immer noch Außenseiter. In einigen ostafrikanischen Ländern werden sie nach wie vor verfolgt und getötet.

Viele Albino-Kinder leben bis zum heutigen Tag unter teils schwierigen Bedingungen, getrennt von ihren Familien, in Heimen.

In Tansania ist die angeborene Stoffwechselerkrankung Albinismus weit verbreitet. Auf 1.400 Neugeborene kommt ein Albino.

Sems Sera Leisinger

# Die Autorin

Sems Sera Leisinger ist die offizielle Patin der Friedensnobelpreisträgerin Malala Yousafzai.